U0101283

后浪出版公司

阮晓彤 译

[英]
贾尔斯·米尔顿
Giles Milton
著

白色黄金

托马斯·佩洛的非凡经历
和北非百万白人奴隶

WHITE
GOLD

THE EXTRAORDINARY STORY OF
THOMAS PELLOW AND
ISLAM'S ONE MILLION WHITE SLAVES

民主与建设出版社
·北京·

献给芭芭拉和沃尔弗拉姆

统治吧，不列颠尼亚！

不列颠尼亚力挽狂澜，

不列颠人永不为奴！

——詹姆斯·汤姆森，

《统治吧！不列颠尼亚！》（18 世纪早期）

我们被迫用肩膀套着绳子拉着装铅块的车……肩扛大铁棒。我觉得所有英国的基督徒都忘了我们，因为他们从没给过我们任何帮助，从我们被囚禁到现在，从来没有。

——英国奴隶约翰·威尔顿（18 世纪早期）

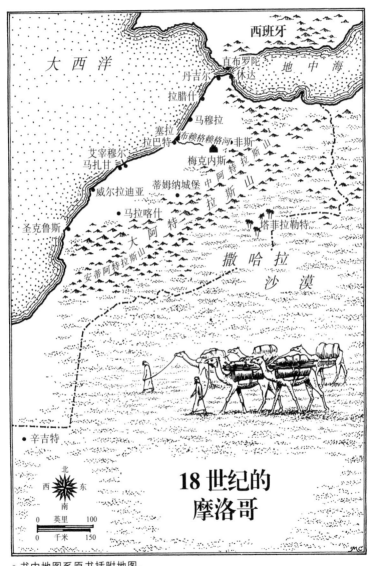

大西洋

西班牙

直布罗陀

地中海

丹吉尔

休达

拉腊什

马穆拉

塞拉

布赖格赖格河

非斯

拉巴特

梅克内斯

艾宰穆尔

马扎甘

蒂姆纳城堡

威尔拉迪亚

中阿特拉斯山

塔菲拉勒特

马拉喀什

圣克鲁斯

撒哈拉

沙漠

大阿特拉斯山

安蒂阿特拉斯山

辛吉特

北

西 东

南

0　英里　100

0　千米　150

**18世纪的
摩洛哥**

* 书中地图系原书插附地图。

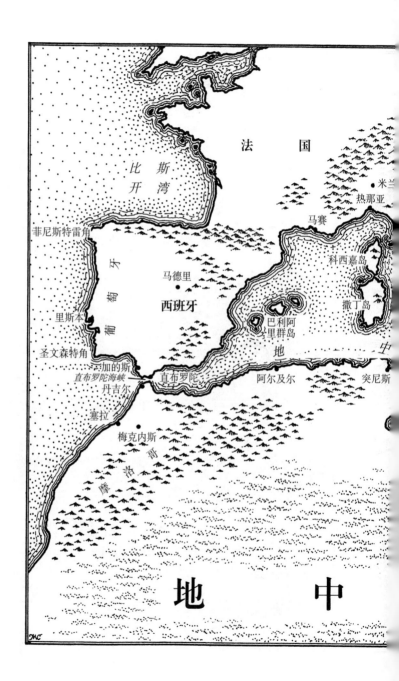

法　国

比斯开湾

菲尼斯特雷角

马德里

西班牙

葡萄牙

米兰
热那亚
马赛

科西嘉岛

撒丁岛

巴利阿里群岛

里斯本

圣文森特角

加的斯

直布罗陀海峡

丹吉尔

塞拉

梅克内斯

摩洛哥

阿尔及尔

地

中

突尼斯

地　中

北
西 东
南

0 英里 500
0 千米 800

的里雅斯特

黑 海

意大利

萨洛尼卡

伊斯坦布尔

希 腊

土 耳 其

雅典

西西里岛

马耳他岛

罗得岛

克里特岛

塞浦路
斯岛

黎波里

亚历山大

开罗

埃 及

尼罗河

海

目　录

序　言

　　一辆战车行驶的声响打破了沉寂。虽然被高耸的城垛遮住了视线，但人们还是能听见王宫花园里传来的吱吱嘎嘎声。当战车穿过风之门时，脚步和车轮发出的低沉的隆隆声响了起来。

　　庆典阅兵场上鸦雀无声。王室卫队肃立着，他们的大马士革弯刀在阳光下泛着寒光。廷臣跪拜在一旁，他们宽大的长袍在大理石地面上夸张地铺开。只有披着豹皮、热得难受的维齐尔敢在此时擦去额头的汗珠。

　　随着战车驶近，大家越发安静。庭院外传来一声怒喝，接着是一声鞭子的抽打声。喧嚣声忽然变大，响彻庭院和走廊。几秒钟后，摩洛哥苏丹穆莱·伊斯玛仪（Moulay Ismail）坐着镀金战车进入阅兵场。车不是马拉的，而是由苏丹的妃子们和宦官们拉着的。

　　这群可怜人跟跟跄跄地走向廷臣们的聚集地，然后松开缰绳。苏丹从战车上跳下来，两个高挑挺拔的黑奴马上上前接应。一个人挥开苍蝇，避免它们接近穆莱·伊斯玛仪的圣体，嘴里一直念念有词。另一个人是个十四五岁的小伙子，他用一把转动着的印花布遮阳伞给苏丹遮阳。

　　这是觐见伟大的穆莱·伊斯玛仪时的常规礼制，他要求臣民绝对服从于他，并严格遵循他的礼仪。但在 1716 年夏天这个闷热的早晨，苏丹没怎么搭理匍匐在地上的廷臣们。他的视线被广场远处角落里一群可怜的欧洲人吸引。52 个伤痕累累、打着赤脚的英国人沉默不安地站在那里。他们在海上被巴巴里海盗俘虏，被送到摩洛哥的首都，马上要被当作奴隶卖掉。

他们的故事将在母国激起人们的愤怒和恐慌，也将暴露英国政府及其海军的无能。但是，这些人的被俘并不是特例，也不少见。一个多世纪以来，欧洲和北美洲殖民地各地深受其害的白奴贸易一直在摧毁家庭，夺走无辜的生命。

有人预先警告过刚被俘的"弗朗西斯"号船长约翰·佩洛（John Pellow），前往地中海的贸易航行有巨大的风险。但生性大胆的他依旧不顾危险，于 1715 年夏天从康沃尔郡起航，驶向热那亚。他的六名船员中包括他年轻的侄儿托马斯·佩洛（Thomas Pellow）。托马斯告别自己的母亲、父亲和两个妹妹时年仅 11 岁。直到多年之后，他的父母才收到这个不幸的儿子的消息。

还有两艘船在同一天被俘。"南华克"号船长理查德·费里斯（Richard Ferris）本想营救"弗朗西斯"号的船员，结果也被海盗抓住了。正在向英国返航的"乔治"号也被俘了。三艘船的船员们现在正心惊胆战地并排站在王宫庭院中。

"很好，很好。"苏丹在审视他的奴隶时满意地大呼。他从这些人面前走过，戳了戳他们的肌肉，检查他们的体格。这些俘虏仍对他们刚到达王城梅克内斯时所受的待遇心有余悸。当时，成群的市民聚集在王宫大门处羞辱他们，"给我们最恶毒的侮辱……痛打了我们好几下"。

苏丹未曾察觉他们的恐惧和焦虑，他很高兴看到这批船员体格健壮，期待他们可以长期为自己服务。他打量年轻的托马斯·佩洛时停下了一会儿。大概是这个男孩胆大无畏的气度引起了他的注意。他对卫兵嘀咕了几句，然后小佩洛就被抓出来带到了一边。

当其他人被黑人监工带走时，佩洛祈祷自己的噩梦能尽快结束。事实上，他将成为被人遗忘的北非白人奴隶中的一员，开始23年的奴役生活。

1992年春天，我前往梅克内斯旅游，那时布费克兰山谷长满了野薄荷，小河里冰水淙淙。我的旅伴属于另一个世界——一位18世纪的神父，他那有趣的报道描绘了这座城市鼎盛时期的景象。他那卷12开的书——用加工过的摩洛哥皮革恰到好处地装订成册——再现了这个无与伦比的恢宏城市。但它也揭示了一个远为黑暗、罪恶的故事。

当这位神父旅行到这里时，梅克内斯的王宫是北半球最宏大的建筑。它雉堞状的城垛绵延数英里，将山丘和草地、果园和供游乐的花园尽收其中；它被阳光晒得干硬的壁垒高耸在河谷之上。这座坚不可摧的堡垒旨在抵御地球上最强大的军队。每个大门都由一队王室精锐黑人部队保护。

苏丹的宫殿规模十分宏大，因而被称为科比拉宫（Dar Kbira），即大房子。但科比拉宫只是这个巨大建筑群的一部分。另有50座宫殿互相连接，安置了苏丹的2000名嫔妃。这里散布着清真寺、尖塔、庭院和亭子。王宫的马厩有一个大集镇的大小，营房住着

1万多名步兵。在气势恢宏的马克赫宰宫（Dar el Makhzen）——另一个巨大的宫城，诡计多端的维齐尔们和宦官们都有自己的庭院。据传那里的空中花园永远盛开着鲜花，可以和尼布甲尼撒二世（Nebuchadnezzar）在巴比伦的梦幻般的空中花园相媲美。

这位神父从未见过这样的景象，回到家后，他写下它们的故事，故事里有镶铸着阿拉伯式奇妙花纹的青铜门和在阳光下闪闪发光的斑岩柱。庭院里的马赛克瓷砖上有完美的几何图形——一种钴蓝色与白色相间、明暗交错、令人目眩的图案。那里有碧玉板和卡拉拉大理石板、昂贵的锦缎和装饰华丽的马匹。摩洛哥粉饰灰泥最令人叹为观止，它被开凿腐蚀成错综复杂的蜂窝状，看起来就像雪白的钟乳石要从圆屋顶上滴落一样。

每一寸墙壁、每一个壁龛和凸角拱都布有精致的装饰。玻璃也华美无比。天蓝色、朱红色和海绿色的缝隙是为捕捉和折射非洲灿烂的阳光而设计的。日落前几个小时，这些缝隙便会在斑驳的大理石地面上散射出五彩缤纷的六边形图案。

宫殿门廊上装饰着太阳的标记，这让游客不禁揣测苏丹是否试图超越同时代的法国国王，"太阳王"路易十四（Louis XIV）。事实上，狂妄的苏丹想要建造一座规模远超最近刚完工的凡尔赛宫的庞大宫殿。他希望他的王宫从梅克内斯延伸到马拉喀什，这两地之间的距离长达300英里。

三个世纪的日晒雨淋并没有给这座由夯土——泥土和石灰的混合物——建成的庞大宫殿带来什么好处。阿特拉斯山脉的风吹过粉红色的墙，将一些地方风化成一堆粉末。拱门断裂，塔楼被腐蚀到只剩下墙墩。1755年的地震造成了最严重的破坏：这座恢宏的宫殿颤抖着、呻吟着，最终坍塌。这座耗时数十年的宫殿在顷刻间被撕裂。雪松木屋顶从椽子上裂开砸下，粉饰灰泥纷纷脱落。宫殿的整片区域陷落坍塌，砸碎了家具和古董。宫廷成员惊慌出逃，此后再也没有回来。坍圮的王城成了一片乱糟糟的没有房顶的房间，很快就被梅克内斯的穷人和可怜人占领了。

我穿过曼索尔城门（Bab Mansour）进入城市，这是梅克内斯最大的礼仪门。它打开了通向恢宏世界的大门，在那里，城墙高耸于棕榈树之中，庭院像天空那样广阔。第二道门通向第三道门，第三道门分岔成一条条小巷。这些迷宫般的通道上挂着电话线和电缆，它们将我拉入宫殿的中心。直到今天，人们——实际上是整个整个的家庭——生活在科比拉宫的遗址上。前门安在了壁垒中，夯土墙上凿出了窗户。古时候的房屋已成为现代卧室，庭院里散落着大理石碎石。

我从城垛中的裂缝挤了进去，发现自己身处一片新的断壁残垣中。一根破碎的斑岩柱半埋在废墟中，像家庭垃圾一样被随意遗弃。一块扭曲的叶形装饰板显露了它的罗马历史，它是从附近被毁的城市瓦卢比利斯搜刮来的。

我想知道这片失落的区域是否曾属于后宫，那里的琉璃天花板就是用这种柱子支撑的。阿拉伯编年史家提到了清澈的小溪和叮咚作响的喷泉，提到了用大理石雕刻而成、装满各色鱼类的水池。在这个没有房顶的房间停留了片刻，我掬起一抔冰凉的土。粉状的尘土穿过指间，在我手上留下了珍贵的残留物——破碎的马赛克瓷砖。它们形状各异：有星形的，有椭圆形的，有方形的，还有钻石形的。

如果神父说的是真的，这些小瓷砖块将是人类历史上最黑暗篇章的证据。这座庞大宫殿中的每块手工上釉的马赛克、每根破碎的石柱和每寸城垛都是由一大群基督徒奴隶制作和建造的。这群可怜的俘虏被囚禁在肮脏的奴隶营场中，被黑人监工鞭打，被迫每天劳作，建造苏丹想要的世界上最大的建筑工程。据说，穆莱·伊斯玛仪的男性奴隶每天劳作 15 个小时，晚上也常被叫起来工作。女性奴隶更加悲惨。她们被拖入后宫，被迫皈依伊斯兰教，还要随时满足苏丹的性需求。

摩洛哥并不是北非唯一一个把白人俘虏当作奴隶的地方。阿尔及尔、突尼斯和的黎波里的奴隶拍卖贸易也很繁荣，在这里，数千名俘虏要展示出最好的状态，以卖出最高的价钱。这些可怜的男人、女人和孩子来自欧洲各地，远至冰岛、希腊、瑞典和西班牙。许多人是在海上被臭名昭著的巴巴里海盗俘虏的。更多的人是在家乡遭遇突袭被掳走的。

过了差不多 6 年，我才开始搜集巴巴里奴隶的文字记录。我曾经猜测这样的文件 —— 如果存在过的话 —— 一定在很久之前就丢失了。但是，我逐渐发现有大量的信件和日记保留了下来。其中有大量对奴隶所受折磨的悲伤的描述，也有人们觐见摩洛哥苏丹时发生的血腥故事；有对奴隶商人那令人毛骨悚然的幽默感的痛苦回忆，也有"奴隶寡妇"乞求怜悯和救济的请愿。我甚至发现了苏丹的亲笔书信，信中大言不惭地要求英国国王和法国国王皈依伊斯兰教。

许多记录都只有手稿。梅克内斯的英国奴隶约翰·怀特海德（John Whitehead）的非凡著作至今仍未出版。其他记录的印刷数量太少，只有一小部分保留了下来。法国神父让·德拉费伊（Father Jean de la Faye）的珍贵书稿在牛津大学圣安东尼学院保存着。

最震撼人心的证词是奴隶自己写的。白人奴隶交易的故事就像是一个人被噩梦缠身，无力解脱的故事。大部分人在炼狱般的囚禁生活中死去，但也有少数幸运儿逃出了他们主人的魔掌。那些返回家乡的人无不赤贫如洗。他们的一种谋生方法就是出版自己的故事，希望能借此赚取几先令。

那些在磨难中幸存下来的白人奴隶都经历过可怕的囚禁生活。写作让他们接受过去，帮助他们重新融入他们原本以为再也无法获得的正常生活。所有记录自己故事的人都有着真实、悲惨的经历，他们记下了那些在今天仍让人不胜唏嘘的故事。这些故事不是什么令人愉快的读物，但其中闪现的英勇和无私使这些故事散发光芒。奴隶监工的一丝善意、神父的温暖拥抱，这些举措提醒着俘虏们，他们依然身处人类社会。

白人奴隶贸易中最令人印象深刻的故事是围绕"弗朗西斯"号上的托马斯·佩洛和他的船员同伴展开的。佩洛将见证苏丹穆莱·伊斯玛仪的王城野蛮的辉煌，并将亲身体验这位狡猾而可怕的君主的残酷无情。但是他的故事远比区区一名事件目击者的故事更精彩。作为苏丹的私人奴隶，佩洛无意中发现自己深陷宫廷阴谋的核心。他被任命为后宫护卫，还将率领奴隶士兵参战，前往赤道非洲搜罗奴隶。他将遭受折磨，并被迫皈依伊斯兰教。他曾尝试逃跑三次，被判处死刑两次。

佩洛的故事里有很多性格各异的人物。他记录了健硕的宦官和冷酷的奴隶监工、帝国刽子手与海盗恶棍。故事的核心是专横霸道的苏丹穆莱·伊斯玛仪，在他漫长的统治期间，他越来越痴迷于他豪华的梦幻宫殿。

人们一直认为，由格拉布街一名编辑改编出版的佩洛的《历险记》与现实相去甚远。现在我们知道，事实绝非如此。前面的章节可以通过佩洛的船员同伴所写的信件得到证实，而后几年的故事与在摩洛哥遇见佩洛的欧洲领事的报告一致。阿拉伯文史料也证实了佩洛的说法。新翻译的穆罕默德·卡迪里（Muhammad al-Qadiri）的《编年史》表明，佩洛对摩洛哥内战的描述异常准确。他揭露的梅克内斯的生活也与摩洛哥方面的资料相符。艾哈迈德·扎伊亚尼（Ahmed ez-Zayyani）和艾哈迈德·宾·哈里德·纳萨里（Ahmad bin Khalid al-Nasari）都描绘了一幅相似得惊人的帝国首都生活图景。

托马斯·佩洛和他的船员同伴被抓时，北非的奴隶人口正在减少，不过那里的状况依旧凄惨。他们被监禁时正是奴隶贸易最后的繁荣时期，那时，几乎每个欧洲国家都遭受过袭击。但是，白人奴隶贸易的故事始于大约 90 年前，当时，巴巴里海盗在基督教世界的中心地带发动了一系列声势浩大的袭击。

第一章

致命的新敌人

大海上晨光熹微，谁也不知道，一场恐怖行动即将爆发。海雾低垂在空中，给地平线蒙上了一层湿润的、近乎透明的薄纱。在雾气的掩护下，一支强大的船队悄无声息地潜入英吉利海峡。康沃尔郡西南海岸的搬运工和渔民丝毫没有察觉。

最先看到船队的瞭望员十分困惑。当时不是纽芬兰捕鱼船队的返航季，这片海域也不大会有国外船队出现。当雾气散去，夏日的天空放晴后，人们终于发现，这支神秘的船队显然来者不善。主桅旗帜上深绿色的背景上印着一个骷髅头——致命的新敌人危险的象征。那是1625年7月的第三周，英国就要遭到巴巴里海盗的攻击了。

海盗船队到来的消息沿海岸迅速传播，并很快传到了普利茅斯海军基地。通信员带着敌舰抵达的可怕消息上气不接下气地冲进康沃尔郡海军中将詹姆斯·巴格（James Bagg）的办公室。至少"有20艘船在海边"，也许更多，它们全副武装，蓄势待发。

巴格惊骇万分。在过去的几周里，他收到了很多康沃尔郡小渔船遭到袭击的控诉。当地郡长接二连三地写信告诉他，他们正面临一个不太为人所知的敌人的"日常压迫"。现在，这个敌人似乎准备在英格兰南部海岸发动一场破坏性远超他们想象的攻击。

巴格给在伦敦的海军上将写了一封紧急信件，请求舰队支援以应对威胁，但为时已晚。短短几天之内，海盗开始大肆破坏，在一些防守最为薄弱或全无防护的海港展开游击战。他们悄悄从康沃尔郡南部海岸的芒特湾登陆，穿着摩尔长袍，手持大马士革弯刀，在村民正在做礼拜时冲进教堂，可怕极了。一个英国俘虏后来说这些海盗是"丑陋的、毫无人性的家伙"，他们让所有看到他们的人都对上帝产生恐惧。"他们剃光了头、光着膀子的样子把我吓坏了。"海盗毫不怜悯芒特湾这群做礼拜的倒霉蛋。目击者称，他们把60个男人、女人和孩子拖出教堂，掳到了海盗船上。

渔港卢港也遭到了突袭。海盗顺着鹅卵石铺成的街道涌入村舍和酒馆。令他们非常愤怒的是，他们发现村民已经提前收到警告，许多人已经逃到了周围的果园和牧场。但海盗还是设法抓住了80个水手和渔民，这些可怜人被铐着铁链带走了。同时，海盗将卢港付之一炬，以示报复。普利茅斯市市长向枢密院报告了这个不幸的消息，并补充说海盗会继续沿着周围的海岸线洗劫。他说，英国西南部已经损失了"27艘船，有200人被掳"。

更令人震惊的是布里斯托尔市市长发来的消息——有人在康沃尔郡北部海岸附近波涛汹涌的水域发现了另一批巴巴里海盗船队。他们已经取得了惊人而可怕的战果：他们占领了布里斯托尔海峡的伦迪岛，而且立起了伊斯兰教的旗帜；他们将那里当作大本营，并从那里攻击了康沃尔郡北部未设防的村庄；他们"在帕德斯托附近掳掠了许多人"，并威胁要洗劫并焚烧伊尔弗勒科姆。

海盗双管齐下，打得英国西南部措手不及。白金汉公爵派遣经验丰富的弗朗西斯·斯图尔特（Francis Stuart）到德文郡，命令他彻底铲除并摧毁这个强劲的新敌人。但是斯图尔特沮丧地发现，"他们是比英国人更好的水手"。他给公爵写信承认失败，并担心最可怕的事情还没发生。"这群海盗对我们的海岸虎视眈眈，极难清除。"漫长的海岸线几乎对北非海盗完全敞开，他们可以长驱直入，肆意劫掠。他们日复一日地袭击未经武装的渔村，掳走居民，焚烧房屋。到1625年可怕的夏天结束时，普利茅斯市市长估计，有1000艘小船被毁，差不多1000名村民被抓走沦为奴隶。

这些可怜的俘虏被抓去摩洛哥大西洋海岸的塞拉。这个多风的港口在布赖格赖格河河口北岸占据天堑，居高临下。从很远处的海域就可以看到它高大巍峨的城墙，它那角塔的城垛和绿色的琉璃尖塔在北非的阳光下闪闪发光。

仅在几十年前，这些地标建筑对英国远航的商人而言还是令人愉快的景象。在伊丽莎白一世时期，穿着拉夫领的英国人来到塞拉，用银器和羊毛织品交换由沙漠商队从炎热的赤道非洲热带地区运来的异国商品。在拥挤的露天市场和小巷里，他们推搡着与身着宽大长袍的摩尔商人做交易。经过一番讨价还价，他们带着象牙、皮革制品、蜡、糖和琥珀，以及闻名整个欧洲的梅克内斯蜂蜜满载而归。

在入海口的南岸，正对着塞拉的是古老的拉巴特城。它曾是一座"伟大的名城"，拥有漂亮的宫殿和一座恢宏的12世纪清真寺。但拉巴特城已经慢慢衰败。到17世纪初，城里已经罕有人烟，多数住宅也都荒废了。一个不知名的英国游客写道："因为野兽出没，这里被阿拉伯人无情抛弃，荒芜一片。"

如果不是因为一起最意想不到的事件，拉巴特本会彻底荒废。1610年，西班牙国王腓力三世将100万住在西班牙的摩里斯科人驱逐出境——这是从异教徒手中夺取西班牙南部的再征服运动的最后一章。尽管这些摩里斯科人世代生活在西班牙，而且很多人是混血儿，但他们对驱逐无权上诉。

这些流亡的群体中最有进取心的就是奥尔纳乔斯人，他们以曾经居住的安达卢西亚村庄命名。他们野蛮而又十分独立，掠夺时毫无顾忌。一个英国人后来说他们"对所有国家来说都是个不存好心的民族"，连他们的摩里斯科同胞都将他们看作小偷和匪徒。

被驱逐出西班牙的山地据点后，这个由4000名男女组成的高傲族群把目光投向了荒废的拉巴特。他们翻修了旧堡垒，相当轻松地适应了新的家园，并将其命名为新塞拉。但是，他们仍对西班牙深怀怨恨，誓要竭尽全力予以反击。为此，他们开始与来自阿尔及尔和突尼斯的海盗结盟，这群海盗已经在地中海打劫基督教船只一个多世纪了。短短几年时间，数百名罪犯和亡命之徒——也包括一些欧洲人——开始在新塞拉聚集，以海盗的黑暗魔法训练奥尔纳乔斯人。

奥尔纳乔斯人和加入他们的欧洲叛教者组成了一支战斗力强大的部队。这个高度纪律化的团伙在英国被称为"塞拉流亡者"。但是，伊斯兰教的弟兄称他们为"古再特"（al-ghuzat），这个称号曾用来指代追随先知穆罕默德、参与对抗基督徒的圣战、被誉为宗教斗士的士兵。"他们居住在塞拉，他们的海上圣战非常有名。"阿拉伯编年史家马吉里（al-Magiri）写道："他们加固了塞拉的防御，在那里建造了宫殿、房屋和浴室。"

这群塞拉海盗迅速掌握了横帆船技术，这使他们能够将进攻范围扩大到北大西洋，并很快组建了一支拥有 40 艘船的船队。他们肆意掠夺，袭击西班牙、葡萄牙、法国和英国沿岸的村庄与港口。其中一名塞拉海盗阿穆雷茨·罗伊比（Amurates Royobi）带领 1 万多名战士无情地洗劫了西班牙海岸。他们的成功鼓舞了巴巴里其他地方的同宗教人士。这些阿尔及尔的古再特以途经直布罗陀海峡的防御脆弱的商船为目标。幸运的是，他们的攻击正赶上重商时代的开端，在公海上可以获得丰富的不义之财。1609—1616 年，他们掠夺了 466 艘英国商船，这一数字令人震惊。

欧洲的国王和大臣都陷入无助之中。国王詹姆斯一世（King James I）的枢密院文书弗朗西斯·科廷汉爵士（Sir Francis Cottingham）哀叹道："巴巴里海盗现在已经强大并胆大妄为到了如此地步……在宫中，没有任何事情比日常清剿海盗的事宜更能引起大家的悲伤和烦乱。"

由于各国缺乏协同防御，塞拉流亡者的攻击范围逐渐扩大。塞拉最臭名昭著的变节船长，被其战友称为穆拉德·赖斯（Murad Rais）的荷兰人简·扬松（Jan Janszoon）轻蔑地说，他能不费吹灰之力地俘获欧洲船只。1622 年，他第一次对英吉利海峡的防御嗤之以鼻，当时他航行到泽兰看望久未谋面的妻子。几年之后，他开始了一次前往冰岛的非凡的掠夺之旅。他的 3 支船队在雷克雅未克下锚，穆拉德带领士兵登陆，洗劫了这座城市。

带着400名冰岛的俘虏——包括男人、女人和孩子，他凯旋而归。

威尔士也遇袭数次，而纽芬兰的浅滩捕鱼船队更是遭受了几次毁灭性的突袭。1631年，穆拉德·赖斯把目光投向人口密集的爱尔兰南部海岸。他组建了一支由200名穆斯林士兵组成的部队，他们向巴尔的摩村进发，挥舞利剑，猛攻着登陆，打得村民措手不及。他带走了237个男人、女人和孩子，把他们带到阿尔及尔，他知道他们在那里能卖个好价钱。法国神父皮埃尔·丹（Pierre Dan）当时正好在阿尔及尔，当局允许他照料被俘基督徒的精神需求。他在奴隶拍卖会上目睹了这些新奴隶被买卖。"他们在市场上被拍卖的情景惨不忍睹，"他写道，"女人和丈夫分离，孩子和父亲分离。"丹无能为力地旁观，"一边是丈夫被卖，另一边则是妻子被卖，她的女儿被扯出她的怀抱，她们以后再也没有机会相聚了"。

穆拉德·赖斯的壮举在摩洛哥受到礼遇，他被授予萨菲港（位于塞拉以南200英里处）总督的殊荣。不久之后，他的女儿来探望他，发现他已经被权力冲昏了头脑。他"以极大的排场坐在铺着丝绸坐垫的地毯上，仆人环绕着他"。他走的时候，是"以王室作派"离开的。

穆拉德·赖斯仅仅是众多与狂热的巴巴里海盗结盟的欧洲叛教者之一。英国叛教者约翰·沃德（John Ward）在国王詹姆斯一世与西班牙签署和平条约后不久前往突尼斯。被禁止攻击西班牙宝船队后，沃德发誓"成为所有基督徒的死敌，破坏他们的交通，攫取他们的财富"。他和他在当地招募的船员在地中海大肆掳掠，声名传遍了沿海地带。

这极大地取悦了突尼斯的统治者，他给了沃德一座废弃的城堡和一大片土地。沃德将它整修成自己的主要居所，"一座富丽堂皇的城堡，更适合亲王而不是海盗居住"。据他的一名英国俘虏安德鲁·巴克（Andrew Barker）说，他的生活"尊贵又华丽"。巴克震惊于沃德迅速积累的财富，他说他从来没见过"任何一名英国贵族比他更尊贵，也没见过任何仆人比这里的更加谄媚顺从"。

像很多基督教叛教者一样，沃德开始当海盗是为了获取财富。但是他很快意识到，巴巴里商人对俘虏更感兴趣，而且愿意斥巨资购买基督徒奴隶，让他们当劳工、家仆和侍妾。于是沃德开始专注于俘获船员，这些船员被带到突尼斯、阿尔及尔或者塞拉，在奴隶市场被卖掉。

塞拉流亡者在劫掠男人、女人和孩子方面大获成功，他们通过贩卖被俘获的基督徒变得异常富有和强大。大约在 1626 年——他们突袭康沃尔郡和德文郡后的第二年，他们抛弃了效忠摩洛哥苏丹的幌子，宣布自治。"［他们］决定自由地生活，"法国奴隶热尔曼·穆埃特（Germain Mouette）写道，"他们发现自己的人数比塞拉当地人更多，这使塞拉当地人不再拥有任何主权。"塞拉从此成了一个海盗共和国，由 12 个强大的海盗头目负责管理，他们由一位海军上将监督。

在英国，几乎无人知晓被海盗抓走的俘虏的命运。他们消失得无影无踪，大多数人从此杳无音信。但是有一个人成功将一封信偷运回了英国。罗伯特·亚当斯（Robert Adams）是在 17 世纪 20 年代的第一波突袭中被抓住的，他设法将一封信带给了英国西南部的父母。"亲爱的父亲和母亲，"他写道，"我在塞拉，在最残忍的暴君手下过着最悲惨的囚禁生活。"他解释说，他在到达该城后不久就被带到奴隶市场卖掉，奴隶主对他苛刻无情。"［他］强迫我像马一样在磨坊工作，"他说道，"我的脚上从早到晚都铐着足有 36 磅重的链子。"

亚当斯在信的结尾绝望地哀求帮助："我带着内心深处的叹息，谦卑地渴望你们，跪下乞求你们，希望你们怜悯我的困境，想办法让我摆脱这种悲惨的奴役生活吧。"

亚当斯的父母一定被信的内容吓坏了，但是当局对任何求助都置若罔闻。枢密院的大臣对被奴役的水手漠不关心，而教会领袖除了能为被俘海员的家属组织募捐，也无能为力。最终，"奴隶寡妇"们被激发起来自行采取行动。她们起草了一封由"近 2000 名不幸海员的可怜妻子"签名的请愿书，并将这封信送到了枢密院。这封请愿书提醒大臣们，这些妇女被俘的丈夫"已经在塞拉过着可怜、凄惨而悲苦的囚禁奴役生活很久了"。请愿书还告诉大臣们，他们"因为奴隶主的铁石心肠，正忍受着最难以言说的折磨和饥饿"。丈夫长期不在身边，不仅让她们悲痛万分，而且让整个家庭无以为继。很多家庭还有"年幼的孩子和嗷嗷待哺的婴儿"，他们"因为没有收入和食物，就快饿死了"。

她们的要求非常直接，而且情真意切。"［我们］最谦卑地恳求您，即使看在耶稣基督的分上……求您向摩洛哥国王派遣使者……救救这些可怜的俘虏。"

这些女人不知道的是，国王查理一世（Charles I）已经开始着手解决被囚禁在北非的俘虏的问题了。在 1625 年登上王位的几个月之内，他便派年轻的冒险家约翰·哈里森（John Harrison）前往臭名昭著的塞拉城执行一项秘密任务。

哈里森的航行凶险万分。他需要避开海盗在摩洛哥登陆，然后偷偷潜入塞拉与当权者取得联系。他全权负责谈判释放所有被塞拉海盗掳走的英国奴隶的事宜。后一点在查理国王的顾问圈内引发了激烈的争论。著名律师兼康沃尔郡下议院议员亨利·马滕爵士（Sir Henry Marten）对与塞拉流亡者对话的提议感到震惊，他直言不讳，称他们是"一群海盗，没有任何与之交易或联盟的可能"。他主张哈里森应该只和摩洛哥苏丹谈判，即便苏丹并不能影响塞拉海盗。查理国王自己则更加实际。虽然他给"至高无上"的苏丹穆莱·齐丹（Moulay Zidan）写了一封长信，但他认为哈里森直接和那些威胁英国海岸的海盗谈判会更加有效。

1625 年夏天，哈里森在得土安秘密登陆，并伪装成摩尔悔罪者向塞拉前进。小人物可能会在这项危险的任务前踌躇不决，但这是哈里森的拿手好戏。他非常享受偷偷溜进这个世界上最危险的城市的机会。然而，长途跋涉还是让他的身体到了极限，"大部分路程都是徒步走过的，光着腿，像朝圣者那样"。天气酷热难当，哈里森饱受沙尘和持续缺水的折磨。他后来说这是"最绝望的旅行"，但他依然对这趟伪装之旅甘之如饴。

抵达塞拉巍峨的城墙时，哈里森情绪沮丧，这是情有可原的，一排青铜大炮昭示了城墙内的可怕威慑。他的任务是深入这个海盗巢穴内部的圣殿，而这些海盗极其蔑视所有的基督徒。他们的精神领袖是西迪·穆罕默德·阿亚奇（Sidi Mohammed el-Ayyachi），他是一名狡猾的马拉布特（marabout），相当于圣人，塞拉的奴隶商人十分尊重他。凭借着虔诚、机敏的政治头脑和个人魅力，他有一批狂热忠诚的信徒。他因对基督教的仇恨而特别受人尊敬，后来还吹嘘自己造成了 7600 多名基督徒的死亡。

哈里森到达塞拉后卸下了伪装，尝试与执政官联系。让他惊讶的是，他受到了极大的礼遇。西迪·穆罕默德邀请他参观自己的住所，并对他的客人关心至极，"非常友好地接待了我"。西迪·穆罕默德虽然对宗教非常狂热，但也是一个实用主义者。当意识到哈里森的任务可以使他获益时，他表示愿意释放英国俘虏。

到达塞拉的第一周里，哈里森又见了西迪·穆罕默德几次。经过几天的寒暄，这位马拉布特开始处理手头的事情。他对哈里森的使命表示认可，并承诺"释放陛下所有被俘的臣民"，包括那些"已经被买卖的"。但是他提出了很高的交换条件。他希望英国帮助他们攻打死敌西班牙，而且要求英国赠送一些重型武器，包括"14 门黄铜大炮和一定比例的弹药"。他还询问能否将自己的一些"损坏和报废"的大炮送到英国维修。

哈里森的第一反应是想要达成协议并释放奴隶。但他知道，同意西迪·穆罕默德的提议等同于向西班牙宣战，这一点如果未经国王许可是不行的。他别无选择，只能返回伦敦。在伦敦，国王和枢密院详细讨论了这位马拉布特的提议。他们最终认为释放英国奴隶势在必行，不过要跟摩洛哥马拉布特耍个花招。他们故意搞错了大炮的数量，送去了 4 门大炮而不是 14 门，并缩减了火药和炮弹的数量。他们让哈里森做出攻打西班牙的姿态，但不给出明确的承诺。

1627 年 3 月，哈里森风尘仆仆地再次奔赴塞拉，受到了隆重的接待。他呈上了 4 门大炮，并极尽夸耀之能事，惊讶地发现西迪·穆罕默德对此欣然接受。哈里森还告诉海盗，国王查理一世迫切想要攻打西班牙，而且正在积极备战。西迪·穆罕默德高兴地宣告他会马上释放英国奴隶。

原本沉浸在胜利的喜悦中的哈里森在看到奴隶时却大失所望。他原本预计至少会送来 2000 名俘虏，正担心如何将他们全部运回英国，可现在仅有 190 人从地下牢房被释放。哈里森指控西迪·穆罕默德要诈，但很快发现大部分俘虏并不在塞拉。很多人被运往阿尔及尔——买卖欧洲奴隶的主要中转站，其他人则被苏丹买走。还有更多人被"带入内陆"，卖给富裕的贸易商。但迄今为止，"死于近期瘟疫"的奴隶数量最多，这场瘟疫在 1626 年和 1627 年两次肆虐摩洛哥，导致哈里森能带回去的奴隶不足 200 人。

这些衣衫褴褛的幸存者是人类苦难的写照。被关在地下牢房数月，他们面色苍白，营养不良，因痢疾而身体虚弱。罗伯特·亚当斯的证词是这一时期为数不多留存下来的证词，据他说，他们被关在黑暗的牢房中，被迫生活在充斥着自己粪便的污秽之中。他们的饮食——"粗糙的面包和水"——令人震惊，他们的住所是"地下牢房，里面总共有 150 人或 200 人，没有光，只有一个小洞"。亚当斯本人的情况糟糕透了。他的头发和破衣服中"满是寄生虫"——虱子和跳蚤，"我没有时间摘除它们……我几乎被它们吃掉了"。更糟糕的是，他"每天被打，逼我改宗成土耳其人"。

1627 年夏天，约翰·哈里森带着被释放的奴隶返回英国。他们在摩洛哥的故事到此结束，接下来将由新一代的英国俘虏来续写基督徒奴隶的悲惨生活。不过，哈里森的作品能让我们得以窥见他日常遭受的折磨。他在《悲惨生活和穆莱·阿卜杜拉·梅莱克之死》（*The Tragicall Life and Death of Muley Abdala Melek*）中写道，暴力的殴打司空见惯，并透露很多奴隶都是被苏丹买走的。相比于被关在塞拉的奴隶，那些人被更残暴地对待。"奴隶在他面前被殴打，有时几乎被打死。"哈里森写道，"他让人打他们的脚底板，然后让他们在石子和荆棘中来回奔跑。"一些苏丹奴隶则被马拖行，直到被撕成碎片。有几个人甚至在活着的时候被肢解，"他们手指和脚趾的每个关节都被切断，还有胳膊、腿、头，等等"。

苏丹有时会展示黑色幽默的一面，以折磨他的基督徒奴隶为乐。"他迫使一些英国男孩改宗成摩尔人，"哈里森回忆道，"阉割他们，让他们成为宦官。"还有些人则被殴打或被愚弄。一个英国奴隶抱怨说，除了大麦，他没有什么可吃的东西，苏丹就命人把马的食袋"挂在这个英国人的脖子上，袋子里装满大麦……让他像马一样吃大麦"。

哈里森几次出使塞拉都没能释放苏丹的奴隶，这些奴隶最终给国王查理一世寄来一封请愿信，希望他"顾念我们这些成为摩洛哥国王奴隶的、您可怜的臣民的悲惨境遇"。他们提醒国王，他们已经被俘虏太久，久到已经忘记了自己的故乡，"在这最悲惨的奴役中，有些人被俘20年，有些人被俘16年，有些人被俘12年，最短的也有7年"。国王读了他们的请愿信，但拒绝采取行动。现在正是与西迪·穆罕默德的休战期，对英国海岸线的袭击暂时停止。国王正处理其他麻烦，于是抛弃了这些苏丹的英国奴隶，任其自生自灭。

这种脆弱的和平并没有持续太久。以贩卖奴隶为生的塞拉海盗请求西迪·穆罕默德放弃停战协议。他们辩说查理一世没有履行协议的条款，才送来了4门大炮，还提醒这位马拉布特，英国国王对进攻西班牙毫无兴趣。西迪·穆罕默德恍然大悟，英国不会提供军事援助，于是下令对英国南部海岸发动了一系列大规模突袭。几个月内，塞拉的地牢再次塞满了英国俘虏。仅在1635年5月，就有150多名英国人被抓走，"其中8人在摩洛哥被迫行割礼，受尽折磨而改宗为摩尔人"。

国王的耐心终于耗尽了。他得知塞拉有近1200名俘虏，"其中有27名女性"，他发誓要彻底粉碎奴隶贩子。外交失败了，现在唯一的解决办法就是战争。

1637年寒冷的冬天，一位名叫威廉·雷斯博罗（William Rainsborough）的英勇好斗的海军将领奉命率领一支由6艘战舰组成的舰队，向海盗大本营塞拉进发。这座城市将被轰炸，直到化为废墟。雷斯博罗上校被授权使用任何他认为必要的武力手段，只要是"为了陛下的荣誉和使命，为了保卫他的领土和臣民"。他还要留意在海上的任何海盗船。"如果遇到任何海盗或海上流亡者，"国王说，"你要竭尽所能地俘获或击沉他们。"

雷斯博罗的英勇好战十分契合这项任务，他非常享受这个手刃海盗的机会。他在泰晤士河口的蒂尔伯里整顿舰队，于1637年2月起航。他在一个月内抵达塞拉，但未能在途中抓住任何海盗。不过他没失望太久，因为他发现到达的时机恰到好处。塞拉从事奴隶贸易的海盗"已经整装待发准备前往英国海岸",他们庞大的舰队就停泊在港口。

雷斯博罗对他们拥有的船只数量感到震惊。已有50多艘船准备完毕,它们的船长正准备对英国和纽芬兰发动袭击。雷斯博罗的副手约翰·丹顿(John Dunton)了解到,海盗比以往任何时候都希望抓获更多俘虏。他听说"新塞拉的总督命令他们前往英国海岸,把男人、女人和孩子从床上抓起来"。雷斯博罗毫不怀疑他们是非常认真的。"从去年到现在,他们已经抓来了500名陛下的臣民,"他写道,"我笃定,如果我们没有来的话,他们今年可能会掳走更多人。"

去年的大部分俘虏已经不再关押在塞拉。雷斯博罗谨慎地上岸打听情况,他听说这些奴隶已经在奴隶市场被拍卖了。"据我了解,"他写道,"许多英国人都被运到了阿尔及尔和突尼斯。"这些不幸的人被"卖为奴隶,这里〔塞拉〕的奴隶不超过250人"。虽然这个消息让雷斯博罗很失落,但他高兴地得知这里的海盗分裂为两个对立的派系。一派由西迪·穆罕默德率领,他试图巩固对塞拉共和国的控制;另一派由一位名叫阿卜杜拉·本·奥尔·卡斯里(Abdallah ben All el-Kasri)的反叛者领导。据雷斯博罗说,他是一个"顽固的家伙","因为偷窃方面的好运气而膨胀了"。他占领了旧堡垒,在那里抓获了"身陷苦难的"328名英国男人和11名女人。

雷斯博罗决定利用他们的分裂。考虑到大举进攻塞拉很可能让两个敌对的派系结盟,他先试探西迪·穆罕默德,提议一同攻打旧堡垒,驱逐海盗叛军。这既能使西迪·穆罕默德恢复声誉

（雷斯博罗相信这也能让他受制于英国），也能解救卡斯里手中的英国奴隶。雷斯博罗在日记中写下这个计策的益处。"我们能解救陛下的臣民，"他写道，"而且能减少这个城市的参战人员。"这不仅对英国有益，而且"会成为有利于基督教世界的重要转折点"。

西迪·穆罕默德同意了雷斯博罗的计划，而且为表诚意，释放了17个他的私人奴隶。同时，雷斯博罗准备公开和叛军敌对，将他的重型武器装满弹药，对准悬崖顶部的城堡。接下来的炮轰完全是一场屠戮。"我们向城堡开炮，"约翰·丹顿写道，"冲进城堡，占领它，然后穿过它进入城内，接着荡平该城，杀死了无数的摩尔人。"

等硝烟散去，雷斯博罗派出一队士兵登陆，开挖战壕。他于是可以在海岸安放重型大炮，朝反叛军的船只开炮。"我们的确击沉了很多船只，"丹顿写道，"射穿了很多房舍，杀死了许多人。"如果英国人对这场战争的报告无误，面对英军的精确打击，叛军猝不及防。"我们通过击沉和燃烧他们的船只来折磨他们，"雷斯博罗写道，"他们气愤异常，但无计可施。"这位英国指挥官乐在其中。他杀红了眼，当两艘塞拉帆船向他的舰队开火时，他冷血无情地予以回击。"［我们］瞄准他们……向他们投射火盆（某种原始爆炸弹药），烧死了3人，当场杀死了15人。"

当雷斯博罗在港口击沉敌船时，西迪·穆罕默德正从陆地上攻击城堡。"他用2万名士兵，包括骑兵和步兵，将卡斯巴哈团团围住，"雷斯博罗写道，"并烧光了他们的谷物。"占领城堡比想象中艰难，但经过连续三周的密集轰炸后，反叛的奥尔纳乔斯人已无力支撑。士兵疲惫不堪，没有食物，他们别无选择，只能投降。

他们的第一个举动是释放英国奴隶。约翰·丹顿列出了这些男女的名单，记录了他们的姓名和被抓的地点。他的资料显示，塞拉的袭击已经遍布王国的每一个角落。虽然大多数人来自英国西南部——仅普利茅斯就有 37 人，但也有人是在遥远的伦敦、赫尔、泽西岛和加的夫被俘的。

到 8 月中旬，威廉·雷斯博罗认为他已经完成了自己所能做的一切。反叛的奥尔纳乔斯人已被击垮，他们的船队被彻底歼灭。西迪·穆罕默德的威望大大提升，雷斯博罗相信，只要偶尔送一些武器和火药，这位马拉布特就不会再攻击英国的村庄和船队。在得到西迪·穆罕默德的郑重承诺后，雷斯博罗带着 230 名幸存的奴隶于 1637 年秋天起航返回英国。

回国后，他受到了热烈的欢迎。人们都感觉塞拉的威胁终于解除了，英国西南部再次安全了。另一件值得高兴的事情是，国王查理一世与摩洛哥苏丹签署了一项条约。条约的第四项条款规定："摩洛哥国王将禁止和节制他的所有臣民，不掳掠、购买或接收大不列颠国王的任何臣民作为奴隶。"

在英国，没有人停下来想过，他们对白人奴隶的关心远胜有相似遭遇的黑人奴隶，即那些被无情运出非洲西部海岸的几内亚的黑奴。尽管英国不是欧洲主要的奴隶制国家（这一可耻的殊荣恐怕属于葡萄牙），但越来越多的黑人正被送往加勒比和新兴的北美殖民地。这些俘虏在途经大西洋时遭遇的苦难触目惊心。他们被塞进肮脏的船舱中，经常被迫躺在比棺材还小的空间里。没有卫生设备和新鲜食物，痢疾和发热肆虐。水手们说，在海上，奴隶船的酸臭味在 1 英里外都可以闻到。

　　黑奴贸易最终导致 1500 万非洲人被抓捕和贩卖，但关于它的报道几乎没有触动英国人的良知。黑奴贸易被认为与从自己的国家抓获和贩卖人口完全不同。事实上，很多人认为奴役非洲黑人是英国日益增长的国际贸易中合法且利润高昂的一部分。一个多世纪之后，人们才首次开始将这两种奴隶贸易相提并论，并质疑黑奴贸易在道德上的合理性。

　　国王查理一世和他的臣民的态度如出一辙。他对非洲黑奴的困境视而不见，但痛恨白奴贸易，并热烈欢迎威廉·雷斯博罗的回归。不过，国王很快发现他与摩洛哥苏丹签订的停战协议只持续了几个月。因为国王未能阻止英国商人和摩洛哥反叛分子的贸易往来，苏丹撕毁了和平协议。塞拉流亡者也重新开始袭击英国船只。到 1643 年，新被俘的奴隶数量太多，以至议会不得不下令教堂举办募捐活动，以从绑匪手中赎回他们。"这被认为是合适的，并由议会上院和下院规定，在伦敦、威斯敏斯特及南华克的几个教堂内举行募捐。"

　　赎回奴隶耗资巨大，因为奴隶市场遍布北非沿岸。在 17 世纪40 年代，至少有 3000 名英国人被带到了巴巴里，他们在那里"凄惨地被囚禁，从事不同但都难以忍受的体力劳动，例如在桨帆船上划桨、拉车、在磨坊推磨，以及诸如此类的完全不适于基督徒的工作，惨状难以言表"。

　　这种状况在摩洛哥港口塞拉与土耳其统治区的阿尔及尔、突尼斯和的黎波里最为严峻。后三个海滨城市在名义上都被奥斯曼土耳其苏丹控制，但实权掌握在当地的海军将领和从事奴隶贸易的船长手中，他们将欧洲俘虏卖给来自伊斯兰世界的商贩。白奴被不停地转手，不仅出现在亚历山大、开罗和伊斯坦布尔这些大城市中，在很多小城镇和港口也能找到。一些人甚至被卖到了遥远的阿拉伯半岛。在1610年发生的一起臭名昭著的事件中，亨利·米德尔顿爵士（Sir Henry Middleton）及其船员不幸在亚丁被扣押，铐着锁链被带到内地城市萨那。通过采取强力军事行动，他们才最终获救。

1646年，议会派商人埃德蒙·卡森（Edmund Cason）到阿尔及尔，尽可能多地买回英国奴隶。最初找到了大约750个奴隶，据说更多奴隶"因为殴打或者折磨已改宗成土耳其人"。经过漫长而艰难的讨价还价，卡森仍不得不为每个奴隶平均支付38英镑赎身。赎回女性奴隶的价钱更高。赎回伦敦的莎拉·里普利（Sarah Ripley）花了800英镑，赎回爱丁堡的爱丽丝·海斯（Alice Hayes）花了1100英镑，而赎回约尔的玛丽·布鲁斯特（Mary Bruster）竟花了高达1392英镑，超过均价的36倍。这在当时是一笔巨款，伦敦店主的年平均收入也只有10英镑，即便是富有的商家，运气好的话一年也只能挣40英镑。每个女奴的赎金都比大多数伦敦人一辈子的收入还要高。这也解释了为什么相比劫走货物，巴巴里海盗对掳获船员更感兴趣。

卡森的资金很快耗尽，只带着244人回到英国。那些留在阿尔及尔的人担心自己已经被遗弃，纷纷向亲人寄去痛苦的求救信。"啊！父亲、兄弟、朋友和相熟的人们，"托马斯·斯威特（Thomas Sweet）写道，"快来救救我吧。"他恳求道："我们的叹息会传入你的耳朵，触动你的怜悯和同情。"他在信的结尾请求道："如果你们做不了别的，那就为我们祈祷吧。"

巴巴里海盗已经将他们的攻击范围扩大到了整个欧洲，盯上了远至挪威和纽芬兰的船只。葡萄牙和法国的海岸与船舶多次遭遇了他们的突袭。意大利城邦也一再遭到侵扰，其中卡拉布里亚、那不勒斯和托斯卡纳海岸遭受的侵袭特别猛烈。俄罗斯人、希腊人和来自神圣罗马帝国各地的贵族和商人也都被奴役。奴隶贩子在马略卡岛、米诺卡岛、西西里岛、撒丁岛和科西嘉岛收获颇丰。直布罗陀公民经常被侵扰，以至向西班牙国王递上了一封绝望的请愿书，哀叹他们从没有安全感，"无论是在夜晚还是在白天，无论是在睡觉还是在吃饭，无论是在田间还是在家中"。

西班牙遭受了最具毁灭性的袭击，大西洋沿岸所有村庄的人都被卖为奴隶。这种情况在西班牙的地中海沿岸地区更为严峻。1637 年，卡尔佩遭到袭击，海盗掳走了多达 315 名妇女和儿童。西班牙沿海村庄的生活太过危险，以至政府不得不对鱼、肉、牛和丝绸征收新税以建造海防，但收效甚微。到 1667 年，巴斯克的一个区失去了太多海员，已无法满足皇家征收海员的配额要求。

巴巴里海盗在挑选受害者时一视同仁，甚至抢劫了来自北美殖民地的商人和海员。1645 年，一艘来自马萨诸塞、武装着 14 门大炮的船成为第一艘被伊斯兰海盗船袭击的美洲殖民地船只。船员设法击退了这场进攻，但他们的很多同伴并没有这么幸运。到 17 世纪 60 年代，不断有美洲人被俘并被抓去北非。当海盗抓获了国王查理二世新任命的卡罗来纳总督塞思·索思韦尔（Seth Southwell）时，他们获得了最大的政治筹码。侥幸的是，国王的一位海军上将最近刚俘获了两名有声望的伊斯兰海盗，国王用他们交换回了索思韦尔。

　　塞拉流亡者不顾之前签署的条约，继续劫持英国船只。在 17 世纪下半叶，英国西南部的渔民对此无能为力。实际上，每个沿海港口都受白奴贸易影响，这场危机似乎没有希望结束。

　　1672 年，一丝希望的曙光终于出现。执政的苏丹去世了，摩洛哥看起来肯定会陷入内战。在随之而来的混乱中，欧洲基督教国家有可能终结白奴贸易。

第二章

众奴隶的苏丹

　　信使在黑夜中疾驰，飞奔过岩石散落的荒地和干涸的河床。他戴着厚重的面纱抵御寒意，长袍在风中鼓胀着飘动。他用粗壮的棍子击打胯下的单峰骆驼，催促它急速前行。1672年4月14日，临近破晓时分，他终于看到了目的地。在淡淡月光笼罩下的远方，矗立着非斯城的大门和尖塔。

　　信使骑行进入巴扎市场深处，径直来到总督住宅的铁门处，这处宅邸是一座内庭院被橙子树环绕着的神秘宫殿。向睡眼蒙眬的看门人解释完自己的任务后，信使被匆匆带去觐见非斯城的代理总督穆莱·伊斯玛仪。

　　26岁的伊斯玛仪没什么幽默感，但听到信使带来的消息时，他差点儿忍不住笑起来。他的哥哥，掌权的苏丹穆莱·拉希德（Moulay al-Rashid）去世了——死于他自己的鲁莽。这位苏丹像往常一样纵情庆祝斋月的结束，与友人狂欢，肆意饮酒。在马拉喀什宫纵马狂奔时，他从马上摔了下来，"头撞上了一根树枝"。等到侍从发现苏丹时，他已经失血而亡。

　　穆莱·伊斯玛仪深知，若想登上宝座，他必须精心筹谋、果断行动。他有至少83个同父同母和同父异母的兄弟，更有无数个侄子和堂兄弟。尽管伊斯玛仪是最合适的王位继承人之一，但在摩洛哥，苏丹的死亡总是预示着暴动和内乱，相互对立的派系都想趁机消灭对方。这场血腥争斗的结局无从预料，有利的继承人未必是最后的赢家。

穆莱·伊斯玛仪的第一步行动是夺取非斯的国库。确保了这点之后，他便宣布自己是新一任苏丹，而且据说他屠杀了城中拒绝接受他掌权的人来庆祝他的第一天掌权。

欺骗和背叛是穆莱·伊斯玛仪的第二天性。他成长的地方国土分崩离析，各地掌权者相互仇视。内讧司空见惯，残酷的军阀、雇佣军和狂热的圣人不断屠杀他们的竞争对手，一个个自立为小独裁者。当权者的统治摇摇欲坠，一段时间以来，他们都各自为政。他们无情地抢劫和掠夺，让成群的欧洲奴隶侍奉他们。他们会一直这样奢靡地生活，直到被一个更加成功但不那么放纵的小领主驱逐。

穆莱·伊斯玛仪的封地坐落于摩洛哥南部塔菲拉勒特的沙尘飞扬的荒地中。"这是一个多沙的贫瘠国家，"据法国奴隶热尔曼·穆埃特称，"因为这里全年都极度炎热。"当地人在这个满是尘埃的荒僻之地中奋力挣扎，但他们仍是一个"野蛮、凶残而无情的民族"。

几个世纪以来，穆莱·伊斯玛仪的家族懒懒散散地统治着塔菲拉勒特，只有谋杀对手或派遣刺客能牵动他们麻木的神经。他们的权力没有超过沙漠上这片四周长满棕榈树的绿洲，而且没有迹象表明他们将会进入非斯和马拉喀什的行宫。但他们是一个拥有高贵出身和杰出血统的家族。他们的祖先哈桑·宾·卡塞姆（al-

Hasan bin Kasem）是一位谢里夫，也就是先知穆罕默德的后代。这使他们具有一种虔诚的神圣，穆莱·伊斯玛仪后来就坦然地利用了这一点。

许多摩洛哥统治者都拥有由欧洲奴隶和叛教者组成的小型军队，伊斯玛仪家族也不例外。穆莱·伊斯玛仪在 3 岁时就拥有了第一个奴隶。多姆·路易斯·贡萨尔维斯（Dom Louis Gonsalez）是一名葡萄牙骑兵军官，在当时的葡萄牙属地丹吉尔驻军期间遭到伏击并被俘。路易斯像父亲一样照顾那时正蹒跚学步的小王子。"他经常把他抱在怀里，"有人写道，"并逐渐得到了小王子的喜爱。"后来，穆莱·伊斯玛仪"总让他随侍在旁"，并最终在路易斯被俘 30 多年后释放了他。他是少数几个最终逃脱奴役生活的人。

伊斯玛仪的家族已变得不受管束、争吵不休，手中沾满了自相残杀的鲜血。1664 年，穆莱·伊斯玛仪的哥哥穆莱·拉希德从一个敌对的兄弟手中夺取了家族土地，在此过程中还谋杀了那个兄弟。成为塔菲拉勒特的统治者后，穆莱·拉希德带着他的军队向北部的里夫山进军，并将这里据为己有。

不久之后，他占领了人口众多的非斯城，并以极大的热情折磨原来的总督，吓得附近的梅克内斯的居民立马投降。觉得时机成熟后，穆莱·拉希德立即宣布自己成为摩洛哥苏丹，并任命他年轻的弟弟伊斯玛仪为梅克内斯的管理者和非斯的总督。这血腥的两年已然改变了这个家族的命运。

穆莱·拉希德通过恐怖的手段获取王权，并发誓要用恐怖统治来管理国家。热尔曼·穆埃特目睹了他的执政，被他阴晴不定的脾气吓坏了。"如果要我讲述他犯下的所有残忍的罪行和屠杀，"

他写道，"讲述他因为一些小过失而施行的杀戮……那么这些故事将耗费巨大的篇幅。"拉希德希望进一步开疆拓土，并让很多欧洲奴隶参加战斗。这些不幸的奴隶在他争夺土地的战争中功不可没，许多人都是专家炮手，仅用几发瞄得准的炮弹就能让用土墙围住的旧堡垒化为齑粉。穆莱·拉希德一路势如破竹，向南挺进到马拉喀什的粉色城墙，马拉喀什做做样子地抵抗后就投降了。苏丹"豪情万丈"，开始计划征服南撒哈拉。不过没等到成功，他就在马拉喀什宫的柠檬园中一命呜呼了。

疲惫的欧洲奴隶对他的死拍手称快，期待旷日持久的战争终能结束。苏丹的那些酋长也希望如此，因为在他恐怖的统治期间，他们的许多财产都被他剥夺了。然而奴隶和酋长们没料到，一个更加暴虐的人正准备夺权。用穆埃特的话说："这就好像是大自然在孕育一个非凡事物之前，先勾勒一个大致的轮廓做铺垫。"

穆莱·伊斯玛仪宣布自己成为苏丹的消息激怒了他大家族的许多成员。他的一个兄弟穆莱·哈拉尼（Moulay al-Harrani）、侄子穆莱·艾哈迈德（Moulay Ahmed）也宣布自己是苏丹。其他派系也开始反抗，试图从这个正迅速瓦解的帝国中夺取封地。

事实证明，穆莱·伊斯玛仪的军事力量要强于那些羽翼未丰的军队，而且他正被一系列决定性的胜利所鼓舞。和他已故的兄长一样，他的军事胜利部分归功于他俘获的那些欧洲奴隶。"这些从犹太人那里买来的基督徒奴隶在操纵大炮方面经验丰富，"英国研究伊斯兰教的学者西蒙·奥克利（Simon Ockley）写道，"这让他很快变得所向披靡。"

穆莱·伊斯玛仪很少在战争中宽待俘虏。塔鲁厄特城陷落后，他抓住了120个法国奴隶。他仔细检查了这些可怜的俘虏，然后宣称他们太胖，下令让他们禁食一周。然后，在他们哭喊着要吃的时，他派遣他们远行去梅克内斯。

其中一个奴隶让·拉迪雷（Jean Ladire）后来向法国神父多米尼克·巴斯诺（Dominique Busnot）讲述了他这一生的悲惨遭遇。拉迪雷那时已经度过了30多年的奴隶生活，但他仍对那次可怕的远行记忆犹新。从塔鲁厄特到梅克内斯有近300英里，俘虏们被铐着铁链，他们中的许多人都患有一种使人虚弱的疾病，很可能是痢疾。一些人被饿死，"他们的头被指挥官砍下，被幸存者一路带着。这是因为指挥官担心自己被指控私自卖掉了这些奴隶或是让他们逃脱"。

经过5年的战争和动乱，穆莱·伊斯玛仪控制了摩洛哥的许多地区。即便是令历任苏丹十分头疼的塞拉海盗也意识到，他们现在碰到了麻烦的对手。他们惧怕穆莱·伊斯玛仪日益强大的权力，选择服从他的统治。不过，他们很快了解到，穆莱·伊斯玛仪并不打算解除他们的武装，而是希望利用他们来实现自己的邪恶目的。他们将成为他统治的工具，为他源源不断地提供奴隶。

当穆莱·伊斯玛仪觉得他的统治已经稳固时，他返回梅克内斯去享受"所有放松的甜蜜和堕落的欢愉"。他还考虑重建这个陷入绝境的国家。几个世纪以来，摩洛哥在富裕繁华和灾难性的衰落之间不断反复。现在正是它的黑暗时期。曾经肥沃的土地荒废了，帝国最大的城市已经被屠杀和饥荒消耗殆尽。

非斯曾是这个王国最繁华的城市。在利奥·阿非利加努斯（Leo Africanus）的描述中，1513年这座大城市的辽阔和宏伟让人印象深刻。阿非利加努斯写道："目之所及，如此宽广，如此热闹，如此固若金汤。"非斯在鼎盛时期是伊斯兰教统治区域西部最伟大的城市。它富丽堂皇的宫殿里有舒适清幽的庭院和树荫遮蔽的走廊，富商在美丽的花园内布置着亭台和茶室。为了愉悦耳目，它的中心是"一个环绕着玫瑰花和其他芬芳花朵与香草的晶莹剔透的喷泉，因此到了春天，人们既能欣赏美景，又能慰藉自己的心灵"。

在阿非利加努斯的时代，城中除了有很多学院、伊斯兰学校，还有 700 座清真寺。非斯还有医院、公共浴室和 200 多所旅舍宾馆。即使在欧洲游历广泛，这些也给阿非利加努斯留下了深刻的印象。"在我的印象里，除了博洛尼亚的西班牙学院或罗马的圣乔治宫，"他写道，"我从没看到过比这里更宏大的建筑。"

穆莱·伊斯玛仪夺权时，非斯陷入一片可怕的混乱状态。许多宏大的宫殿被毁，沉寂的安达卢西亚花园杂草丛生。根据一位不知名作者写于 17 世纪 80 年代初的英文记叙，整个城市都荒废了，古代的学者和神学家早就逃离了这里。"过去的岁月见证了这座名城的无限美丽和荣耀，"这段记叙描述道，"但时间粗暴地蹂躏了它，使它面目全非，以至之前的缔造者都不认识它了。"

作者补充道，尽管这些残垣断壁证明了摩洛哥建筑师的才智，但"真正的宗教和学识已经抛弃了这个民族，所有的艺术也都如此，因此，由于他们的疏忽和懒惰，这些东西在另一个时代一定会变成一堆垃圾和混乱"。

穆莱·伊斯玛仪获得王位时，摩洛哥也并不全是废墟。他在游览他新赢得的王国时，窥见了过去辉煌建筑的残余痕迹。许多最伟大的建筑都是由中世纪的梅雷尼德诸王和16世纪的萨阿德王朝建造的。在沙漠城市马拉喀什坐落着萨阿德王朝梦幻般的宫殿，这个王朝的苏丹极尽奢华来装饰这座帝国王宫。最终的成果就是这座巴迪（al-Badi，在阿拉伯语中有"无与伦比"之意）王宫，其精致和美丽多年来一直萦绕在穆莱·伊斯玛仪的脑海中。"与它相比，所有其他的宫殿都显得丑陋不堪。"一名旅行者写道，"它像仙女般美丽，水流纯净，土地芬芳，城墙傲然高耸。"宫殿的内部涂抹着金粉，这些金粉是从传说中的杰内和廷巴克图穿过撒哈拉运送过来的。地上铺着抛光大理石板。1579年，一位西班牙大使游览巴迪王宫时，对那里无价的丝绸、昂贵的锦缎、闪闪发光的喷泉和土耳其地毯做了扣人心弦的记录。

　　穆莱·伊斯玛仪同样被这里迷住了。巴迪王宫和他成长的尘土飞扬的城堡完全不同。斑驳的庭院和阴凉的亭台永久地铭刻在他的脑海中，激发他启动了一项改变数千万欧洲人命运的工程。在他的政权稳固后不久，这位苏丹决定建造一座让传说中的巴迪王宫也相形见绌的恢宏宫殿。

　　穆莱·伊斯玛仪野心勃勃，想要将摩洛哥恢复成与欧洲强国地位等同的国家。他认识到，被俘获的大量白人奴隶将为他提供他所需要的与基督教大国博弈的筹码。他可以向欧洲君主勒索赎金，并迫使他们派遣使者拿着行乞钵来到梅克内斯。

　　苏丹委托这些塞拉海盗从大西洋北部和地中海定期劫掠俘虏。不过他也有他自己更诱人的能够获得大量欧洲俘虏的手段。摩洛哥的海岸线上散布着各种飞地和军事据点，这些地方都被西班牙和葡萄牙的驻军占领着。西班牙人占据着休达、拉腊什、马穆拉、阿齐拉，葡萄牙人则控制着马扎甘（今天的杰迪代）。他们在摩洛哥的另一个据点丹吉尔于 1661 年被割让给了英国，当时英国国王查理二世与葡萄牙公主布拉甘萨的凯瑟琳（Catherine of Braganza）订了婚。这些飞地的人口合起来共有约 1 万人，既有士兵也有平民，穆莱·伊斯玛仪想抓获他们，留作奴隶。

他最感兴趣的攻击目标是守卫直布罗陀海峡的丹吉尔。英国之前想将这个港口作为消灭塞拉海盗的基地。但是后来证明这几乎不可能，这里的驻军完全不能阻止英国人被抓走成为奴隶。这支驻军非但没能充当先锋杀入摩洛哥的土地，现在还将要面对更加危险凶狠的苏丹。

1677 年的最后几天，穆莱·伊斯玛仪命令深受他信任的指挥官奥马尔酋长（Kaid Omar）对丹吉尔发起进攻。这位酋长被要求趁机多抓俘虏，用锁链绑住他们并送往梅克内斯。他还想要夺取这座城市本身。穆莱·伊斯玛仪信心满满，因为英国军队这时正遭受饥荒和疾病的困扰。但奥马尔酋长很快发现，攻占城市比护卫城市困难多了，随着战事的进行，他原计划抓住 2000 名丹吉尔驻军的愿望逐渐消退。

1681 年 1 月一个寒冷的早晨，人们可以看到一名年轻的英国士兵在丹吉尔的城垛踱步。珀西·柯克（Percy Kirke）上校穿着派头十足的制服走来走去，非常显眼。他穿着一件带有斜肩垫的长礼服外套，衬衫则饰有蕾丝领和褶边肩带。他最浮夸的装饰则是系在两膝处的精致丝带。

通常情况下，柯克上校不敢穿着正式的制服将头伸到护墙外。

5年来，摩洛哥军队多次进攻丹吉尔堡垒，并对柯克的军队大肆屠杀。1678年，奥马尔酋长的军队成功摧毁了两个外围堡垒，俘虏了8名士兵，并马上将他们锁住送往梅克内斯。被抓住俘虏的胜利鼓舞，奥马尔酋长发动了新一轮强攻，又俘虏了57名英国人。他们也被锁着送给在梅克内斯的苏丹，苏丹非常高兴。

奥马尔酋长的士兵意志异常坚定，英国人非常害怕整座要塞都会沦陷，所有人都会成为奴隶。在这紧要关头，一个增援部队的偶然到来挽救了他们。奥马尔酋长的军队被击退了，英格兰和苏格兰的火枪手取得了决定性的胜利。"这次进攻非常激烈血腥，"一名英国士兵写道，"……很多地方的士兵直接用长矛刺，近身肉搏。"经过激烈的斗争，奥马尔酋长的部队被迫放弃进攻。

驻军士兵对这次胜利欢欣鼓舞，可他们的喜悦很快就消散了，因为他们的许多同胞被俘，成了苏丹的奴隶，其中包括他们同部队的近70人。国王查理二世想要尽快解救这批俘虏，决定派遣使团与穆莱·伊斯玛仪谈判。使团的目的是要求立刻释放奴隶并讨论长久和平协议的条件。

人们普遍认为，奴隶几个月内就会回家。国王查理的大臣们正为近期打败摩洛哥军队而兴高采烈，他们谈论穆莱·伊斯玛仪的语气就好像他是个傻瓜。丹吉尔老兵爱德华·萨克维尔（Edward Sackville）上校对他们的轻蔑评论感到震惊，并警告他们不要低估摩洛哥人。"他们冷静而明智地讨论和争论问题，"他说，"因此我认为没有理由轻视他们。"

这个使团由可靠的詹姆斯·莱斯利（James Leslie）爵士带队，他因为此项任务被特别授予了爵位。他在1680年12月到达丹吉尔，焦急地直接前往穆莱·伊斯玛仪的王宫。但是他送给苏丹的礼物由另一艘船运输，没能按时到达。因为外国大使空手来到梅克内斯是过分的，莱斯利决定派遣一名信使向苏丹解释礼物迟到的原因。

被选中的是一个最不适合担任这样重要角色的人。珀西·柯克上校这个没骨气的人是个酒鬼，而且满嘴大话，他之后会因极度缺乏判断力而饱受谴责。塞缪尔·皮普斯（Samuel Pepys）在丹吉尔见到此人时，震惊于这样的人竟能担此重任。"柯克的专横和邪恶……简直惊人。"他写道。然后，他补充道，"这样一个大恶棍竟担此职责"，这令他十分难过。

柯克上校于 1681 年 1 月前往梅克内斯。迄今为止，他和摩洛哥人交往的经历仅限于战场，而且在战场上，他对他们的技能和残暴印象深刻。现在，他在一名当地长大的卫兵的陪同下前往梅克内斯，他惊讶地发现，苏丹那些可怕的战士在和平时期竟十分迷人。"我身边是世界上最有教养的人，"他写道，"但如果我有儿子，我宁愿把他送到这里抚养，而不愿意送他到法国宫廷。"东道主带着他去猎野猪和羚羊，每天晚上为他烤大量的肉吃。柯克写道："我们不知道吃掉了多少烤肉，十分奢侈。"

柯克在 2 月到达梅克内斯，并立刻受邀与穆莱·伊斯玛仪单独会面。第一次会面时，苏丹极具个人魅力。"苏丹在花园中接待了柯克，陪同的还有主要顾问和酋长中的四人、帕夏及将官。"他被这么正式的接待吓住了，战战兢兢地将詹姆斯·莱斯利的道歉信交给穆莱·伊斯玛仪。苏丹亲切地微笑着，"并给出了一个比预想中一位如此高傲的君主的答复更加有利的答复"。

他热情地接待了柯克，让他参观他的狮穴，观赏精妙绝伦的摩洛哥马术。"我们感谢他对我们的善意，"柯克的一名英国小随从写道，"他不仅给我们提供了足够的生活必需品，而且像所有教养良好的绅士那样，用他能做到的最时兴的仪式接待我们。"

穆莱·伊斯玛仪非常擅长奉承他的英国客人，并且不动声色地操控着柯克上校。他邀请柯克在他精妙绝伦的行宫喝茶，带柯克参观香气弥漫的橙子林、闪闪发光的凉亭和清凉的水池。他们两人"坦诚而友好地交谈"，当柯克心惊胆战地提出棘手的和平协议问题时，穆莱·伊斯玛仪出人意料地笑了笑，提议签订一份为期4年的停战协议。他向柯克发誓："只要我在这里，就绝不会有人向丹吉尔开枪。"

柯克对这次的成功会面十分满意，而且很得意于自己的外交技能。他相信，苏丹不仅值得信任，而且渴望建立更加亲密的关系。穆莱·伊斯玛仪询问这位新朋友，他能否给摩洛哥军队提供10门大炮，柯克一口答应，并承诺"提供任何他匮乏的东西"。

这位上校在与苏丹的谈判中惊人地幼稚，而且逾越了他的权限。他只是以信使的身份被派到梅克内斯，却把自己当成了外交大使。如果不是因为柯克完全忘记了被囚禁在摩洛哥的奴隶，莱斯利或许还有可能原谅他的这种僭越。至少有300名（或者更多）奴隶处在水深火热之中，状况糟糕。柯克肯定在访问中见过他们，因为穆莱·伊斯玛仪非常乐意向来访使节展示他的奴隶。但柯克对此绝口不提。相反，他写了一封信寄到伦敦，颂扬苏丹的美德，而那里的人正急切地等着奴隶的消息。"我必须告诉全世界，"他写道，"我遇到了一位仁慈的君主和公正的将军。"

詹姆斯·莱斯利爵士在丹吉尔逗留了两个月，等待载着苏丹礼物的船只到来。直到这艘船于3月最终抵达后，他才动身前往梅克内斯。事实证明，莱斯利对人品的判断力比柯克要好得多，他很快意识到，尽管苏丹过快地给出了承诺，但他绝不会马上履行。莱斯利尽力周旋释放奴隶事宜，但穆莱·伊斯玛仪打算袖手旁观，吩咐奥马尔酋长——那个被英国人打败的指挥官——来起草这份停战协议。

当这位大使再次提到释放奴隶的问题时，穆莱·伊斯玛仪极不情愿谈判。莱斯利的第一个困难是确切地知道苏丹拥有多少奴隶。穆莱·伊斯玛仪只承认有130名英国奴隶，其中70人是丹吉尔之前的驻军。另外，他的随从中还有60名英国人，所以他宣称共190人。然而，莱斯利很清楚，奴隶的实际数量要多得多。过去几年中，大量英国船只被俘，上面的船员全部失踪。

莱斯利有些灰心丧气，但仍试图买回在丹吉尔被俘虏的70名奴隶。可是穆莱·伊斯玛仪对他给出的赎金价格不屑一顾，并要求每个奴隶200个西班牙银元。他补充说他的朝臣拥有的60个随从更贵。赎金总额远远超过莱斯利的偿付能力，数月的谈判毫无结果，他不得不空手离开。最终他们筹足了钱送去给这位苏丹，穆莱·伊斯玛仪却说他之前的意思是每个奴隶200达克特——价值更高——而不是200个银元。

梅内克斯宫廷之行让莱斯利筋疲力尽。他觉得摩洛哥苏丹一直占据上风，而且因自己没有解救一个奴隶而懊恼万分。"在这件事情上，我也是个不幸的人，"他写道，"……只希望在受审前不被指责。"

穆莱·伊斯玛仪对这件事情的结果也十分不满。他原本期待自己会收到英国大使的一批厚礼，却发现很多礼品质量太差，令他厌恶。昂贵的布料和丝绸被雨水糟蹋了，英国火枪开枪时会炸膛。当苏丹参观"6 匹来自爱尔兰戈尔韦的骏马"——因它们的"长尾巴"而被专门挑选出来——时，他发现它们只能被送到废马屠宰场。

詹姆斯·莱斯利爵士在 1681 年一整年间一直指控穆莱·伊斯玛仪故意耍赖，并再三要求他归还英国奴隶。尽管苏丹拒绝在释放俘虏一事上让步，但他同意派遣大使到伦敦。这位大使将全权代表他谈判释放所有英国奴隶的事宜。

被选中代表穆莱·伊斯玛仪的人是穆罕默德·本·哈杜·奥特尔酋长（Kaid Muhammad ben Haddu Ottur），他是个摩洛哥贵族，据传他的母亲是一名英国奴隶。柯克上校见过这位酋长几次，认为他是个"脾气好、明事理的人"。不过，只有柯克一人这么认为。法国使者皮杜·德圣奥隆（Pidou de St. Olon）提醒英国人要小心应对这位酋长。"他行事诡谲，巧言令色。"他写道，"他是最狡猾和邪恶的人。"大使的随从被认为更不可信。他的一名顾问哈米特·卢卡斯（Hamet Lucas）是个英国叛教者，几年前从丹吉尔驻军中逃掉了。就连柯克也称他为"奸诈无耻的恶棍"，只要在卢卡斯听得到的地方，他都强调保密的重要性。"英国的事务……要对这些人严格保密，就像他们尽力不让我们知道他们的事情一样。"

使团于 1681 年 12 月从丹吉尔出发，经过 3 个星期抵达伦敦。英国，特别是因为塞拉海盗失去太多男人的英国西南部社区，对大使及其随从的到来感到兴奋。国王和大臣们也期待与摩洛哥使节面对面交谈，希望不仅能促成奴隶释放，也能化解两国之间多年以来的敌意。

1682 年 1 月 11 日，大使及随行人员首次与国王查理二世会面，这次盛大的会面在白厅宫的宴会厅举行。当大使进入大厅时，朝臣们都被他的异域风度所吸引。只有一名精明的观察者——日记作者约翰·伊夫林（John Evelyn）——对他的入场方式表示担忧。他看到这位酋长举止傲慢，走向国王时"没有表现出丝毫尊敬，没有低头，也没有弯腰"。

查理国王自己毫不在意。这位"快活王"（Merry Monarch）十分兴奋，以至甩掉了自己的帽子来表达愉悦和欢迎，这一举动后来对大使产生了重要影响。伊夫林这样描述哈杜·奥特尔酋长和他的随从："他们都穿着用彩色布料或丝绸缝制的长袍，袍上有纽扣和圆环。"为了御寒，他们还穿着"白色的羊毛披风，大到可以包住头和身体"。他们的头上缠着小包头巾，手臂和腿是裸露的，只穿着厚实的皮袜。大使穿戴得最为奢华，系着"以奇异的方式编织而成的精美的珍珠包头巾"。伊夫林认为他"是个英俊的人，非常漂亮，看起来很聪明、狡猾，彬彬有礼"。他给国王带来两头狮子和一些鸵鸟作为礼物，鸵鸟那滑稽的面部表情让朝臣们都低声笑了起来。

伦敦上流社会对摩洛哥随行人员礼遇有加，希望他们的热情款待有助于释放奴隶。国王查理二世的法国情妇，朴次茅斯女公爵路易丝·德克劳耶（Louise de Kerouaille）为他们准备了一场"充满甜品和音乐的盛大宴会"，并邀请了伦敦所有主要的朝臣来欢迎他们的到来。这些英国客人穿着异域服装，看起来"珠光宝气，极尽奢华"。

这场狂欢迅速演变成人们的酩酊大醉和粗俗嬉闹，摩洛哥大使和他的随从对此难以置信。他们拒绝加入狂欢，"表现出非凡的温和与谦逊"，伊夫林写道，"……既不羡慕，也不关心"。他们拒绝加入喧嚣的舞蹈，对提供给他们的酒嗤之以鼻。

"他们喝了一点牛奶和水，"伊夫林写道，"但是滴酒不沾；他们还喝了点冰果子露和巧克力。"伊夫林诧异于他们竟能整晚保持清醒，"［而且］也没有盯着女士们看，对她们一点兴趣都没有"。

宴会结束后的几天内，大使和他的随从大多数时间都待在海德公园，"他和他的随从在那里展示出了非凡的马术技巧，能在快马上投掷并接住长矛"。酋长被安排去过几次剧院，"每当愚蠢荒诞的情节上演时，他都会忍不住笑出来，但他会用他超凡的谦逊与庄重的品质尽力掩饰"。

这些摩尔人尽情享受伦敦的生活，成了社交圈的常客。他们绝口不提摩洛哥的英国奴隶，国王的大臣们决定在有十足的把握后再提出这个问题。因此，他们带着这些摩洛哥人观光游览，到温莎、纽马基特、牛津和剑桥短途旅行。无论这些摩洛哥人到哪里，都有很多人夹道欢迎。全英国的人似乎都想见一见这个一直以来攻击他们的船只、奴役他们的船员的国家的代表。

在剑桥大学，大使受邀参加由副校长和各学院院长主持的宴会。自抵达英国以来，他在这里第一次融入了欢乐的宴会。他大快朵颐，吃掉了很多"腌制的鳗鱼、鲟鱼和大马哈鱼"，以至感觉

"有些不适"，不得不躺在国王学院的教务长宿舍里休息。

2月，大使返回伦敦，参观了威斯敏斯特教堂，在那里，年轻的亨利·普赛尔（Henry Purcell）刚被任命为管风琴师。4月，他参观了皇家学会，会长是克里斯托弗·雷恩（Christopher Wren）爵士。他当选为荣誉会员，而且非常高兴地用"优美的阿拉伯字符"在宪章书册上写下了自己的名字。接下来的一个月，大使再次离开，这次去的是牛津。他住在天使咖啡厅，副校长和学者们（其中一些人会说阿拉伯语）都来拜访他。爱德华·波科克（Edward Pocock）博士用阿拉伯语发表演讲，"让他开怀大笑"——可能是因为演讲中犯了许多错误。

大使骗过了他见到的所有人，在享受了近6个月的盛情款待后，他坐下来讨论被囚禁在摩洛哥的奴隶问题，并证明了他的外交能力。查理二世尽其所能地以"超出常规的方式"招待这位大使，希望能带来长久互利的和平。他与大使的谈判是秘密进行的，外交争论的具体细节没有纸质记载。但是，由此产生的条约——签订于1682年3月——足够证明国王被要了。谈判的焦点问题是释放摩洛哥的英国奴隶。尽管这位酋长同意以200个西班牙银元的价钱卖出奴隶，但他说这需要苏丹本人的批准。谈判的另一项重点是让一直以来洗劫英国西南部、掳走渔民的塞拉海盗停止劫掠。但是，查理国王签署的条约中"丝毫没有提到海上的这个问题，这位大使宣称他对海上的事务一无所知"。条约还允许摩洛哥人继续从英国购买武器——这项条款引起了很多伦敦人的不满，而且批准释放在丹吉尔被俘获的79名摩洛哥战俘。这样做是因为人们相信穆莱·伊斯玛仪会对英格兰、苏格兰、威尔士和爱尔兰奴隶展示相似的宽宏大量。

摩洛哥大使在 1682 年 9 月回国，立刻前往穆莱·伊斯玛仪的宫殿汇报他的胜利成果。到达梅克内斯不久之前，他和他的随从就受到苏丹的 10 名黑人护卫的迎接。然而，这些护卫非但没有恭喜他们成功，反倒"抓住了大使和他的随行人员，直接给他们戴上镣铐"。之后，他们被送到苏丹面前，苏丹对他们的行为极为愤怒。据哈米特·卢卡斯称，穆莱·伊斯玛仪向他们咆哮，称他们是走狗，指责他们对接待他们的基督徒主人过于友好。他命人"用骡子拖曳大使 12 里格，穿过这个遍地石头和荆棘的国家"。

苏丹愤怒的原因很快就清楚了。为了得到晋升，大使的一名随从跟穆莱·伊斯玛仪报告说，穆罕默德·本·哈杜·奥特尔在英国饮酒作乐，而且和坏女人厮混。大使反驳说，他一直非常正直自律，但补充说其他人沉迷于"嫖娼，与基督徒厮混"。最终，双方各执一词。苏丹倾向于相信大使，并为他取下镣铐，后来苏丹承认，只有当自己听闻查理二世国王对大使脱帽致敬时，他才决定赦免大使。剩下的随从因与妓女厮混而受到谴责，并被勒令脱光衣服。"他们被阉割，"一个英国人这样描述这件事，"如此一来，他们今后便再也无法跟妓女厮混了。"

大使并没有回报英国向他展现的善意，当然也没有尽力劝说穆莱·伊斯玛仪释放英国奴隶。身处梅克内斯的英国奴隶托马斯·菲尔普斯（Thomas Phelps）写道："狗改不了吃屎……现在，他对英国事物了解得更多了，这损伤了国王的臣民的利益。"他补充道，不论穆罕默德·本·哈杜·奥特尔何时释放奴隶，他都会

"用魔鬼般的诅咒向他们致敬，我记得的是'Alli hazlebuck'，意思是愿真主以火刑折磨你们的父亲"。

穆莱·伊斯玛仪还跟之前一样强烈地反对英国。他否认大使在英国所做的所有工作，包括条约，拒绝在查理二世的签名旁签字。尽管丹吉尔驻军已经释放了所有摩洛哥俘虏，但他还是拒绝释放英国奴隶。面对英国的抗议，穆莱·伊斯玛仪要求派另一名大使到摩洛哥重新谈判条约。

国王查理二世亲自给穆莱·伊斯玛仪寄了一封用阿拉伯语写的信，但是苏丹愤怒于"信中的语气不够恭顺讨好"。他在回信中尖刻地责备对方，告诉国王他不会罢休，"直到我们摩尔人占领丹吉尔，并在真主的支持下，让它归我所有"。至于一直未得到解决的海上和平问题，他本就一点不想妥协。"我们不需要和平。"他在信中写道，并补充说摩洛哥海盗会继续打劫英国船只。

苏丹很快履行了他的诺言，让摩尔人占据了丹吉尔，尽管并不是通过军事胜利完成的。随着和平协议的破裂，国王查理二世对他的摩洛哥前哨站失去了兴趣。他没有尝试在丹吉尔增加巨额投入——这种做法未能阻止塞拉海盗的劫掠行为，而是下令撤离并破坏该城。1683年冬天，丹吉尔耗资巨大的港口和防御工事被系统地拆除了。次年2月，最后一支英国军队从这里撤离。

抛弃丹吉尔并没有改变穆莱·伊斯玛仪对英国人的态度，也没有促成他释放任何奴隶。1685年，国王查理二世去世。在国王詹姆斯二世统治的短暂时期，数百名英国俘虏和数千名法国人、西班牙人、葡萄牙人、荷兰人及意大利人在地下牢房中饱受折磨。没有人再去尝试让他们得到自由，直到1689年，荷兰人简·史密特·黑彭多普（Jan Smit Heppendorp）进入了关着 400 名英国和北美奴隶的牢房时，人们才第一次收到他们的消息。他写信给出生于荷兰的英国国王奥兰治的威廉（William of Orange），告诉君主他们"遭受着极大的痛苦和奴役，世界上没有任何一处的苦难与它类似"。

国王威廉三世的良知被这则消息刺痛，他开始了一系列解放他们的协商。5 年来，他试图讨价还价，但苏丹要求的赎金越来越多。威廉国王非常急于解救这些奴隶，最终同意了苏丹的敲诈，他派出乔治·德拉瓦尔（George Delaval）上校带着 1.5 万英镑和 1200 桶火药前往摩洛哥。"船上装满火药，"德拉瓦尔写道，"我们一直担心它们会爆炸。"

这位英国上校在得土安登陆，几小时后，穆莱·伊斯玛仪就开始质疑协议的条款。德拉瓦尔被激怒了，但他马上冷静下来，表示除非有明确的证据表明奴隶会被释放，否则他拒绝交钱。他的坚持和厚礼最终奏效了。1701 年 12 月，苏丹同意释放 194 名英国奴隶，只有 30 名在梅克内斯的奴隶未被释放。

1702 年安妮女王（Queen Anne）登基时，最后几名俘虏仍被苏丹关押着，看来他们的余生都要在奴役中度过了。但当女王暗示说她有兴趣联合穆莱·伊斯玛仪对西班牙飞地休达发起袭击时，他们突然出人意料地被释放了。

他们抵达伦敦时，公众一片欢呼，因为这似乎表明塞拉海盗的威胁最终解除了。女王的大臣们也松了一口气。摩洛哥的土地上没有一名英国奴隶，这是 150 年来的第一次。但是穆莱·伊斯玛仪并无意与安妮女王维持长久的和平。当女王拒绝为苏丹对休达的进攻提供军队时，苏丹告诉塞拉海盗他们可以再次开始打劫英国船只了。休战 3 年后，几艘商船被劫持，船上 55 名水手被抓走囚禁在梅克内斯。"祈求上帝怜悯我们，"其中一名奴隶詹姆斯·希尔（James Hill）写道，"［我们］在监狱被虐待，浑身赤裸，没有衣服和任何必需品。"

在安妮女王余下的统治时间里，穆莱·伊斯玛仪一直这么掳掠奴隶、勒索赎金，然后偶尔释放几个奴隶。只有当他认为有利可图时，他才会释放自己的奴隶，并始终将奴隶当作实现外交政策的工具。1714 年春天，他又释放了英国奴隶，签署了另一份和平友好协议。根据协议条款，英国承诺向穆莱·伊斯玛仪供应大量的瓷器、布料和 12 只梅花鹿。

女王在 1714 年夏天去世时，这些礼物仍未送出。对穆莱·伊斯玛仪而言，这种有意的怠慢需要不惜一切代价予以惩罚。次年春天，他准备让塞拉海盗再回到海上。与此同时，英国西南部的商人——不知道苏丹已改变心意——也正准备着出海。

第三章

海上被俘

"弗朗西斯"号几乎悄无声息地从法尔茅斯海湾出发了。没有送行的人群，没有垂泪的妻子和母亲。他们前一天晚上已经告别过了。现在，在没有祝福之人的情况下，船员们高效地各司其职。滴着水的绳索被拖到甲板上，散发着霉味的船帆已经张开。再来一股大风就能将小船推入英吉利海峡了。不到一个小时，康沃尔的海岸线就被远远抛在了身后。

"弗朗西斯"号在"吾主纪年 1715 年"的离开十分不起眼，除了港口人员和装卸工，再无他人知晓。这艘船属于当地商人瓦伦丁·恩尼斯（Valentine Enys），他是个积极进取的人，建立了远至波罗的海和加那利群岛的巨大贸易网络。他的财富依赖普通的沙丁鱼贸易，彭林的海域便盛产这种鱼。"弗朗西斯"号将风干并用盐腌制的沙丁鱼运往位于意大利西北部海岸的热那亚。

船员只有 6 人——加上船长 7 人，都是经验丰富的水手。船长约翰·佩洛是个粗率的老海员，一生大部分的时间都在公海上度过。他受过充分的教育，能够读写，这些技能将在未来的几年发挥重要作用。其他 6 人是法尔茅斯港口那排临海的小酒馆的常客。他们出身低贱贫穷，所以除了名字，我们对他们一无所知。他们是刘易斯·戴维斯（Lewis Davies）、乔治·巴尼科纳特（George Barnicoat）、托马斯·古德曼（Thomas Goodman）、布赖恩特·克拉克（Briant Clarke）、约翰·克里姆斯（John Crimes）和约翰·邓纳尔（John Dunnal）。

一个新人加入了"弗朗西斯"号的这次特别航行，他就是年仅 11 岁、从未出过海的托马斯·佩洛。他和父母还有两个妹妹一起生活在繁忙的彭林渔港，"那是个令人愉悦舒适的小城"，距离法尔茅斯只有 4 英里。据其最出名的居民彼得·芒迪（Peter Mundy）说，彭林就像微型的君士坦丁堡。它像奥斯曼帝国的首都一样，被大海的两臂环抱，两臂的交汇点是两地的度假胜地。"像君士坦丁堡那样，两地被宏伟的帝国后宫或者行宫分开，"芒迪写道，"因此类似地，我们有了这个游玩胜地……一片漂亮的滚木球草场和两条小溪。"

彭林的繁荣与海洋息息相关，但当地居民也敏锐地觉察到了来自地平线之外的危险。过去，海盗船经常在此出没，也许是因为巴巴里海盗，当地居民在该城纹章上画了一个撒拉逊人的头。

托马斯·佩洛曾在彭林的拉丁学校学习。他是一个聪明而富有进取精神的小伙子，如果他能更用心学习的话，他本有可能改善自己的命运。但他不喜欢每天天刚亮就去上学，也不喜欢"学校严格的纪律"，于是便决定逃到海上——不过这得到了家人的允许。他知道叔叔约翰·佩洛船长马上要出发去热那亚，于是去拜访他，恳求他让自己参与这次刺激的冒险。"［我］巧妙地讨好叔叔，"他后来写道，"只要他同意，我的父母就会同意我和他一起去。"

得到许可并不容易。托马斯的父母希望自己任性的儿子能继续学业，而且反复向他指明"在这样稚嫩的年纪，我有可能在外面经历的"艰难。他们还告诉他，学校的纪律和船长的鞭子比起来不值一提，并警告他只要在船上感受过九尾鞭，他就会希望他从没离开过彭林。但托马斯坚持要求出海，他的父母只得告诉他"落入摩尔人手中的恐怖"，那群人滋扰康沃尔海岸线很久了。

托马斯的固执最终见效了，他的父母不打算再同他争论。"我得到了他们的许可，"他后来写道，"……而且很快穿上了水手服。"托马斯在彭林的家中做了"长长的告别"，挥泪和两个妹妹说了再见，然后步行来到4英里外的法尔茅斯，并登上了"弗朗西斯"号。他本希望能在6个月内回来，但万万没想到，他将要踏上的是一段为期23年的冒险。

托马斯的父母对摩尔海盗的担忧十分明智，他们可能也提醒过船长和船员这次航行万分凶险。他们知道最近有大批俘虏被监禁在巴巴里，其中很多人都来自康沃尔，他们真的很担心自己的儿子会遭遇相似的命运。但是"弗朗西斯"号的所有者瓦伦丁·恩尼斯认为这种担忧没有必要。他知道摩洛哥苏丹和英国一年前刚刚签订了和平商业协议。他还知道这项协议终结了塞拉海盗长期的恐怖统治。海盗们现在不得攻击英国船只，也不得在英国海岸线附近的任何地方航行。苏丹曾亲自警告他们，"违者只能怪自己，只会让自己的人头落地"。他还在私下补充说，一旦停战协议到期，任何在海上被抓住的海员都会"失去我们的保护，不再享受协议上的优待，任何获救的希望都会落空"。

佩洛船长和他的船员没有理由怀疑苏丹正打算撕毁条约。他们不知道安妮女王许诺给摩洛哥苏丹的礼品根本没有送出去。他们也不知道穆莱·伊斯玛仪因为英国没按照和约送来礼品而大发雷霆。

其他的英国商人同样不知道苏丹的心意有所变化，而且正准备好好利用这段和平时期。整个英国南部的港口都很繁忙，一艘艘船正准备踏上驶向西班牙、葡萄牙和北美殖民地的贸易之旅。一支载着渔民和商贩的小型船队已经扬帆驶入北大西洋。"莎拉"号载着15名船员从布里斯托驶向巴巴多斯。"奋进"号正从托普瑟姆开往纽芬兰，载着一船盐，与此同时，同样来自托普瑟姆的"戴维"号正在驶向里斯本的途中。汉普顿的"凯瑟琳"号和伦敦的"乔治"号正开往西班牙，而赫尔的"瑞贝卡和玛丽"号则载着谷物运往来航。

不仅英国人在海盗平静时期开始出海，来自美洲殖民地的商人——他们曾是之前塞拉海盗袭击的受害者——也再度开始载着货物出海，驶向欧洲南部的大市场。其中一艘船"繁荣"号最近载着一船咸鱼离开了新英格兰。6名船员中包括一名和佩洛年纪相仿的男孩亚伯拉罕·卡马克。第二艘新英格兰的船"王子"号也准备驶入北大西洋混乱的水域。船上共载有10人，包括一名付费乘客，他们对前方的危险毫无察觉。

进入波涛汹涌的大西洋水域后，"弗朗西斯"号的船员唯有天空相伴。男人们很高兴重新返回海上，期待着与头发乌黑的热那亚妓女短暂的调情。小托马斯很快就后悔了。他的叔叔是个严厉的工头，对他的侄子也毫不例外。"我的娱乐时间很少，几乎没有"，托马斯后来抱怨道，而且补充说，如果他在工作中懈怠，

"我也不能免于九尾鞭的惩罚"。为了给他灌输纪律意识，佩洛船长命侄子"爬上最高的主桅杆，不论外边天气如何"。

佩洛船长知道如何将年轻人训练成水手，但对船只的安全漫不经心。他对近期可能的和平协议破裂没有采取任何预防措施，船上一支火枪也没有。如果遭到攻击，"弗朗西斯"号将毫无抵抗能力。

"弗朗西斯"号的航线最凶险的一段就是直布罗陀海峡。这是塞拉、阿尔及尔、突尼斯和的黎波里海盗最爱的狩猎场，他们潜伏在隐秘的小海湾中，直到猎物进入伏击范围。这时，海盗仍然隐藏着不见踪影，佩洛船长和他的船员畅通无阻地穿过海峡。他们向东驶向意大利，安全抵达了热那亚，并很快在那里出售掉了船上的沙丁鱼。他们用这些挣到的钱采购了些能在英国西南部卖个好价钱的货物。

当"弗朗西斯"号开始返回英国时，船员们的思绪早飘回了家乡。他们没有得到任何关于塞拉港海盗威胁的新信息，可是他们不知道，海盗已经为公海上海盗季的到来准备了几个月。

这些海盗中有可怕的海盗船长阿里·哈卡姆（Ali Hakem）。与他的海盗同伴一样，自穆莱·伊斯玛仪与安妮女王签署和平条约后，他就一直被禁止抢劫英国船只。他和他的海盗继续出海，集中精力劫掠西班牙、葡萄牙和法国的船只。所有人都知道，苏丹撕毁与英国的协议只是时间问题，英国船只很快会再次成为海盗的合法目标。

哈卡姆很可能是从阿伯德拉曼·埃尔·梅迪努尼（Abderrahman el-Mediouni）那里得知了苏丹的决定。梅迪努尼是塞拉的海军上将，对所有海盗都有名义上的控制权。这个消息在塞拉港口引发骚动，海盗们蠢蠢欲动，立马准备出海。有许多实际的问题需要处理。他们要雇用新船员、清理并维修武器，还要准备好船只。塞拉海盗偏好驾驶的船是一种小型三桅船，这种船体型小，装着大三角帆，在水中速度极快。哈卡姆和他的手下知道，速度和出其不意是他们捕获战利品的法宝。船体的外壳上被小心地涂满油脂，这让海盗们像鱼一样在海浪中灵活地穿梭。

船出港前，他们还会举行宗教仪式。这些仪式奇异地融合了迷信和民俗，被人们遵循多年，已成为一种传统。"船长从不会忘记拜访一位知名的马拉布特，"神父皮埃尔·丹在 1637 年写道，"向他询问他们的航海事宜，并请他为他们祷告。"马拉布特会给出建议，作为回报，他会得到捐助。马拉布特随后会送给船长一只绵羊，用作之后海上献祭的祭品。

佩洛船长和他的船员对即将在他们身上发生的恐怖行动毫不知情。他们的航行比任何人预想的都要顺利，他们被这种虚假的安全感蒙蔽了。他们顺利地穿过诡谲的比斯开湾，在看到海平面处的另一艘英国船后，他们的情绪更为高涨。"弗朗西斯"号开始了友好的追逐，并在两艘船靠近时发出愉悦的欢呼。"乔治"号是罗伯特·福勒（Robert Fowler）船长的船。船上的 5 名船员在热那亚成功购买了一大船的油，也都期盼着返回家园。两艘船顺利穿过了菲尼斯泰尔岩石嶙峋的岬角，船员们为此庆祝。"我们的货船顺利进出，"托马斯·佩洛在他的叙述中写道，"上帝庇佑我们回家。"

阿里·哈卡姆和梅迪努尼上将一同从塞拉出发。两艘海盗船已经跟踪英国船只几个小时了。他们知道出其不意是他们最具杀伤力的武器，便继续监视着"弗朗西斯"号和"乔治"号的动向，而且知道英国猎物看不到他们低矮的船。

按照传统，他们会在发动攻击前的紧张时刻宰杀马拉布特给他们的那只羊。这是个严肃而血腥的仪式。据曾经目睹过这种献祭的英国奴隶约瑟夫·皮茨（Joseph Pitts）说，首先，船长剁下羊头；然后，船员"马上取出内脏并将它们和头一起扔到海里"。在剥去了腿部和腹部的羊皮后，"他们将羊从中间剁成两半"。一半扔到船右侧，另一半扔到船左侧。皮茨写道，这么做"是一种赎回"。

献祭完成后，海盗开始逼近他们的猎物。为了引诱受害者毫无戒心地进入攻击范围，他们通常都会升起假的旗帜。只有当目标船只距离很近时，他们才会突然换上海盗旗，展露他们的真面目。海盗旗迎风招展，上面通常画着挥舞着弯刀的手臂，用来恐吓倒霉的水手，好让他们投降。

佩洛船长和他的船员被两艘塞拉三桅船打了个措手不及。小托马斯后来写道，他们发现这群追捕者时为时已晚，他们"毫无防备"。他没怎么提及之后的攻击，可能是因为他在近25年后才写下被捕的故事。其他的受害者在看到海盗时立刻陷入了恐慌，海盗剃光了头，光着膀子，挥着弯刀，让人瑟瑟发抖。和佩洛一样担任船上侍者的男孩约瑟夫·皮茨永远都会记住这一幕。"这群敌人对我而言就像是巨大而贪婪的怪兽，"他写道，"我尖叫着：'噢，天啊！我害怕他们会杀掉并吃了我们。'船长很有先见之明地回复道：'不，孩子……他们会把我们带到阿尔及尔卖掉。'"

没有武装的"弗朗西斯"号对哈卡姆和梅迪努尼毫无还手之力。福勒船长的船上也没有武器。但是，正当两艘英国船"尽他们所能做出微弱的抵抗时"，一名眼尖的瞭望员看到了一艘更大的船正全速向他们驶来。那是伦敦老船长理查德·费里斯的船，"这艘船的火力强多了，有 20 名船员、8 门船炮、8 门舷炮"。

费里斯船长的"南华克"号，确实要比"弗朗西斯"号和"乔治"号大得多。这艘坚固的商船载着一船小麦从朴次茅斯开往来航。船上的男人不下 18 人，而且船长勇猛好斗。他决定阻止"弗朗西斯"号和"乔治"号被劫去塞拉，并发誓会火力全开，营救这两艘被俘船上的船员。

塞拉海盗不习惯遇到受害者的回击。他们的策略是集中火力突袭，在对手有时间上膛前完全压制住他们。过去的几十年中，尝试着自卫的英国船只屈指可数，即使他们知道被劫走几乎肯定意味着长时间的奴役生活。那些对抗海盗的人会发现，他们面对着一群真正可怕的敌人。 1655 年，美洲殖民者亚伯拉罕·布朗（Abraham Browne）曾命令他的船奋起反抗。"我抓起一个酒瓶，"他写道，"命令每个人喝酒，想方设法给他们壮胆。"接下来的战斗非常激烈，布朗和他的船员很快发现自己不能待在暴露的后甲板上了。"他们的火枪弹……太密集了，我们不能待在那里了。"

这就是塞拉海盗的经典战术，很快就会在"弗朗西斯"号、"乔治"号和"南华克"号上重演。这种战术无疑让布朗和他的船员失去了自由，也让他们几乎丧命。当他们重新给枪上膛后，海盗已经登船并切断了索具，船陷入瘫痪。接下来，他们挥舞着斧头，砸开木板和门，逐步控制了整艘船。

在布朗和他的船员被捕 60 多年后，费里斯船长发现他陷入了相似的困境。他的 16 门重型大炮足以击沉哈卡姆的船，他的船员也知道战斗失败的话，他们肯定会被卖为奴隶，因而奋力战斗。但是"南华克"号远超海盗三桅船的尺寸成了它最大的劣势。这艘船的大炮不适合水面低射，而且费里斯船长意识到，只要塞拉海盗钩住他的船，他们就很容易登船。

意识到他们自己的生命危在旦夕，"弗朗西斯"号和"乔治"号的船员焦灼地观望这场战斗的进展。托马斯·佩洛也紧张地看着"南华克"号向两艘三桅船开火。"他们英勇无畏，"他写道，"战斗了 10 个小时，意志坚定。"

哈卡姆的手下在袭击中异常大胆。他们操控三桅船接近"南华克"号并用铁锚把自己和这艘英国船钩在一起。由于这让海盗暴露在射程内，费里斯船长充分利用自己的位置优势，"三次击退了登船的摩尔人，并杀死了很多海盗"。随着时间流逝，费里斯船长不停填装火药并开火，海盗船上一片慌乱，伤亡惨重。但是海盗被激怒后便疯狂进攻，似乎完全不要命。事实上，他们好像被惨烈的战斗刺激，斗志顽强。时间一小时一小时地过去，他们全力发动进攻，第二次、第三次、第四次杀回英国船的底层夹板。最终，他们的数量优势开始显现。费里斯船长的船员已经筋疲力尽，而且在一波又一波的进攻下，意志也动摇了。随着时间推移，他们力量减弱，慢慢失去了对船的控制。经过了一整天的战斗，他们别无选择，只能投降。"他们被更强大的力量压制，"佩洛写道，"也只能屈服。"

拒绝被俘的船员会被无情地就地处决。英国船长贝利米（Bellemy）试图反抗这群塞拉海盗时，被快速而暴力地解决了。"海盗用短剑砍死了他，"和他一起被俘的船员弗朗西斯·布鲁克斯（Francis Brooks）写道，"把他撕开，说着'这就是这条狗的命运'，然后将他的尸体扔到了海里。"

费里斯船长并没有遭此厄运，但他很快发现所有三艘被俘船的船员会面临严峻的未来。托马斯·佩洛没怎么记录船员被捕后的恐惧不安。他只回忆起船员被"紧紧地关在一起，并被野蛮地对待"。对一个 11 岁的男孩而言，被俘的经历必定十分可怕。"我无法描述当时的痛苦，"他后来写道，"和我的叔叔分开。"

多数被捕海员的第一反应是无助和绝望。佩洛船长和他的船员也不例外。仅仅几个小时之前，他们还是自由人。现在，他们失去了所有自由的希望，而且俘虏他们的外国人异常可怕。亚伯拉罕·布朗描述塞拉海盗"比起人类，更像贪婪的野兽"，很多其他的受害者也有一样的体验，而且他们极为野蛮地对待俘虏，"让我们裸体，一丝不挂，肆无忌惮地对待伤员"。这样苛刻的待遇绝不是例外。约瑟夫·皮茨在 1678 年被俘，他和他的船员被铁链锁着，除了勉强糊口的吃的，什么都没有："只有一点醋……半勺油，几个橄榄还有一点黑饼干。"

被俘的"弗朗西斯"号、"乔治"号和"南华克"号的船员被分成几个小组。佩洛船长和他的三名船员被分到了哈卡姆的船上。小托马斯和其他三名同伴被派到由梅迪努尼指挥的三桅船上。塞拉的船长意识到自己的船上没有足够的空间容纳所有的俘虏，于是决定把一些英国人安置在被他们俘获的船上。这些人和押解他们这一组的海盗一起迅速驶向塞拉。

为了捕获更多的船只，他们在接下来的一个月"紧盯着其他猎物，估算他们货物的价值"。尽管他们没有之前那样好运，但是其他塞拉海盗船连续狩猎成功。1715年，很多出海的英国船只被海盗洗劫一空。约翰·斯托克（John Stocker）船长的"莎拉"号在3月底被俘获。他的15名船员被抓住运往塞拉。来自托普瑟姆的"奋进"号也在当天被劫持。船上的9名船员，包括一名小男孩，也被俘虏。其他被俘获的船只包括来自普利茅斯的"联盟"号和在赫尔注册的"瑞贝卡和玛丽"号。

很多从美洲殖民地出海的商船很快也觉得自己要是待在家里就好了。本杰明·丘奇（Benjamin Church）船长从新英格兰出发的"繁荣"号在1716年春天被俘，正好在"弗朗西斯"号被俘的前几个月。不久之后，塞拉海盗又有了更大的收获，劫持了从新英格兰来的"王子"号。不久之后，所有这些船的船员都会在梅克内斯可怕的奴隶监狱相遇，成为难兄难弟。

哈卡姆和梅迪努尼最后厌倦了在空旷的大西洋扫荡。"看不到获得更多战利品的可能性，加上食物开始短缺，他们带着已捕获的猎物，在塞拉港口的沙洲外安全抛锚。"这个移动的沙洲是由布赖格赖格河裹挟而下的淤泥形成的，非常危险，尤其是对进入其中的满载着货物的船只而言。但是，它也为塞拉提供了天然的海上防御，长久以来，它阻止了针对海盗的大规模军事攻击。大型船只无法进入塞拉港口，即使像哈卡姆的那些小型三桅船，也只能等到涨潮时才能被推进海港。

两位船长在等待涨潮时相互恭贺对方的好运气。他们觉得穆莱·伊斯玛仪会满意这个季度抓获的奴隶，期待着收到丰厚的回报。但是很快，两人从美梦中被唤醒了。大约中午时分，"［他们］突然惊慌地发现，海上有一艘帆船正驶向他们"。托马斯·佩洛说，两位海盗船长担心这是德尔加诺（Delgarno）船长的船，"他们知道他当时指挥着一艘武装着 20 门大炮的英国船"。

这些英国俘虏简直不敢相信这份意料之外的好运。如果这真是德尔加诺，他的及时出现将为他们带来一线生机。这位船长因成功攻击巴巴里海盗船而威名远扬。在过去的几个月中，他抓住了两艘这样的海盗船。一艘被成功带回直布罗陀的英国海军基地。另一艘被打成碎片，沉没于坎丁角的深海中。现在将是一场和潮汐的竞赛，就看这名英国船长能否赶在海盗进入海湾之前填充好火药，击沉塞拉的三桅船。

两名海盗指挥官迅速行动，相信即将到来的潮汐足够将他们送入海湾。可是这次，他们大错特错。"梅迪努尼在起锚，哈卡姆在下放绳索，"佩洛写道，"他们都在这里搁浅了。"

之后发生的事情说法不一。据塞拉的法国领事勒马德兰先生（le Magdeleine）说，他在远处的海岸线上看到海盗的三桅船被海风和海浪撕成了碎片。托马斯·佩洛却讲述了一个完全不同的版本。他说，身份不明的英国船开始逼近海盗船，意图明确，打算击沉它们。

当这艘发起进攻的船接近三桅船时，船长用船上最重型的武器开火，"一些炮弹落在海盗船附近……一些炮弹飞过它们很远，如此密集的炮弹将两艘船都……很快打成了碎片"。海风越来越大，狂风怒号，变成一场巨大的风暴，滔天的海浪猛扑向沙洲。现在，海洋释放出的巨大力量都加在破碎的三桅船上，它拔出船上的木板，慢慢将它们碾成碎片。末日转瞬即来。船被巨大的力量折断，泛着泡沫的海水涌入船舱，船员和俘虏只能跳海求生。

佩洛写道："但是我不太会游泳，就算拼尽全力，无情的大海也一定会吞没我。"在绝望中，他请求同伴刘易斯·戴维斯救救他。但是，戴维斯遗憾地摇了摇头，告诉托马斯"他最多只能自救；如果他背着我，我们两个人十有八九都会死"。

佩洛依旧守着沉船，几乎失去了一切希望，这时，一个巨大的浪头击断了船的桅杆。他意识到这可能是他唯一的逃生机会了，便跳进海中冲向桅杆。正当他挥着双臂在波涛汹涌的海浪中挣扎时，瞭望员发现了他，他被"岸上开来的一艘船救下"。他差点儿被淹死，惊恐地颤抖着，却惊讶地发现那些摩尔船员正淡定地游向海岸。"他们对海上的危险毫不在意，"他写道，"跳进水中，像很多狗一样游向岸边。"他的船员同伴也很会自救。三艘俘虏船上的所有人都成功冲出海浪，安全抵达，然后就被那些为海盗工作的人抓住。劫后余生的他们坐在海滩上平复心情，看到那艘英国船安静地驶向大海。仅仅几分钟，船在厚重的海雾中就只剩下了一个影子。

托马斯·佩洛在1716年的夏天第一次看到塞拉。这座小城最初为防御之用而建起。在过去的几十年中，河口各侧都已被坚固的城垛围住，两座城堡上布满了武器。多岩石的海岸线上也有炮台，防备着任何进入海湾的敌船。在城墙上方耸立着塔楼和尖塔，有几个地方的果园和菜园几乎延伸到了大海里。当橙子树和柠檬树开花时，塞拉看起来非常迷人。

但是新来的奴隶很难看出奴隶商和海盗享有的巨额财富。尽管商人房屋的豪华内饰耗资巨大，但街道和小巷都很脏，一半道路都被垃圾吞噬。在穆莱·伊斯玛仪统治的早年间，法国人热尔曼·穆埃特作为奴隶被带到这里，他发现这里的城墙被人们当作公共厕所，十分恶心。"有很多粪堆和泥土，堆到和城墙一样高，"他写道，"这使越过城墙非常容易。"其他人发现露天市场又脏又拥挤，"狭窄到连马车都无法通过"。许多建筑物都濒临坍塌，据说连城市的防御设施都处于严重失修状态。据一名英国见证者说，这些墙壁"很多地方都被拆毁或损坏"，他总结道，"这是一个虚弱无力的地方"。

约翰·佩洛船长、他年轻的侄儿和其他俘虏现在第一次体会到了奴隶的生活。按照巴巴里的习俗，每个新来的奴隶的脚踝上都会被焊上一个大铁环。在阿尔及尔，这些铁环重达1.5磅，连着一条长长的铁链，奴隶不得不把它拖在身后。塞拉的奴隶商人常常更加残酷。一个英国奴隶说，他的主人"下令为每个奴隶打造重达50磅的镣铐"。

奴隶第一次到达时还会隆重地游行穿过城市，以便当地人诅咒、羞辱并恶意攻击他们。英国俘虏乔治·艾略特（George Elliot）第一次被带到岸上时被"几百个游手好闲的恶霸和流里流气的小孩围住"。他们扑向他，发出"可怕的、野蛮的喊叫"，艾略特和他的同伴"像被驱赶的羊群那样，走过了几条街"。

对托马斯·佩洛来说，这种被公开羞辱的经历极其可怕。"可想而知，在这样危险的情境下，我是多么伤心、恐慌和不安。"他后来写道，"……我只能成为奴隶，饱受更加悲惨的折磨，直到死亡。"他和他的同伴还没从海上灾难的震惊中回过神，"处于低迷和虚弱的状态"，现在，他们将要被送到臭名昭著的马塔莫里斯（matamores）。

马塔莫里斯是地下牢房，每个牢房中关押着 15 个或 20 个奴隶。唯一的光线和空气来自屋顶上的一个小铁栅栏；冬天时，雨水会直接从开口灌进来，淹没地板。铁栅栏是通向外界的唯一出口。极少数情况下，奴隶被允许外出，一条绳子会从铁栅栏处悬吊下来，他们只能使用数周没得到锻炼的肌肉向上攀爬。新鲜的空气确实十分奢侈。这些可怜的俘虏会被关在拥挤肮脏的地下牢房几个星期，直到下一次奴隶拍卖。

许多奴隶都写到过这个可怕的地方，但只有热尔曼·穆埃特记录了这个地下地狱生活的所有恐怖。塞拉最大的地下监狱由砖柱支撑，常被用来关押最新抵达的俘虏。这个监狱太深了，以至在冬季潮湿的月份，地下水和污水会频繁地从泥地里渗出。"在这里，基督徒不能像在其他牢房那样躺下来，"穆埃特写道，"因为一年中有 6 个月，这里的水都漫过膝盖。"为了不浸泡在水中，"他们做了一种吊床，或是一种用绳索做的床，用大钉子从上到下依次挂起来，睡在最下面的人背部几乎能触到水"。最上面的吊床经常会坏掉，"接着，他和他下面的所有人都会掉进水里，并在那里度过剩下的黑夜"。

小一点的地牢虽然没有那么深，但也拥挤不堪，很容易让人产生幽闭恐惧。穆埃特说，牢房的空间太小，所以俘虏只能躺成一个圈，脚在中间相碰。"剩余的空间只够塞进一个瓦罐。"他写道。

佩洛船长和他的手下来时正值夏天最潮湿的时候，草席垫上长了厚厚的一层霉。据穆埃特说，这些草席"由于地面的潮湿散发出恶臭，当所有奴隶都进来时，这里变得难以忍受，而且越来越热"。这些最小的地下牢房通常都是"肮脏的、臭气熏天的，而且满是寄生虫"，死亡往往是一种幸运的解脱。

托马斯·佩洛和三名同伴——刘易斯·戴维斯、托马斯·古德曼还有布赖恩特·克拉克——被关在这些小小的地下牢房中。很快，这里又加进了17个法国俘虏，他们也是在海上被俘，还有一群来自欧洲其他地方的奴隶。"三天来，"佩洛写道，"[我们被]囚禁在那里，摩尔人只给我们面包和水。"这些人非常幸运，因为一些欧洲商人获得特许，可以在塞拉做交易，他们买来了一些其他的食物，"这对如此虚弱和郁郁寡欢的我们来说，真的是帮了大忙了"。

这些人又累又饿，还穿着被海盐弄得僵硬的破布衣衫，害怕地等待着他们被拖出牢房卖掉的那一天。塞拉的奴隶市场是摩洛哥在大西洋沿岸最大、最有利可图的市场。像阿尔及尔、突尼斯和的黎波里的奴隶市场一样，这里的欧洲奴隶买卖贸易发达，许多奴隶被贸易商一抢而空，再卖到其他地方。每次拍卖中，海盗的首要目标都是尽可能地从可怜的俘虏身上多赚钱。身体强健的男人和漂亮的女人被私人买家疯狂抢购。年迈的、生病的奴隶几乎卖不出价钱，只能活上几个月，其间一直从事繁重的体力劳动。

塞拉有两个奴隶市场，一个在河北岸，现在是城里的主要市集，另一个在南部。后一个市场现在已无迹可寻，它之前位于高大的奥达亚门的阴凉之下。扭曲盘错的树木在破碎的地面上投下树荫，奴隶被铐着铁链站在那里。被粉刷成白色的拱北（带圆顶的圣所）标志着这里是圣人的圣殿。我们需要丰富的想象力才能勾勒出三个世纪以前的图景。

北非各地被囚禁的奴隶的证言揭露了一种残酷且毫无道德顾忌的交易。在拍卖前几天，身强体健的男人通常会得到异常慷慨的口粮。亚伯拉罕·布朗得到了"每天一次的新鲜食物，有时更丰富，一天两次，外加市场上的优质白面包"。他有理由怀疑，这些面包是"为了喂饱我们卖个好价钱，[这样]我们在被出售的那天状态可能会看起来不错"。拍卖当天，在太阳升起时，奴隶们从地牢被带到市场。在阿尔及尔被拍卖的威廉·奥克利（William Okeley）写道："我们像野兽一样被驱赶到那里，被展示和出售。他们非常残酷，但他们的贪婪超过了他们的残酷。"

就在几天前，这些人还是自己命运的主人。现在，他们被脱光衣服，接受检验。他们被要求弹跳以检测敏捷性，陌生人将指头伸进他们的嘴里和耳朵里。被拍卖的经历是痛苦而耻辱的，尽管每个人的痛苦经历都不尽相同。乔治·艾略特讨厌自己被一群奴隶商推来操去。他被铐着铁链带到一个黑人监工那里，他"把我拖来曳去，从一个人那里到另一个人那里"。约瑟夫·皮茨惊讶地发现，阿尔及尔的奴隶商是有销售套路的，和每周蔬菜市场上卖洋葱和茄子的小贩的套路如出一辙。"看看，这个男人多强壮啊！看看他的四肢！他什么活儿都能干。而且这是个多漂亮的男孩啊！毫无疑问，他的父母非常富有，会为他付一大笔赎金。"

大多数的奴隶商热衷于检查奴隶的牙齿。"首先就是看他们的口腔，"奥克利写道，"一口美好的、强健的牙齿能极大地抬高价钱。"他们对牙齿感兴趣的逻辑很清晰，也有些可怕："他们〔认为〕牙口不好胃口就不好，胃口不好就不能劳动，不能劳动就没法上工，不能上工就没法挣钱。"

只要奴隶商人对奴隶良好的身体状况满意，他就会出价。价钱差异很大，主要取决于奴隶的年龄和身体状况。但是家庭背景也重要，很多奴隶商希望奴隶出身富贵之家，能支付巨额赎金。布朗记录说，船上普通水手的售价为30—35英镑，两个小男孩"卖到了40英镑"。布朗本人被认为只值15英镑，"非常便宜"，但是他在奴隶拍卖时价格大涨。"一些犹太人出价高达75英镑，"他写道，"这就是我的买主拍下我的价钱。"

佩洛船长和他的船员对这样的命运感到害怕，因为他们太熟悉奴隶在巴巴里被买卖的故事了。在"弗朗西斯"号被俘的前几年，出现了一批由出逃的奴隶撰写的读物，很多发行量都很大。威廉·奥克利、托马斯·菲尔普斯和约瑟夫·皮茨都出版过有关奴役生活引人入胜的长篇故事，很多其他的故事也都在英国西南部的码头小酒馆广泛流传。这些刚被俘的人可能还没有意识到，塞拉庞大的奴隶市场已经成为过去。尽管阿尔及尔、突尼斯和的黎波里的拍卖一切如旧，但塞拉的市场在穆莱·伊斯玛仪继承王位后发生了重大改变。他的第一个举措就是关闭市场，这并不是出于慈善或者仁慈，而是因为他想要将这些奴隶据为己有。最近所有被抓的男人、女人和孩子都从塞拉被送到了梅克内斯，然后在盛大的仪式中被献给了新的主人——摩洛哥的苏丹。

这就是"弗朗斯西"号、"乔治"号和"南华克"号上被俘的幸存者的遭遇。在塞拉的地下牢房度过悲惨的 4 天后，"我们全部 52 人都被带出去，送到梅克内斯"。男人们害怕长途跋涉，因为很多人都没有鞋，衣服也残破不堪，但他们在前往帝国首都的 120 英里的跋涉中受到了不同寻常的优待。"一些人骑骡子，"托马斯·佩洛写道，"一些人骑驴，一些人骑马。我和我的叔叔共乘一骑。"

在这趟行程中，他们首先穿过了古老的塞拉森林。托马斯·佩洛后来回忆，它"生长着无数成材的高大橡树，还有大量的野猪、狮子、老虎（豹子）和许多其他危险生物"。森林太密，所以不熟悉路径的人不敢贸然进入。每次苏丹的税收人员来到该地区时，当地的商人就会隐匿在森林里，确信自己绝不会被发现。

在哈卡姆和梅迪努尼的带领下，佩洛船长和他的手下安全穿过森林，并继续他们的冒险之旅，"一路住帐篷，因为这是我们在那些地区唯一的住宿方式"。当地农民不欢迎基督徒出现在他们的土地上，经常显露出不满。据几年前走过同样的路的神父多米尼克·巴斯诺说："我们一离开，他们就会烧掉大量白柳条……大声喊叫，来净化这个地方。"

在行进的第二天，他们穿过蒂弗利特河，向达尔姆斯索尔坦前进。上路第四天，这些筋疲力尽的人们终于看到了帝国首都梅克内斯。

"在我们抵达城市的时候，"佩洛写道，"更确切地说，在距离目的地一英里的时候，我们被要求从坐骑上下来。"所有人都要脱下鞋子，"也就是说，有鞋子的人要脱下鞋子"，他们要穿上

"摩尔人特意为此给我们买的"黄色软鞋。

到目前为止，这些人受到的待遇都相当好。哈卡姆和梅迪努尼希望刚俘虏的奴隶能取悦苏丹，而且希望所有的奴隶都处在最佳状态。佩洛的记录中没有任何对寒碜的口粮和苦咸的饮用水的常见抱怨，他的同伴们在去往梅克内斯的路上也没有遭到殴打。但是这些人都知道，一旦踏入城门，他们就不太可能受到友善的对待了。通常，被俘的基督徒一进入梅克内斯就会被推搡，甚至被殴打。

当太阳从东方城墙上壮观地升起时，这些人被领着通过主城门，并遭受来自摩尔人的嘲笑和敌视。"我们被他们一大群人包围住，"佩洛写道，"受到了最恶劣的羞辱。"随着他们到达的消息传遍露天市场，越来越多的人聚集到城门，取笑这些人最痛恨的基督徒。他们冲向受惊的奴隶，想要用棍棒殴打他们。"他们失控地想敲我们的头，"佩洛写道，"……如果没有皇帝护卫的阻止，他们一定会这样做。"

卫兵们隔开暴徒中最活跃的那些人，但没阻止几个粗暴的男人挥拳猛击佩洛船长和他的船员。"他们不会阻止人群拉扯我们的头发以及向我们出拳，"托马斯·佩洛写道，"他们叫我们卡拉·比拉·奥罗索尔（Caffer Billa Oarosole/kafer billah wa bi er-rasul），意思是，我们是异教徒，既不知道真主，也不知道穆罕默德。"这种可怕的虐待和暴力持续了几分钟，奴隶们最终被赶进了王宫大院，人群不得入内。"在进入之前，我们都被要求脱下软鞋。"

奴隶们松了口气，他们不需要再面对外边咆哮的人群，但他们很快就了解到，他们将面对的事情会更加可怕。他们就在那一天 —— 早晨 8 点刚过 —— 被带到了苏丹面前。

穆莱·伊斯玛仪，这位摩洛哥最可怕的统治者，想看看他的新俘虏来的奴隶。

第四章

佩洛的痛苦

穆莱·伊斯玛仪在第一声鸡鸣后起床。他睡眠很浅，极易被宫殿外的噪声打扰。托马斯·佩洛后来留意到，他也会为噩梦所扰。"我不确定他［是］生来如此，还是源自他对自己加在那些可怜臣民和奴隶的杀孽、勒索、残暴行径的恐惧。"

苏丹醒来后的第一件事是祷告。祷告完成后，他就开始对建筑工事的日常巡视。建筑工事散布在非常广阔的地区，所以无法步行参观。穆莱·伊斯玛仪会骑马，或坐在由妃子和宦官拉着的马车里巡视。根据佩洛的说法，他在巡视工程时会处理宫廷事务。"他接见大使，有时坐在墙角会谈，经常下车逛逛，有时也会工作。"

穆莱·伊斯玛仪沉迷于权力的浮华和显赫，喜欢宫廷生活的繁复仪式。他由一个私人卫队陪同，卫队由 20 名或 30 名挺拔的黑人奴隶组成。这些训练有素的护卫佩带着锃亮的弯刀和火器，弯刀出鞘，火器都上了膛，随时防备着有人对苏丹不利。

苏丹身后通常会跟着两个年轻的黑人，其中一人为他打伞遮阳。阳伞要不停地转动，以防止苍蝇落在他神圣的皮肤上。另外，穆莱·伊斯玛仪还被另一队被称作姆沙克哈里姆（msakhkharim）

的仪仗队护卫着。这些男孩年龄在 12—15 岁之间，剃着光头，穿着羊毛长袍，也承担着保镖的工作。

穆莱·伊斯玛仪的王室朝臣们已经在跟这位苏丹打交道的过程中学会了小心臣服，不论何时被传唤都谨小慎微。"他们脱下鞋子，"佩洛写道，"穿上一件特别的长袍，以表明自己是奴隶，走近他时，[他们] 会趴下，亲吻马蹄处的土地。"无论何时，酋长们遇到巡视宫殿的苏丹，都要立刻五体投地地趴下行礼。他们胆战心惊地伏在地上，直到他从视线中消失。

他们有理由害怕，因为苏丹对酋长和朝臣的态度极为轻蔑。"他将帝国的所有人都视为奴隶，而不是自由的个体。"法国神父巴斯诺写道，"[他] 认为自己是他人生命和财富的绝对主宰，他有权凭自己的喜好杀了他们，或者为了自己的荣誉而牺牲他们。"

这个特殊的早晨像往常一样开始。黎明时分，穆莱·伊斯玛仪照例开始巡视宫殿，他的朝臣们纷纷伏地请安。7 点左右，穆莱·伊斯玛仪被告知，"弗朗西斯"号、"乔治"号和"南华克"号的船员已经送到。当听说他们正全部在宫殿内墙附近的庆典阅兵场时，他马上前去查看。

托马斯·佩洛和他的同伴们在王宫里排着队，又饿又怕。他们仍旧穿着已穿了好几个月的破布衣衫，衣服从他们在海浪中死里逃生后就再没洗过。刚到达梅内克斯时遭遇的暴行引起了他们极大的恐慌。现在，他们光着脚，毫无尊严，担心自己落入暴虐的苏丹手中后，他们的命运会更加凄惨。

哈卡姆和梅迪努尼把这些人领进宫殿。穿过两道宫门后，他们难以置信地打量着这片宏伟奢华的宫殿群，盯着那些镀金圆顶、清真寺和行宫。梅内克斯的宫殿坚固无比而且"异常壮观",据佩洛估计,仅城垛就有"12英尺厚,5层楼高"。第一片宫殿群比人们见过的任何宫殿都大,但他们清楚地看到,宫殿还在向远处延伸。很多部分还在建设中,很多城墙和塔楼只建了一半,有许多衣衫褴褛、半饥半饱的人穿梭其间。

这些人被领着穿过另一重仪式入口,发现他们置身于一个巨大的练兵场中。在铺设着精美砖瓦的亭台阴凉里,穆莱·伊斯玛仪的黑人护卫队在进行常规的行军、演习和危险的武器技能训练。这位苏丹也在这里观看马术表演,他的精锐骑兵身着华丽的制服,在飞扬的尘土中相互追逐,一边策马狂奔,一边向目标开枪。

佩洛船长和他的船员在日头下站成一排,等待苏丹入场。尽管他们已经听过很多有关穆莱·伊斯玛仪的传言,但还没做好第一次见面的准备。这位自称为"信士的君主,凭真主之力的胜者"相貌奇特,与欧洲后来生产的铜版画中的形象大相径庭。他有着尖瘦的下巴、鹰钩鼻和引人注意的八字胡,看上去带着点《旧约》先知的气质。

法国大使皮杜·德圣奥隆在17世纪90年代遇到苏丹时写道:"他的脸〔是〕椭圆形的,脸颊和眼眶凹陷,眼睛又黑又亮。"他补充说,他的尖下巴和丰满多肉的嘴唇搭配起来显得很怪异。

在国家的重要场合,这位苏丹会穿上华丽的丝绸和锦缎,展示他最辉煌的形象。他喜欢包着镶嵌着闪亮宝石的宽大丝绸头巾。他的及腰斗篷也异常华美,据英国奴隶弗朗西斯·布鲁克斯说,上面"绣满了金丝银线"。他的领口处敞开着,露出一件宽松的汗衫,"袖子宽大到可以当作抽屉"。穆莱·伊斯玛仪还穿着优雅的丝袜，上面的图案鲜艳华丽，刚好搭配他的马裤和亮眼的红色马靴。

尽管这位苏丹以衣着华美著称，但他并不总是如此盛装。他出了名地难以捉摸，偶尔也会衣衫褴褛地出现在宫殿中。皮杜·德圣奥隆第一次见到他时，他看起来就像是他自己喜欢的那些蓬头垢面的马拉布特。"他的脸上遮着一块脏兮兮的鼻烟手帕，光着手臂和腿，坐下时也没有铺垫子和地毯。"另一次，这位苏丹邀请大使到马厩会面，"他的衣服和右臂上沾满了两个黑奴的血，他刚用刀杀了他们"。

很少有外国人意识到，衣服的颜色是这位苏丹情绪的晴雨表。神父巴斯诺是指出这个令人不安的事实的第一人。"他的主要情绪会通过服装的颜色显示出来，"他写道，"绿色是他喜欢的颜色，对觐见他的人来说是个好兆头。"但如果他穿黄色，即使是他最亲近的朝臣也要准备好迎接他情绪的突然爆发。"如果他穿黄色，"巴斯诺说，"所有人都会颤抖，避免跟他见面；当他穿上这种颜色的衣服，就意味着他准备进行血腥的杀戮。"苏丹对细节如此关注，让人们洞悉了他的统治方式中令人不寒而栗的一面。恐惧是他用于控制他人的工具，他用反复无常的爆发和极端的暴力来恐吓他的朝臣。在大部分欧洲来访者看来，这些完全是随机的，但是巴斯诺的观察表明，苏丹的任何行为——任何语言和行动，小到他斗篷的颜色——都是为了全面控制他常常不守规矩的臣民。

在这个特别的早晨，穆莱·伊斯玛仪神采奕奕（没有记录提到他当天衣服的颜色），而且对这么多新奴隶的到来十分高兴。这位苏丹刚一踏入阅兵场，哈卡姆就俯身趴下。穆莱·伊斯玛仪令他起身，并热情地接待了他。"[他]从这个塞拉青年的手中收下我们，"佩洛写道，"以每人15个达克特的价钱从阿里·哈卡姆那里买下我们。"对海盗来说，这是非常低廉的价格，每个奴隶大约15达克特，远低于几年前塞拉大奴隶市场关闭前塞拉海盗卖给奴隶商的价格。

哈卡姆很了解这位诡计多端的年迈苏丹，知道哪怕表现出一丁点儿的不满都极为不明智。他还知道收下所有的钱是愚蠢的。"他退回了1/3，又按照惯例，再拿出1/10进贡。"苏丹很满意这位海盗船长的恭顺，然后转向梅迪努尼，准备接收第二批俘虏。梅迪努尼上前准备收钱，但他的某些行为导致苏丹突然变脸。英国俘虏不知道这位海军上将怎么冒犯了穆莱·伊斯玛仪，但接下来发生的一切让在场的所有人都毛骨悚然。苏丹拔出那把巨大的长剑，寒光一闪，挥向空中。梅迪努尼被当场斩首。

人们被这场可怕的突变吓破了胆，很久之后，托马斯·佩洛才知道，梅迪努尼被处决是因为他没能在塞拉海岸击退英国船只。"因为他没有和德尔加诺战斗，"佩洛讽刺地写道，"[梅迪努尼]得到了特别的恩赐——斩首。"

这次处决也给了穆莱·伊斯玛仪一次展示他强健身体的机会。尽管佩洛船长及其手下第一次见到他时，他已经70岁了，但他仍像羚羊崽一样强壮有力。"年龄似乎并未削减他的勇气、力量和活力，"巴斯诺在几年前就这样写道，"他想要征服所有接触到的东西。"他热衷于舞剑以展示自己的灵活性，法国神父和这些英国奴隶都震惊地发现，苏丹"上马，拔剑，斩下为他扶马镫的奴隶的头，一气呵成，是他的常规消遣之一"。

虽然穆莱·伊斯玛仪已经在过去的几个月里收到了大量来自英国和北美殖民地的奴隶，但他仍然很高兴收到这批新奴隶。他们总共 52 人，包括 3 名船长和 2 个男孩，所有人的身体状况都很好。这令苏丹尤其满意，因为多一个人就表示每天会多出 15 个小时的劳动力。

苏丹经过托马斯·佩洛时停了下来，然后命他走到一旁。理查德·费里斯、詹姆斯·沃勒（James Waller）、托马斯·纽森（Thomas Newgent）还有 3 个佩洛未记下他们名字的人也被叫了出来，与这个康沃尔郡的男孩站在一起。苏丹很满意自己挑到了想要的所有奴隶，然后命令黑人卫兵把剩下的奴隶带走。佩洛惊恐地看着叔叔和其他人被带出王宫大门。他再次收到他们的消息时已经是几个星期后了。

他和其他 6 人也被一名黑人卫兵带走。他们穿过庭院，被领到一处通往地下隧道的大门。这里通向名为哈伊廷的仓库，是一个地下迷宫，"是裁缝的工作间兼军械库"。这里规模宏大，储存的武器装备足够武装苏丹的 15 万常备军。一名英国游客后来说它"近 0.25 英里长"，满是"大量箱装的武器"。

托马斯·佩洛和其他几人"马上被派去清理武器"。穆莱·伊斯玛仪对他的军械库非常自豪，其中的许多武器是从被俘获的基督徒船只上搜刮来的，他要求每支长矛和火枪都光洁如新。佩洛和他的同伴们与其他几百名欧洲奴隶一起，每天修理武器，清理枪支，从黎明劳作到黄昏。工作的地方暗无天日，唯一的光源是巨大拱形天花板上的一个小孔。

佩洛并没有在军械库待太久。他被送到那里不久后，一个护卫过来命他放下工具。"我被带出了军械库，"他后来写道，"被国王送给了他最喜欢的儿子穆莱·斯伐（Moulay es-Sfa）。"

这可能是最坏的消息。穆莱·斯伐极不讨人喜欢，因为他对欧洲奴隶轻蔑傲慢。年轻的佩洛被选为他的家奴的原因不得而知，因为他并不需要更多奴隶。佩洛去做的工作毫无价值，"跟着他的马从早跑到晚"。

穆莱·斯伐密切关注着他的新俘虏，并很快意识到这是个非常聪明的年轻人。他惯于殴打奴隶，但他并不殴打佩洛，而是试图劝说佩洛皈依伊斯兰教。"他常想诱使我成为摩尔人，"年轻的佩洛写道，"他告诉我，如果我愿意，他会给我一匹骏马，而且可以像他尊敬的朋友那样生活。"但是佩洛坚定地拒绝了。在祖辈的影响下，他在新教信仰中长大，痛恨叛教，即使别人承诺给他更好的待遇，他也不愿意。

穆莱·斯伐被佩洛的冥顽不化激怒，想要贿赂他皈依。但这个年轻的奴隶仍旧不愿接受，而且直截了当地拒绝了他。"我不断地重复，这是他的命令中我唯一不能遵循的，我虔诚地祈求他安好，希望他宽宏大量，不要总让我改宗。"佩洛补充说，他"下定决心，绝不放弃基督教信仰"，而且将继续抵制穆莱·斯伐的要求，"不论后果如何"。

习惯了奴隶的顺从的穆莱·斯伐被佩洛的顽固激怒了。一天，当佩洛再次拒绝改宗时，穆莱·斯伐决定给他点颜色看看。"'既然这样，'他愤怒而又傲慢地说道，'做好受罚的准备吧，你如此冥顽不灵，罪有应得。'"佩洛马上担心起自己的处境，乞求他不要打他。穆莱·斯伐轻蔑地拒绝了他的请求，佩洛苦苦哀求他，

"我跪在地上，乞求他不要将愤怒加在一个可怜、无助又无辜的人身上"。但穆莱·斯伐已经对这个来自康沃尔郡的顽固的年轻水手失去了所有耐心，要让他为信仰付出代价。"他不再理会我的请求，"佩洛写道，"[他]把我囚禁在他的一个房间里，整整几个月都用铁链锁着我，而且每天暴虐地用棍棒打我。"

这种刑罚在巴巴里广为使用，令人十分痛苦。很少有俘虏能幸免于此，而且几乎每个经历过的人都会提到它。被责罚的奴隶脚踝被绳子绑住，倒挂起来，这样他的脖子和肩膀刚好能挨着地面。"然后会过来一个强壮结实的恶棍，"一名在阿尔及尔的英国奴隶威廉·奥克利写道，"他会按照委员会的要求痛打奴隶的脚底。"北非的奴隶一般会被打40—50下；在摩洛哥，他们被打的次数会更多。有一次，穆莱·伊斯玛仪命人打了两个奴隶每人500下。"[这]让其中一人皮开肉绽，"亲眼看到这件事的神父巴斯诺写道，"但没过多久，他们又开始了第二轮更剧烈的杖刑。"

对佩洛的棒打是一场酷刑。穆莱·斯伐亲自看管，愉快地看着他被打得失去知觉。他怒气冲天，"举起你的手指，愤怒地用摩尔话大喊：'谢赫，谢赫！库莫拉，库莫拉！（Shehed, Shehed! Cunmoora, Cunmoora!）'意思就是'成为摩尔人，成为摩尔人'"。这个简单的手势——把手指指向天空——是基督徒奴隶同意叛教时唯一需要做的事情。对穆斯林而言，这个手势表明他们否认三位一体。

这样一周又一周，穆莱·斯伐一直在折磨他年轻的奴隶，打到他皮肤淤青红肿。"现在，我那可恶的主人仍然越来越愤怒，"佩洛写道，"我遭受的折磨与日俱增。"他被一连禁食几天。被允许进食后，他只得到面包和水。佩洛写道："我忍受着严酷的刑罚和不堪的命运，每天都希望这是我生命的最后一刻。"经受了几个月的虐待，死亡不再令他恐惧。"我一定会像殉道者那样死去，说不定还能在天国赢得一顶光荣的头冠。"

穆莱·斯伐对佩洛的虐待和想让他皈依伊斯兰教的狂热并不罕见。在整个巴巴里，很多奴隶主都想强迫奴隶背弃基督教，改信这片新土地上的宗教。他们尤其关注年轻的俘虏，特别是泥瓦匠、铁匠或职业军人，而且他们会因成功让奴隶改宗而获得巨大的荣誉。

很不幸，佩洛的主人铁了心要让他皈依伊斯兰教，就算把他折磨死也在所不惜。"对我的折磨大大地增强了，"他写道，"这个暴君动用最残忍的刑罚，用火烧我，一次又一次，烙印深可见骨。"经过数月的虐待，年轻的托马斯·佩洛再也无法忍受更多的痛苦了。饱受虐待又饿得半死，他的精神和身体都崩溃了。在穆莱·斯伐再次对这个小伙子用刑时，佩洛崩溃地流下了眼泪。"我最终屈服了，"他写道，"希望上帝原谅我，他知道我的内心从未放弃。"

佩洛总抗议说他是被迫改宗的，而且他未想过背弃基督教信仰。然而他清楚地知道，这件事情是他人生的一个转折点。尽管他并不情愿，但从他的手指指向天空的那一刻，他就永远背弃了他的家庭、他的国家和他的过去。他还失去了被家乡政府赎回的机会，因为政府认为那些叛教的人不值一提。

阿尔及尔的奴隶约瑟夫·皮茨为弄清这件事情付出了代价。他说："你要知道，如果一个基督徒奴隶开始信仰穆罕默德，就没有人会为他付赎金了。"他不可能被主人释放，而很多改宗的人曾这样错误地设想过。"有些人有这样错误的想法，"皮茨继续写道，"……只要一名基督徒成为土耳其人，他［认为他就会被］释放或者获得自由。"他说极少有改宗的奴隶被释放，还写道："我知道一些人在成为土耳其人后继续当了很多年奴隶，不是几年，而是一直到死。"只有极少数人在皈依伊斯兰教后受到尊重。皮茨以自己为例警告大家。"［我］被残酷地使唤，"他写道，"然后又被卖掉。"

但是，在奴隶叛教的那天经常会举行隆重的仪式。热尔曼·穆埃特描述了他们如何在摩洛哥"伴随着鼓声和号角，像凯旋的人那样骑马穿过小城"。在阿尔及尔和北非其他地方，这样的仪式更加盛大。新改宗者会得到华丽的新衣服和一匹装饰精美的马。皮茨写道："他衣着奢华，头上戴着头巾。"

随后，改宗者在管家和军士的陪同下在城中游行。这些人"手持利剑，以此表明……如果他［改宗者］反悔了，或者表现出一丁点儿想收回誓言的倾向……他就会立刻被剁成碎片"。一些改宗的奴隶说，在仪式结束之前，他们要羞辱基督教以示叛教。他们被要求"向耶稣基督的画像投掷飞镖，以表示他不是世界的救主"。

托马斯·佩洛是被胁迫叛教的，因此他并没有机会享受这项隆重的仪式。他改宗后唯一切实的改变就是被迫行割礼，这是一种常在公共场合实施的屈辱又痛苦的手术。第一个描写这种手术的人是神父皮埃尔·丹，在 80 多年前，他告诉读者，在阿尔及尔，外科医生"当着所有人的面切掉可怜的叛教者的包皮"。他补充道，不像犹太人"只切掉一点包皮"，巴巴里的穆斯林倾向于"完全切除包皮，这是极其痛苦的"。

这种手术通常由于过于粗糙而导致改宗者失血过多，以至他不得不卧床几个星期。只有当他完全恢复后，他才会得到一名穆斯林女奴做妻子。

穆莱·斯伐在托马斯·佩洛从割礼恢复后继续虐待、惩罚他，因为他拒穿摩洛哥服装。"我在监狱中又被关了40天，"佩洛写道，"因为我拒绝穿穆斯林长袍。"当新的体罚又触发旧伤时，他意识到"愚蠢的固执"毫无用处。"与其再经受新的折磨，不如顺从地穿上［长袍］，看起来就像伊斯兰教徒一样。"他被剃了光头，他之前的衣服被拿走，换成了一件羊毛长袍。

佩洛改宗的消息最终传到了穆莱·伊斯玛仪那里，听说这个奴隶背叛了基督教，他很高兴。他下令将佩洛从监狱放出来，并提议佩洛应该去"学校，学习说摩尔语，写阿拉伯文字"。但是穆莱·斯伐没有理会这一要求，继续虐待他的奴隶，咒骂他仍是条"信基督教的狗"，隔三岔五痛打他。这件事情激怒了苏丹，他把穆莱·斯伐叫到宫殿中。二人几乎没有说话，穆莱·伊斯玛仪向黑人护卫示意，穆莱·斯伐"当即被处决，被……扭断了脖子"。佩洛说，苏丹这个处决是为了惩罚穆莱·斯伐加在奴隶身上的暴行，但更有可能的原因是，苏丹对他儿子的不恭顺十分不满，他认为这是对他权力的直接挑衅。任何不服从穆莱·伊斯玛仪的人都有掉脑袋的危险。穆莱·斯伐不是他众多儿子中由于他的一时兴起而被杀害的第一个，也不会是最后一个。

苏丹穆莱·伊斯玛仪的奴隶几乎来自欧洲的各个角落。梅克内斯有法国人、荷兰人，还有希腊人、葡萄牙人和意大利人。一些来自爱尔兰和斯堪的纳维亚半岛，一些来自遥远的俄国和格鲁吉亚。但是，数量最多的是西班牙奴隶，常常有几千人。

西班牙男人和女人也是最可怜的。很多人在十多年前被俘，一些年轻的俘虏在梅克内斯度过了大半生。其中最悲惨的是在围攻马穆拉时被抓住的那几个幸存者。他们被俘的故事——发生于1681年，即35年前——让所有1716年夏天和秋天被带到梅克内斯的人终生难忘。

马穆拉的驻军城堡，即现在的迈赫迪耶，是西班牙在摩洛哥海岸线上的一个军事基地。它在大西洋海岸占据战略要地，并且守卫着塞布河河口，这条河在内陆几乎蜿蜒至梅克内斯。驻扎在马穆拉的部队很快被装备精良的军队包围，这些部队持续进攻他们人手不足的防御阵地。驻军完全依靠西班牙提供所有的军备和粮食。食物有时严重匮乏，以至他们只能靠吃狗、马、猫和老鼠来果腹维生。

在盛夏酷暑中，河流中缓慢流动的河水对西班牙驻军造成了严重的危害。黏稠的泥滩为成群传播疟疾的蚊虫提供了温床，疾病在死气沉沉的池塘和沼泽般的死水中潜伏待发。"高温使病菌很容易通过空气传染，"西蒙·奥克利写道，"所以在夏季，这里是最不卫生、最易被感染的地方。"

据马穆拉的幸存者说，他们被俘的故事开始于那致命的一年的春天。热浪来得异乎寻常地早，在4月前，人们就开始变得虚弱。一名西班牙驻军非常害怕他在这个瘟疫地狱中慢慢死去，所以投奔了摩洛哥人，并向穆莱·伊斯玛仪证实，"大部分的驻军都非常虚弱而且饥肠辘辘，他可以不费吹灰之力攻下它"。苏丹立马采取行动。他命令奥马尔酋长——仍因在丹吉尔被英军打败而闷闷不乐的那位指挥官——带着一个营的精锐部队奔赴马穆拉。

奥马尔酋长从与英国人的战斗中得到了很多教训。他攻打马穆拉的战术是先闪电攻击他们的防御外环，打垮敌人的精神，然后再让内部的驻军选择投降或死亡。他志得意满地向这个城市进发。首先，"他加固了从城墙延伸到河岸的尖刺栅栏"。然后，当夜幕降临时，他成功夺下了两边的两座塔楼。

这位摩洛哥指挥官知道驻军士气低迷，希望不开一枪就能占领该城其他地方。他向马穆拉的总督胡安·佩纳洛萨·埃斯特拉达（Don Juan Penalosay Estrada）提出了一个异常优厚的条件，承诺如果他们无条件投降，西班牙士兵就不会被卖为奴隶。"尽管他们会被俘，"他说道，"但他们在被赎回前不用做苦工。"

就这位酋长而言，这是个好计策。当这队孱弱的驻军听说他们会被当作战俘而不是奴隶时，他们全部同意投降。西班牙总督十分震惊，督促他们战斗，但是他们对他的命令充耳不闻。当地的修道士也请求他们战斗，并警告军队不要轻信奥马尔酋长的承诺。他们坚持认为，每个人都会被戴上镣铐，"或者是死于残酷的囚禁，像梅克内斯的奴隶那样，或者是失去灵魂"。士兵们并不听劝，总督毫无办法，只能举起白旗。奥马尔酋长在当天进入这座城市，再次重申他的承诺，即只要西班牙的赎金送达，他立马释放所有俘虏。

穆莱·伊斯玛仪得知奥马尔酋长成功的消息十分开心。他赏赐了信使100个金达克特，然后和骑兵部队一起前往马穆拉。这位西班牙总督要被迫祝贺苏丹的军事胜利，还不得不屈辱地亲吻他的靴子。然后，他只能眼睁睁地看着穆莱·伊斯玛仪耀武扬威地进入城堡，正式占领了这里。

穆莱·伊斯玛仪惊叹于俘获的武器库，里面有 88 门青铜大炮、15 门铁炮，以及火球、火枪、火药。穆埃特写道："这些比他国内的都多。"苏丹拜倒在地，感谢真主带给他的胜利。然后，他把这位西班牙总督送到距离这里以北 60 英里的拉腊什，通知拉腊什驻军，它将是下一个目标。

穆莱·伊斯玛仪对被俘的西班牙军队和平民特别满意，其中包括"50 个可怜的女孩和妇女"。他从没想过兑现奥马尔的承诺，也无意让这 2000 名俘房被赎回。他需要这些人建设梅克内斯，于是将他们都送到这个帝国首都。大部分人在惨遭奴隶监工的殴打后都皈依了伊斯兰教。当佩洛船长和他的船员在 1716 年秋季到达这里时，大部分人都已经死了，但仍有少数幸存者被关押在奴隶营场中。

占领马穆拉使穆莱·伊斯玛仪信心大增，因为这证明欧洲列强不再是不可战胜的。据一名英国的见证者说，苏丹的士兵因胜利而士气大振，变得异常"大胆"。然后，他们开始计划攻占拉腊什。

由于数年的内战，拉腊什战役被搁置了，直到 1688 年，苏丹才把他的军队派往拉腊什的堡垒。他派出了一支强大的部队，由艾哈迈德·本·哈杜·利菲酋长（Kaid Ahmad ben Haddu al-Rifi）指挥，试图恐吓西班牙驻军投降。酋长命令军队破坏部分城垛，然后引爆大量火药。随之而来的火球笼罩了西班牙的火药库，引发了可怕的爆炸。随着尘烟落地，艾哈迈德酋长的军队已经在城墙上炸开了一个大口子。

接下来发生的事情说法不一。一些记录主张，城里的神父鼓动驻军投降。英国作家约翰·布雷思韦特（John Braithwaite）称，投降的声音主要来自"饥饿难耐的天主教修士"。另一些人把投降归罪于方济各会的神父加斯珀·冈萨雷斯（Gaspar Gonzales），他被送往梅克内斯与苏丹协商。他带回来的消息是，只要他们将堡垒交给军队，穆莱·伊斯玛仪就承诺释放拉腊什的所有人。

共有 1734 名西班牙士兵和民众无条件投降，这也反映出拉腊什的情况有多糟糕。"这里生活凄惨，"布雷思韦特写道，"比奴隶生活好不到哪里去，人们不得不待在这个小驻地，常年战争……除了从海上获得食物没有任何补给。"投降的士兵寄希望于苏丹会信守承诺，但很快意识到自己大错特错。他们"被剥夺武器，被殴打，而且非常虚弱"，然后被全副武装的护卫送到梅克内斯。这些摩洛哥护卫让俘虏跟在身后，拖着拉腊什的沉重大炮和其他武器、火枪和火药。战利品包括一门巨型大炮，摩洛哥人把它称作基萨布（al-kissab，意为芦苇），它有 35 英尺长，4 个人伸展手臂才能抱住它的后膛。

当俘虏接近帝国首都时，他们发现自己处在壮观的游行队伍中心。苏丹召集了 1 万名士兵列队庆祝，并命令乐队全天演奏来纪念这一历史性的胜利。苏丹的几个儿子看到这么多基督徒俘虏兴奋不已，开始在队列中胡乱开枪。

庆祝活动一直持续到深夜。圣母和圣徒的雕像被带到苏丹面前，他向它们吐口水，还举办了马术表演来庆祝胜利。穆莱·伊斯玛仪颁布了一项诏令，禁止穿黑色的鞋子，因为据说西班牙人在 1610 年第一次夺取拉腊什时引入了这种习俗。非斯穆夫提对胜利兴奋不已，还赋诗一首：

> 多少名异教徒在暮色中身首异处！
> 多少名异教徒被咽喉处的死亡铃声拖走！
> 多少名异教徒的喉咙装饰了我们长矛做成的项链！
> 多少长矛刺穿了他们的胸膛！

马术表演一结束，穆莱·伊斯玛仪就将西班牙军官和普通士兵分开。他希望从军官那里获得大笔赎金，于是将他们关进了看管严密的牢房。剩下的人被苏丹的黑人护卫用棍棒驱赶，送进了奴隶营地。"黑人护卫将他们置于严酷的奴役之下，"英国俘虏弗朗西斯·布鲁克斯写道，"整天用棒子打，用鞭子抽；晚上他们住在地下牢房；给他们提供的面包和水跟其他可怜的俘虏一样，让他们勉强维生。"

这样残酷的虐待很快就给那些患病和营养不良的人造成了损害。"这些可怜的基督徒在经历了 5 个月艰辛的劳作和残酷的囚禁后，"布鲁克斯写道，"许多人都生病死去了。"穆莱·伊斯玛仪质问，为何建筑工地的人少了这么多，他被告知有 500 人已经死了。不过，好消息是有 700 多人为了逃避惩罚皈依了伊斯兰教。当佩洛船长和他的手下被带到梅克内斯时，这些人中只有少数还活着。

穆莱·伊斯玛仪很满意他的军事胜利，现在他将目光转向休达，此处是西班牙在摩洛哥最大且最具威慑力的军事据点。他得知休达堡垒的防御墙无法攀爬或被炸毁，于是命他的法国奴隶在

在登上敌船之前，塞拉海盗用压倒性的火力发动攻击。"他们剃光了头、光着膀子的样子把我吓坏了。"一名被俘者写道。

丹吉尔的英国军官穿着奇特的制服，这让他们成了摩洛哥狙击手容易下手的目标。

穆罕默德·本·哈杜·奥特尔酋长于1681年带领一支使团前往伦敦。他轻蔑地对待他的欧洲奴隶，见了面便说"愿真主烤了你们的父亲"。

奴隶们上岸后前往梅克内斯。那些在途中死去的人被砍去了头颅；幸存者被迫带着这些头颅，以证明自己没有逃跑。本图中的奴隶是英国人。

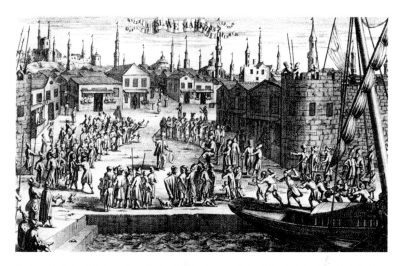

每周一次的奴隶市场吓坏了新来的被俘者。那些身体非常健康的男人在被出售前的几天里都会获得额外的口粮。

奴隶被戳来戳去，忍受着放肆的销售模式。"看看，这个男人多强壮啊！看看他的四肢！"

奴隶们被囚禁在地下牢房中，那里是"肮脏的、臭气熏天的，而且满是寄生虫"。奴隶的一个脚踝上要戴着铁链。

苏丹穆莱·伊斯玛仪要求臣民和奴隶对他绝对服从。任何觐见苏丹的人都要在他走近时匍匐在地上。

> I shall give you a small account of our Sufferings here in Slavery. we have been forced to draw Carts of Lead with Ropes about our Shoulders all one as Horses, & further We have Carry'd great Barrs of Iron upon our Shoulders as big as we could wellget up, & upto our knees in dirt, & as slippery, that we could hardly goe without the Load: we have not had a bitt of bread followed us for Eight days togeather, but what we have gone from Dore to Dore a beging of other Christian Slaves, & as for our Lodgeing it is on the cold ground, I have not had a shirt on my back these 8 months & God knows when I shall. J

几个奴隶写信给他们的亲人,详细描述他们忍受的痛苦。这封信是约翰·威尔顿于 1716 年写下的,他说自己像马一样被驱使着,拉着装铅块的车。

欧洲人眼中的穆莱·伊斯玛仪。苏丹
脸颊凹陷，嘴唇厚，留着八字胡。右
下方的这幅版画很可能是最贴切的。

奴隶每天要进行 15 个小时的艰辛劳作。他们的累人工作包括切割石头、搅拌砌墙泥。

奴隶被残忍对待,公开处决时有发生。

苏丹的黑人护卫是欧洲奴隶的绝对主人。他们从小在特殊学校学习,非常傲慢,而且异常忠诚。

折磨奴隶是司空见惯的。打脚掌的刑罚（右下图）经常施行。奴隶被倒挂着，施刑者打他的脚底，直到打得皮开肉绽。

城墙下挖开很深的坑道。他还拜访了一名俄国叛教者，此人是精于制作强大武器的铁匠专家。但是，面对这座城市的石制壁垒，大炮毫无用处，于是苏丹命令他的炮手转而去炮轰休达的教堂和豪宅。

对休达的攻击断断续续持续了 20 年。1716 年，这里的西班牙人口和之前相比大量减少，大部分建筑都成了一片废墟。穆莱·伊斯玛仪在那年夏天又发动了一轮轰炸，这场优势明显的战争本能为他赢取这座城市。不过，当他了解到这里只有很少的居民时，他很快便失去了兴致。另外，他现在关心的是，如何更好地利用已经被抓到梅克内斯奴隶营场的、越来越多的俘虏。

第五章

进入奴隶营场

约翰·佩洛船长和他的船员第一次进入梅克内斯的奴隶营场时，他们感到毛骨悚然。营场就在城墙外，却与装饰奢华的王室行宫有着天壤之别。营场被建成方形，高墙环绕四周，看起来像是一座军事监狱。营场有 4 座高耸的瞭望塔，主大门由厚重的铁格栅保护，异常牢固。法国神父诺拉斯克·内昂（Nolasque Néant）说它通常是被锁住的，而且"由国王的摩尔护卫严密保卫着"。进入营场之后，苏丹的俘虏们发现自己置身于有 4 个营房式建筑的森严院落中。西班牙人德尔普埃托·圣胡安（San Juan del Puerto）说："尽管房子很大，但因为奴隶越来越多，里面非常不舒服。"

佩洛船长和他的同伴被领进一个营房，和其他英国奴隶住在一起。这里囚禁着大约 125 个英国人（这个数字还在逐渐增长），还有来自欧洲其他地方的约 3000 个奴隶。这些骨瘦如柴的男人跟新来者分享故事，讲述了他们被带到梅克内斯以来的悲惨经历。

他们中的一人是约翰·威尔顿（John Willdon），他说梅克内斯是"世界上最野蛮的地方"。他和同伴"被迫用肩膀套着绳子拉着装铅块的车，所有人都像马那样"。他们还被棍棒和鞭子打得皮开肉绽，"肩扛大铁棒，它们压得人几乎站不起来，站在膝盖深的泥泞中，要是不抓住什么，几乎站不稳"。

还有一人是约翰·斯托克，他在被塞拉海盗俘虏时是"莎拉"号的船长。在佩洛船长和他的手下被带到梅克内斯时，斯托克刚来不久，现在已经因为糟糕的饮食快被饿死了。"我现在境况悲惨，"他给一个英国朋友写信，"辛苦劳作 24 小时后，只有一块小蛋糕（面包）和水。"他说，奴隶住所甚至缺乏最基本的卫生设施，并抱怨他的头发里爬满了虱子。"[我]直接睡在地上，没有任何东西可以盖住身体，糟糕透了。"像其他被关在奴隶营场的英国俘虏一样，斯托克陷入了深深的绝望中。他心情沉重地听完了西班牙奴隶的故事，担心自己永远也不会被放出去。他坦言："每次想到我可怜的妻子和孩子，以及他们因为我不在而遇到的困难……[这]几乎要把我逼疯了。"他动情地补充说，他给妻子写信时，"用的是另一种风格，因为要是知道我经历的艰辛，脆弱的妻子会经受不住的"。

佩洛船长和他的手下很快发现自己身处一个有组织、有纪律的系统，它将每个奴隶的体能发挥到极限。刚到这个奴隶营场时，他们每个人分到一张旧草席，在营房"冰凉的地面上"找个睡觉的地方。脏兮兮的地面上全是跳蚤和蟑螂。奴隶们在这种糟糕的环境里吃睡，用极短的睡眠时间梦见英国的家人。

每天早晨，当炎热的太阳冲破黎明的天际时，他们中的一人会被指定在当天监督他的 30 名同伴。这项任务有时会落到佩洛船长身上，其他时候则由布赖恩特·克拉克和刘易斯·戴维斯承担。监督员的职责包括清空污水桶和灌满水箱，还要从仓库中取出发霉的大麦粉，揉成面团，烘焙，然后平均分配给人们。

每人每天的口粮严重不足，只有 14 盎司的黑面包和 1 盎司的油。油经常被替换成"晚上给我们做粥的食材"。奴隶们很渴望得到新鲜的肉，有时候他们会从梅克内斯为数众多的欧洲叛教者中的某个人那里得到肥肉和脆骨。这些腐臭的杂碎会在晚上用来熬粥，这是奴隶们唯一能吃到的热餐。如果幸运的话，他们能从地里挖到可食用的植物根茎和杂草。

他们的主食是大麦制成的面包。这些大麦在潮湿的仓库里存放了好几个月，通常已经腐败得无法被揉成面团。更糟糕的是，面包内里烤不熟，因为烤炉是用潮湿的芦苇加热的，热量太小。约翰·怀特海德抱怨道："它们多数时候散发出令人作呕的味道，难以下咽。"有时候大麦不足，佩洛船长和他的手下就没有吃的。约翰·威尔顿在一封信中抱怨说："我们整整 8 天没吃到一点儿面包，只能一个营房一个营房地敲门，跟其他基督徒奴隶讨点吃的。"

穆莱·伊斯玛仪迫切希望奴隶们吃东西以保持体力，据说他还亲自去奴隶营场视察，以确保他们吃完那点儿可怜的口粮。"有一天，"神父巴斯诺写道，"[苏丹]发现一个奴隶将一些面包藏在墙上的一个洞里，[他]叫来圣布里厄的弗朗西斯·拉克莱尔（Francis le Clerc，藏面包的人），迫使他吃掉，并告诉我们他将会受到比禁食 3 天更严厉的惩罚。"

法国奴隶对这些食物尤为不满，而且十分不满那些做饭的人。"那些糟糕的厨师会受到所有人的责难，"热尔曼·穆埃特写道，"因为汤有时太咸，有时又太淡，要么就是没煮熟，每个人都对厨师牢骚满腹，所以有时没人愿意当厨师。"

奴隶营场中的每个人生活都很悲惨，特别是在盛夏天气闷热的时候。肮脏的身体散发着恶臭，污水桶也加重了空气的污浊——特别是当很多人都患上腹泻和痢疾的时候。佩洛船长和他的手下刚到营场时，每个人都分到一件粗糙的、带着巨大风帽的羊毛长袍。他们对这件奇怪又不舒适的长袍满腹牢骚，因为他们根本没机会清洗它。长袍很快发臭，剐蹭他们受伤的皮肤，造成红肿发炎。"他们穿着这件长袍，"西蒙·奥克利写道，"在夏季暴露于炎炎烈日之下，在冬季则要遭受霜冻、大雪、暴雨和狂风的肆虐。"

奴隶们每天都在抓心挠肝的口渴和饥饿中度过，但偶尔也会有例外。穆莱·伊斯玛仪经常边吃午饭边看着这些奴隶在建筑工地上干活。有一次，粗麦粉和菜的分量比平时多了一点，苏丹吃不完。他叫来酋长们吃剩下的食物，但他们贪婪的吃相让他十分不适。他叫停他们，"并命人把饭撤走……送去给那些在周围工作的基督徒奴隶"。酋长们以为他在开玩笑，于是拣出大块的肉扔给奴隶，"声称基督徒不配和国王用同一个碗吃饭"。但穆莱·伊斯玛仪是认真的，他让他们把整个碗都交给奴隶，"碗中盛满了鸡肉、鸽子肉和米饭，配有番红花。这顿饭他们吃得起码和酋长一样好"。

这样意外的大餐实际上很罕见，佩洛船长和他的手下月复一月靠少得可怜的口粮维生。托马斯·佩洛说，许多水手同伴都因为持续的饥饿十分绝望。"这种食物的匮乏，"他写道，"迫使一些人冒险跳下高墙，只为了从摩尔人的墓地里挖点野生洋葱。"

糟糕的口粮还不是佩洛船长和他的手下唯一的痛苦。这群新来的奴隶很快发现，被派来监督他们的黑人护卫行为非常暴力。

看管英国奴隶的护卫住在奴隶营场主大门边的一间小屋里。他负责监督纪律，实施惩罚，还要记录奴隶的日常行为。约翰·怀特海德写道："［他］每晚把他们锁起来，［而且］在早晨清点人数。"他在黎明时将这些人叫醒，把他们带给"几个奴隶监工或工头，监工或工头会把奴隶带到各自的工作地点，让他们在那里一直劳动到夜幕降临"。

黑人护卫是这些奴隶的绝对主人，他们大部分都是穆莱·伊斯玛仪根据体力和驱使奴隶的能力亲自精心挑选的。热尔曼·穆埃特生动地描述了他第一次见到黑人护卫时的情形，他们认为自己的职责就是让这些奴隶生活得越悲惨越好。一个"异常高大的黑人，面目狰狞，声音像地狱犬的吠叫"，他也是一个可怕的规则实施者，常常"手中紧握着和他的大块头成正比的棍棒，用它赶着我们去仓库取出极其沉重的锄头"。

看管穆埃特的护卫平时晚上会把他们锁起来，而且以折磨这些法国奴隶为乐。"在我们的监狱里，晚上只能听到痛苦的呻吟声，"穆埃特写道，"通常是由于殴打导致的剧痛。"每天天刚亮，护卫就会带着他的棍棒出现在门口，叫奴隶们去干活。"他的声音已经让我们形成了条件反射，一旦我们听到他在门口叫 'eoua-y-alla crusion'，即'赶快出来'，我们大家就使劲冲到最前面，因为落在最后的人会被棍棒伺候。"

反复的殴打、令人作呕的饮食和肮脏的住所让很多人都病倒了。穆莱·伊斯玛仪命令生病的奴隶继续干活，只有那些病得站不住的人才能在奴隶营场的小医务室里让他们残破的躯体暂时休息。这个医务室建于17世纪90年代，当时穆莱·伊斯玛仪同意西班牙国王在俘虏的居所建一个小的修道院。它里面有 12 位方济各会的神父，只要西班牙国王支付保护费，他们的安全就能得到保障。

被送到医务室的病人没有多少特权。"他们生病时的待遇比健康时好不了多少，"穆埃特写道，"他们的常规口粮只是一小碗黑米粥和一点油水。"他们仍然要劳动，而且只有很短的时间来恢复健康。"他们不能休息，"穆埃特还写道，"除非他们手脚都无法动弹……［而且］完全无法起身。"这个法国人说，很多奴隶害怕被迫接受当地医生的治疗，他们的土方法原始而让人痛苦。"只要奴隶抱怨任何身体伤痛，"他写道，"他们就拿出一个铁棒，铁棒一端有一个核桃大小的铁球，他们会把它烧得通红，然后在这个可怜病人的身体上进行灼烧治疗。"

穆莱·伊斯玛仪对生病的奴隶毫不怜悯，而且经常殴打他们，因为他们无法像健康奴隶那样努力地干活。有一次他大发雷霆，因为他的建筑计划因为有太多奴隶生病而被延误。"奉皇帝之命，"弗朗西斯·布鲁克斯写道，"他的黑人护卫忽然将他们拽出［医务室］。"生病的奴隶被带到苏丹面前，他对他们的态度冷血无情。"当他看到奴隶虚弱无力，被拽到他面前仍无法站立的时候，他直接杀掉了其中的 7 个人，把他们休息的地方变成了屠宰场。"

佩洛船长和他的手下才被囚禁了几个星期，就有 3 人生了重病。他们显然不太可能恢复健康，他们的同伴只能眼睁睁看着他们慢慢死去。约翰·威尔顿绝望地给英国寄信，警告说，除非在几周之内派来大使救他们出去，否则梅克内斯所有的英国奴隶都会死掉。"如果他不能在短时间内赶过来，"他写道，"那他就不用来了，因为现在有一种叫热病的瘟疫，而且几乎每天都有人因为食物匮乏而死亡。"

威尔顿的提醒很有先见之明。"南华克"号的理查德·费里斯船长第一个死亡，他在 1716 年 9 月停止了呼吸。不久之后，约翰·奥斯本（John Osborne）和约翰·福斯特（John Foster）也死了，"乔治"号的马修·艾略特（Matthew Elliot）在 1717 年春天因重病过世。托马斯·佩洛船上的同伴布赖恩特·克拉克也在大约同一时间死去。仅仅 6 天后，"乔治"号的罗伯特·福勒船长和"弗朗西斯"号的约翰·邓纳尔也相继步入坟墓。

约翰·邓纳尔很受人们的喜爱，他的离去令大家十分悲痛。约翰·佩洛船长在邓纳尔去世那天发表的演讲非常触动人心，他意识到，他的更多英国同伴都会在梅克内斯的奴隶营场结束自己的一生。托马斯·佩洛获准参加了小型的葬礼，深深地被他叔叔的话震撼。"我永远不会忘记叔叔在囚禁期间仁慈的行为。"他写道："遗体被放入墓地时，没有人被任命去主持基督教葬礼仪式，我的叔叔去主持了。"

佩洛船长开始念祈祷文，但是数月的囚禁生活和失去同伴的巨大悲痛让他无力承受。在祈祷中途，他声音颤抖着倒下了。"他泪流满面，无法继续。"船长太过伤心，只能将《圣经》交给另一名船员。"我从没参加过这么悲伤的集会，"托马斯·佩洛写道，"所有人都被感染，静静地站了好久，心中满是悲痛。"

这场小型的仪式结束后，邓纳尔的遗体被缓缓地放入地下，那一小块地距离城墙有一段距离。这个地方这几年才开始启用，因为穆莱·伊斯玛仪的基督徒奴隶之前都被葬在离城墙很近的地方。但是后来这位苏丹决定将基督徒墓地纳入他的王宫花园，他"挖开地面6英尺深，在那里挖出了3/4里格的地"。巴斯诺神父说："工程只持续了9天，但从事这项工作的5000名基督徒奴隶又死了50人，死在了那些刚被埋下的腐臭的尸体旁。"

黑人护卫详细地记录了他们管辖的奴隶的一举一动和死亡人数。这些日常的记录早已丢失，保存下来的记录严重不完整。根据出访的大使、神父和俘虏自己的叙述，在梅克内斯囚禁的奴隶的人数长期多达5000人。来自阿拉伯方面的记载更加惊人。19世纪的摩洛哥历史学家艾哈迈德·扎伊亚尼研究了王室收藏的文献，并估计在任何时间段，梅克内斯都至少有2.5万名白人奴隶。如果这是真的，那么这个城市的奴隶人口几乎等于阿尔及尔的总人口。

在一个西班牙要塞被占领后，奴隶营场很快被填满，不过奴隶人数很快就会因为疾病而减少了。瘟疫是奴隶营场的常客，让已经身患痢疾和营养不良的人大量死亡。穆埃特说，有一年特别严重，瘟疫杀死了1/4的法国奴隶，而且他们对死亡束手无策。"那段时间我们每天的日常祈祷加倍，连着8天都念完整本《玫瑰经》，而不是像以前一样只念第三章。"

由于有太多奴隶因疾病和过度劳累死去，就连穆莱·伊斯玛仪也开始担忧。他咨询酋长们，他们告诉他高死亡率确实事出有因。他们说，在奴隶们自己的国家，基督徒"通过喝葡萄酒和白兰地来强健身体"。他们补充说，如果穆莱·伊斯玛仪想降低死亡率，并鼓动奴隶的工作积极性，"他只需要给他们每人提供三四杯葡萄酒"。

苏丹采纳了酋长们的建议。"他派人找来犹太商人，命令他们取来四大瓶酒……[并且]将[它]分发给奴隶。"当他那天晚些时候去视察工作时，"[他]惊讶地发现这些基督徒在两个小时时间里完成了更多的工作……比之前三个小时做得都多"。此后，他命犹太人为基督徒奴隶提供"100千克葡萄干和100千克无花果，这样他们就可以自己酿制白兰地"。他甚至批准在奴隶营场开设一间临时酒馆，尽管他并不明白，这些虚弱得半死不活的人只是想要用白兰地麻痹自己。

佩洛船长和他的手下仍旧身体虚弱，食不果腹，但是他们很快发现，食物匮乏并不是最可怕的事情。灾难的真正来源——也是他们无休止抱怨的对象——是惩罚性的日常工作。就在他们每天工作15个小时的梅克内斯宫殿的建筑工地上，他们了解到了苏丹穆莱·伊斯玛仪的奴隶的生活的全部恐怖之处。

在穆莱·伊斯玛仪继承王位时，梅克内斯是一个地方集镇。它从来不曾像大城市非斯、拉巴特和马拉喀什那样是王国的首都，也没有辉煌的历史。但这也正是它吸引新苏丹的原因。穆莱·伊斯玛仪非常看重自己在历史上的地位，希望自己作为一代王朝的开创者而流芳千古，而且其王国首都的规模要超越其他所有王朝的。

这个气势宏伟的建筑计划在他即位后不久就启动了。"他拆毁了旧堡垒周围的房屋，"艾哈迈德·扎伊亚尼写道，"让那里的居民带走残留的瓦砾。"这项工作完成后，他将整个城镇的东部区域夷为平地。苏丹仍然觉得这片被清空的土地面积太小，又拆除了很多残留下来的其他建筑。

这片从废墟中拔地而起的非凡防御工事和宫殿的规模令所有看到它的人瞠目结舌。单是城墙就绵延数英里，因为穆莱·伊斯玛仪希望各式紧密相连的宫殿和厢房能在梅克内斯周围的山丘和峡谷中绵亘。宫殿中还有开阔的庭院和廊柱走廊、绿瓦清真寺和御花园。他下令建造一个庞大的摩尔式后宫，还有马厩、军械库、喷泉、泳池和一些亭台。他让他的工程师从罗马古城瓦卢比利斯废墟中搜寻大理石柱和条石板。他还取走了曾经辉煌的马拉喀什巴迪王宫的所有珍贵装饰品，包括大理石柱和精致的碧玉。其他珍贵的宝石则是特地从比萨和热那亚运来的。

后来梅克内斯的游客认为，穆莱·伊斯玛仪想要建造一座比国王路易十四的凡尔赛宫更加恢宏、更令人印象深刻的宫殿。这两个同时代的君主确实有很多共同之处。他们都亲自监督工程进展，而且都蔑视他们的工人。但是，当穆莱·伊斯玛仪第一次听说宏伟壮观的凡尔赛宫时，梅克内斯已经在建设中了，而且他那颇具摩尔风格的行宫布局与凡尔赛宫截然不同。

然而法国神父诺拉斯克·内昂坚持说，苏丹确实表达过要超越太阳王的成就的野心。一名穆莱·伊斯玛仪宫廷的欧洲访客竟然有勇气跟苏丹说，如果他希望效仿法国国王，他就不应该当面杀死他的臣民和奴隶。"你说得不错，"苏丹脱口而出，"但是路易国王指挥的是人类，而我驱使的是野兽。"这些"野兽"被迫为穆莱·伊斯玛仪无休无止的工程工作，建造城墙，混合砂浆并搬运石板。虽然苏丹能驱使数千名奴隶，但他还是觉得人手短缺，不得不颁布法令，规定摩洛哥每个部落都必须提供一定数量的男人和骡子。

穆莱·伊斯玛仪竣工的第一座宫殿是科比拉宫。它历时 3 年建成，于 1677 年竣工，所有苏丹的酋长和总督都参加了令人印象深刻的夜间竣工庆典。午夜钟声敲响时，穆莱·伊斯玛仪在主大门处亲手宰杀了一匹狼。狼头被剁下，挂在大门中心处。

科比拉宫的大小和规模史无前例。"[它]是城市北边的宏伟边界，"神父巴斯诺 1714 年写道，"有着巨大的围场、屹立的白色城墙和多座高耸的塔楼。"花园第一区的规模也令人惊叹。穆莱·伊斯玛仪命他的奴隶运来"尺寸惊人的"成材树来装饰科比拉宫，还计划建造一个空中花园，以模仿传说中的巴比伦空中花园。

科比拉宫规模巨大，不过对穆莱·伊斯玛仪来说，这只是他一系列精美宫殿群中的第一座。在私宅的西南方向，他开始为真正广阔的行宫马克赫宰宫打地基，马克赫宰宫包括 50 多座鳞次栉比的宫殿，每座都有自己的清真寺和浴室。它三面被高墙环绕，外环两侧矗立着雉堞状的炮塔。此处还要建造大到能装下整个摩洛哥一年收成的赫里粮仓。穆莱·伊斯玛仪还下令建造巨大的蓄水池和水上游乐场，马厩计划要容纳 1.2 万匹马。

苏丹并没有被这项工程的规模吓倒，还开始规划大片的外交区——里亚德宫（Madinat el-Riyad），可以为维齐尔和军官们提供住处，还有一个可住下他的 13 万黑人士兵的巨大的军事营房。最恢宏盛大的是曼苏尔宫（Dar al-Mansur），它拔地而起 150 多英尺，周围环绕着 20 座铺着光亮绿釉瓦的亭台。

穆莱·伊斯玛仪是这些建筑工程的首席建筑师、工程师兼顾问。他每天黎明前就去视察，为当天的工作做指示。他令奴隶监工鞭打奴隶，满意地看着他们更卖力地干活。"苏丹穆莱·伊斯玛仪毫不松懈地监督宫殿的建设情况，"艾哈迈德·扎伊亚尼写道，"建完一座宫殿后，他就马上开始下一座。"随着梅克内斯皇城的城墙初具轮廓，游人无不被这项浩大工程的规模所震撼。扎伊亚尼写道："人们从没见过任何一个政府有类似的宫殿，不论是在阿拉伯还是在其他国家，不论是在异教徒或伊斯兰国家。"城墙沿着山谷绵延前行，仅守卫它就需要 1.2 万名士兵。

当佩洛船长和他的手下被带到梅克内斯时，建筑工程已经进行了 40 多年，但毫无结束的迹象。事实上，随着宫殿规模的扩大，苏丹的计划也越来越不切实际。托马斯·佩洛第一次被带进城墙内时就震惊于它的规模，惊讶的程度不亚于看到他的英国同伴被黑人护卫鞭打棒击。"每天破晓时分，"他写道，"几个因禁着基督徒奴隶的地牢监管人就会又打又骂地叫醒他们。"佩洛船长和他的手下被监工带到宫殿围墙的最后一段，开始在非洲的烈日下持续 15 个小时的辛苦劳作。"一些人用大筐搬土，"佩洛写道，"一些人驾着由 6 头公牛和 2 匹马拉着的运货马车。"熟练的工人被安排去做更精细的工作，他们需要"锯开、切割、黏合并竖直放置大理石柱"；那些经验不足的则被"送去做粗活，比如照料马匹、打扫马厩、搬重物或者推磨盘"。

因为没有经验，"弗朗西斯"号、"乔治"号和"南华克"号的船员被安排去做最辛苦的工作。混合石灰砂浆就是最费力的工作之一，许多奴隶都记录了这项工作的危险。据托马斯·菲尔普斯说，他们需要先造一个顶部开口的大木箱，然后将"搅在一起的粉状的土、石灰还有沙砾"灌入木箱。接着，奴隶们加入水，把所有东西搅拌混合，直到它变得像浓汤一样稠。这种液态的砂浆会变干，"然后变得异常坚硬且持久耐用"。最后再将木箱子移走，在砂浆上涂上白色灰泥，或者覆上磨光的大理石。

混合石灰砂浆的工作非常危险。奴隶们常常被石灰烧伤，皮肤溃烂和开裂时痛苦万分。巴斯诺神父震惊于奴隶们连最基本的安全防护措施都没有，而且"经常被活活烧死，最近就有6名英国人和1名法国人被烧死"。他们的工作大部分在三四十英尺高的墙上进行，这就使得工作更加困难。热尔曼·穆埃特说，他们既没有脚手架，也没有梯子，只能用滑轮和绳索向上运输砂浆，"拉的时候很容易灼伤或者割伤手指"。他说："只要高墙上那些用沉重的夯锤敲实砂土的奴隶停下休息一会儿，耳聪目明的监工马上就会用石头丢他们，督促他们继续工作。"

佩洛船长和他的手下很清楚，只要穆莱·伊斯玛仪还活着，建筑工程就不会结束。苏丹很少对竣工的建筑感到满意，常常命他们拆除已经建好的整座宫殿。"摩洛哥国王飘忽不定的态度使它（宫殿）就像正对着他的剧院的场景那样，"神父巴斯诺写道，"每一幕都会变化。"他说："奴隶们告诉我，如果一个人离开十年，他就再也认不出这里了，因为苏丹每天的改动都十分巨大。"在4个月内，穆莱·伊斯玛仪命令奴隶拆毁了12英里的宫墙，而且命他们将大块的碎石"打成粉末"。刚做完这些，他又要求奴隶们重新建起一道一模一样的宫墙。有人问苏丹，为何他不停地拆掉刚建好的建筑，他解释说，奴隶们奸诈狡猾，只有这样才能让他们不停干活。"他们就像袋子里的老鼠，"他说道，"只有不停地旋转袋子，老鼠才不会咬破袋子逃走。"

　　黑人监工对手下的奴隶异常残暴。"[他们]会即刻惩罚最微不足道的停顿和失误，"托马斯·佩洛写道，"而且不给这些可怜人吃面包的时间。"监工们轮班工作，每次换班时都会告诉下个监工，哪个奴隶在工作中偷懒过。新的监工会虐打这群可怜的奴隶，"他打最容易受伤的地方"。穆埃特说，大部分监工都会打头，"如果把奴隶的头打破，他就装成好心的医生，用坚硬的石灰来止血"。如果奴隶伤得太重，无法继续工作，监工"也有办法让他们继续工作。他会加倍虐待他们，这样新伤的疼痛就会让他们忘记旧伤"。

　　监工经常通过半夜叫醒奴隶来取乐。"这种事时常发生，"佩洛写道，"他们半夜被紧急叫出去做粗活，监工用西班牙语大呼'Vamos a travacho cornutos'（意思是'出来干活，你们这帮蠢货'）。"这些筋疲力尽的人被打着赶下床铺，不得不再艰难地工作几个小时。

　　据说，法国奴隶的监工通过克扣奴隶们本已少得可怜的口粮或是有时命令他们清理下水道来惩罚他们。"[他]让我们清空所有厕所，"穆埃特写道，"移除城里的所有粪堆，把这些秽物装到柳条筐中，这样所有脏东西就会掉我们一身。"连续几天被如此对待后，法国奴隶处境糟糕。"我们的大腿都被沉重的铁链割伤，包括我自己在内的很多人割痕有指头那么深。"

　　穆莱·伊斯玛仪每天视察施工现场。据西蒙·奥克利说，他由 3 名宫廷仆人陪同，"一个人……拿着他的烟斗（斗钵有一个小孩的头那么大）……另一个人拿着他的烟草，第三个人捧着一铜壶的热水"。每当苏丹和这些随行人员走近时，奴隶们都紧张得发抖，他们深知，任何被他认为偷懒的人都会被一顿好打。"那些男孩拿着短的巴西木棍，"佩洛写道，"上面系着鞭子，还带着一件可更换的衣服，以防自己原来的衣服在惩罚奴隶时沾上血，还有一把斧头。"

穆莱·伊斯玛仪的巡视非常细致彻底。他会不停地发出命令，提出建议并开始新项目。据说，如果工程进展不尽如人意，他就会爬上墙亲自搅拌砂浆。他无法容忍低劣的工艺，而且会毫不犹豫地惩罚那些干活粗糙的奴隶。有一次，他视察工作时发现有些砖块很薄。他叫来石匠主管，责备他没用心工作，然后命黑人护卫在石匠的头上砸碎50块砖。这一切结束之后，这个满头血污的奴隶被扔进了监狱。

还有一次，苏丹质问一个奴隶砂浆的质量。这个浑身发抖的奴隶承认它们质量不过关，穆莱·伊斯玛仪"抓住他的头撞向砂浆，把他打倒后，又亲手打倒了其余所有人，把他们的头打得惨不忍睹，以至这个地方血流成河，像屠夫的摊子似的"。

西班牙奴隶受到了更严苛的对待。其中一人从穆莱·伊斯玛仪身边走过时没有脱帽，苏丹就"举起长矛刺向他"。长矛深深地刺进肉里，由于顶端有倒刺，拔出时疼痛难忍。这个奴隶将长矛交给苏丹，苏丹却把长矛反复地刺入他的胃部。

最可怕的惩罚被称为"抛掷"。"被皇帝下令惩罚的人，"佩洛写道，"会被三四个强壮的黑人抓住，提着大腿，使劲向上扔，同时，把他转个身，让他头先着地。"实施这项惩罚的黑人护卫"因为经常这样惩罚奴隶变得异常灵敏，他们既不会在第一次扔的时候弄断他的脖子，或者把他的肩膀弄脱臼，也不会让他毫无疼痛感"。佩洛说，他们会持续抛掷这个奴隶，直到苏丹命他们停下。

这种持续的残酷行径让梅克内斯的奴隶们苦不堪言，但他们知道任何抵抗都是徒劳的。西班牙的奴隶试图暗杀苏丹，结果以悲剧收场。据佩洛说，他们的一个同伴偷了一支火枪，在苏丹巡视建筑工地时朝他开枪，但他太紧张了，"两发子弹都打进了马鞍的前端"。穆莱·伊斯玛仪在意识到发生了什么时暴怒。这个人被抓起来，"可以料想，他会被残忍杀害"。但是苏丹——一如既往地让人捉摸不透——竟生出怜悯之心。他问这个西班牙人，"他做了什么事情竟会被这样对待，他是否已不再受人爱戴，人们是否已经对他感到厌倦"。然后，他一反常态地宽宏大量，"冷静地让他回到余下的基督徒处去工作"。

在梅克内斯宫殿劳作的奴隶对苏丹的暴行战战兢兢，而且担心英国的朋友和家人对他们的困境一无所知。"弗朗西斯"号的船员托马斯·古德曼在1716年11月给家人写信，告诉他们他在苏丹手中遭受的可怕经历。

"我受到了无尽的折磨，"他写道，"我们没日没夜地工作，像羊一样被驱使。"他说，艰苦的劳动几乎无法忍受，并补充说，"每次出去工作的时候，我们都不知道自己能不能活着回来，因为他们太野蛮了，而且我们的口粮只有面包和水"。他恳求家人为他和他还活着的同伴祷告，在信的结尾，他表达了自己的绝望和抑郁。"没有什么比回忆以前的幸福生活更让我痛苦万分，现在我全身赤裸，活得不如一条狗，没有一片布料可以遮身。"

另一个英国俘虏托马斯·梅吉森（Thomas Meggison）乞求在冬季到来前有人能做点什么，因为他知道冬季会令很多虚弱的同伴丧命。"我们境况悲惨，上帝知道，每天都有人被饿死。"他写道。"如果没有上帝的庇佑，他们这个冬天又会饥肠辘辘。所有国家的奴隶都曾收到过本国的救援，只有英国没有。除了一堆谎言，英国没给奴隶提供任何帮助。"

梅吉森对冬天的恐惧非常正当，因为冬天会给那些本就生病虚弱的人致命一击。1717 年，托马斯·佩洛得知，他的叔叔已经病入膏肓，无药可救。

几天后，托马斯收到可怕的消息：佩洛船长去世了，"被严重的流感带走了"。他度过了 6 个月的囚禁生活，经历了"弗朗西斯"号 4 名船员的死亡。但是，残酷的虐待和少得可怜的饮食让他本就残破的躯体更加虚弱。在感染了痢疾后，他的身体完全无法抵抗疾病。

幸存者都害怕下一个死去的就是自己，他们疯狂地给英国写信，求他们做点什么。但是，他们担心自己的呼救会得不到任何回应。"我觉得所有英国的基督徒都忘了我们，"约翰·威尔顿写道，"因为他们从没给过我们任何帮助，从我们被囚禁到现在，从来没有。"

第六章

守卫后宫

在 1717 年一个春光明媚的早晨，一位肤色苍白的绅士心事重重地穿过白厅宫。他身披天鹅绒斗篷，头戴灰金色的假发，看起来颇像个花花公子，但他的神色中流露出几分不安。此人叫约瑟夫·艾迪生（Joseph Addison），是两位内阁大臣之一，正前去参加内阁紧急会议。他和各位大臣正要一起讨论这个时代最棘手的问题之一。

越来越多的船被塞拉海盗捕获，而且尚无有效的办法来遏制这种威胁。"忠诚约翰"号、"渴望"号、"亨利和玛丽"号、"大卫"号、"阿比盖尔"号、"凯瑟琳"号、"乔治"号、"莎拉"号、"奋进"号、"繁荣"号、"联盟"号等船都在近几个月被截获，它们的船长和船员被铐着铁链送往梅克内斯。英国和其他欧洲国家一样被勒索赎金，必须采取行动了。

最近加冕的国王乔治一世对梅克内斯的英国奴隶的困境没有多大兴趣。在无嗣的安妮女王去世后，这位在德意志出生的汉诺威统治者获得了王位。他英语不好，很不情愿地来到了英国。"他对我们的传统和法律一无所知，"玛丽·沃特利·蒙塔古（Mary Wortley Montagu）夫人写道，"他既无法理解，也不尝试学习。"

　　三年前，这位国王刚到伦敦时引起了很大轰动，他带来一大批德意志朝臣，包括他的首相、首席顾问和所有佣人。不过让首都民众震惊的是，他的随行人员中包括两名土耳其顾问，穆罕默德和穆斯塔法。乔治的英国大臣也很震惊，这位国王竟会相信两个"穆斯林"（事实上，他们已经皈依了基督教），还有一人掌管着国王私用金。国王在白厅宫安顿的几个月间，他成了恶毒歌谣和排外短诗的主题。人们指责他"心怀不轨地"带来土耳其人，而且他的德意志随行人员意图用英国的钱中饱私囊。

> 这些就是他给这座美丽的宫殿带来的：
> 他自己、他的烟斗、恭凳和虱子；
> 两个土耳其人、三个妓女、六个护士；
> 五百个德意志人，全部空手而来。

　　在1717年的春天，乔治一世国王接到佩洛船长及其他被俘船员的妻子和寡妇们绝望的请愿书。请愿书的字里行间饱含深情，恳求他去争取释放奴隶。请愿书呼吁国王不惧麻烦解决危机，而且"最谦卑地乞求、恳请您，希望能尽快解救您那些受苦受难的臣民"。请愿书还督促国王为奴隶寡妇们募集"慈善捐款"，她们很多人一贫如洗，快要饿死了。

　　请愿书由皇家学会的职员耶斯列·琼斯（Jezreel Jones）呈给国王。他提醒国王，英国奴隶的境况确实糟糕透了，"随时会因物资极度匮乏、艰苦的劳作、浑身赤裸、严酷的虐待和丧失工作能力而死亡"。但乔治国王对奴隶的命运毫不上心，琼斯只好求助新任命的内阁大臣约瑟夫·艾迪生，后者的职责包括协调英国与欧洲南部和地中海的关系。

艾迪生被任命到这个职位上，出乎所有人的预料。虽然他从1708 年就成了议会议员，但他一直默默无闻。他只在下议院发表过一次演讲，但是被"听他说！听他说！"的叫声吓坏了，很快便退回到了长椅上。不过，他是个睿智的人，首都的知识分子都非常推崇他在《观察者报》（*The Spectator*）、《塔特勒报》（*Tatler*）和《卫报》（*The Guardian*）上发表的文章。辉格党政要詹姆斯·斯坦霍普（James Stanhope）于 1717 年春被任命为第一财政大臣和财政大臣时，他任命艾迪生为南方部大臣。

艾迪生从小就对摩洛哥很着迷。他父亲曾在丹吉尔服役，小艾迪生是坐在火炉旁听着摩尔那片土地上的故事长大的。他在1671 年出版的老兰斯洛特的传奇故事是黑暗而浪漫的，讲了很多勇敢的酋长的故事。他警告说，摩尔勇士狡猾奸诈，而且"与他们痛恨的事物无法调和"，不过他对那些迷人的女性态度更为宽容，他觉得她们"气色很好，身材丰满而匀称"，这暗示了他曾想与这些美人亲近。但是，她们警觉的丈夫让他只能对这些女人敬而远之，他们"令［这些女性］处于从属地位并成为家庭主妇，这让与他人私通之事完全不可能发生"。

约瑟夫·艾迪生对穆莱·伊斯玛仪的性格更感兴趣，穆莱·伊斯玛仪既吸引他，又令他感到厌恶。在成为内阁大臣的前一年，艾迪生在《自由党报》（*The Freeholder*）上发表过一篇关于独裁的文章。他认为穆莱·伊斯玛仪是最糟糕的统治者，并且将他的野蛮专治和英国的开明议会政府做了比较。艾迪生写道，苏丹的臣民一直生活在对他难以预知的情绪爆发的恐惧之中，而且无论何时觐见他都要绝对服从。就连他的顾问都不敢自由地表达他们的看法。艾迪生说，苏丹习惯了主导国家事务，他"骑着马站在朝堂上，他的几个酋长、总督光着脚站着，颤抖着弯着腰，无论他说了什么，他们都马上热烈地恭维赞美"。

在这篇文章中，艾迪生告诉读者，穆莱·伊斯玛仪正在命他的基督徒奴隶建造一座真正规模宏大的行宫。他说他驱使"上千名基督徒奴隶劳动"，并补充说，"他经常通过拆毁建筑物、杀死参与建筑的所有工人来展示他的品位"。

艾迪生用了大量的时间研究如何更好地了解穆莱·伊斯玛仪。之前所有和苏丹的协商都以失败告终，很明显，解决这个危机不可能一蹴而就。几个月前，海军上将查尔斯·康沃尔（Charles Cornwall）被派去摩洛哥，就塞拉海盗的抢掠问题"要求得到满意的答复"，并"想方设法释放被囚禁在巴巴里的国王陛下的所有臣民"。康沃尔上将向苏丹提出这个要求，苏丹表示他唯一的愿望就是建立"两国间持久且深刻的和平"。但他拒绝释放任何奴隶，康沃尔试图以封锁摩洛哥的主要港口作为回击。尽管仍没想出应对策略，但是艾迪生于1717年5月31日出席的这次内阁紧急会议仍有积极意义。

艾迪生已经准备好了。他正钻研一份题为《巴巴里事务》的文件，这份文件包含很多如何更好地与苏丹合作的内容。这位内阁大臣相信，封锁摩洛哥的港口没用。尽管康沃尔上将已经抓住了几艘海盗船，但他未能解救任何奴隶。事实上，摩洛哥苏丹对此毫不在意，连艾迪生都说："这不得不让人怀疑，穆莱·伊斯玛仪对自己损失的船只是否知情。"

这位内阁大臣认为，除非派大使去摩洛哥首都，否则苏丹不可能协商奴隶释放事宜。穆莱·伊斯玛仪在给康沃尔上将的信中承认了这一点，说他厌倦了远距离的协商。"这样你无法跟我达成任何成果，"他写道，"如果你想和我协商，想向我提要求，那你最好来我的圣宫。"他还高傲地补充说："我，真主的仆人，不能通过邮件和信件与你对话。"

艾迪生对他的同僚说，派一位可信的大使即刻前往摩洛哥势在必行。"除非我们派遣大臣前往梅克内斯，带上可以取悦苏丹的精美礼物，否则英国奴隶不会被释放。"不过他知道，派一位德高望重的大使到梅克内斯是有风险的。穆莱·伊斯玛仪对待大使态度倨傲，艾迪生对之前大使讲述的出访经历深感震惊。有一位法国大使奉命觐见，苏丹"接待他时穿了件处决时被玷污的袍子……从袖口到手肘都沾满了摩尔人的血，这些人是他亲手斩杀的"。

艾迪生意识到，这类可能出现的羞辱性的接待让说服内阁派遣大使变得不可能。他承认，"反对派遣大臣去梅克内斯的原因是大使有被扣押的危险，花费高昂，而且跟摩尔人签订的任何协议都不可靠"。尽管存在风险，但是他依旧敦促内阁采取行动。不入虎穴，焉得虎子，这位内阁大臣认为，"如果能够赎回那么多同胞，那么即使这个人牺牲了，也是值得的"。

艾迪生对这一紧急情况的陈述引发了长时间的争论。他的同事比较了派遣大使的费用和维护康沃尔上将舰队的费用。他们还研究了与摩洛哥达成和平协议的好处，这可能为英国的羊毛出口开辟一个新市场。最终，艾迪生在内阁中取得了胜利。他的同事们做出让步，这位内阁大臣当天在他的日程上开心地写道："一位大使将被派往梅克内斯。"

被选中担任这项任务的是康斯比·诺伯里（Coninsby Norbury），他是康沃尔舰队的一位海军上校。对这样一个艰巨的任务来说，他是最不适合的人选。诺伯里傲慢且刚愎自用，很不明智，不论到哪儿都会引起矛盾。为何他会被选中不得而知。很有可能是因为他的同事都不愿意冒着生命危险去梅克内斯，而诺伯里是唯一一个自愿前往的人。他在摩洛哥北部的得土安登陆后刚几个小时，就已经得罪了几位穆莱·伊斯玛仪的重臣。这其中最重要的就是艾哈迈德·本·阿里·本·阿卜杜拉酋长（Kaid Ahmed ben Ali ben Abdala），苏丹的首席总指挥官。

艾哈迈德酋长已经习惯了受人敬重，尤其是在面对欧洲来使时。但是诺伯里上校在这位酋长面前并不打算做小伏低。事实上，他举止十分傲慢，以至这位酋长向远在伦敦的王室大臣表达了不满。阿拉伯文手稿很快被翻译出来，并在内阁中传阅。"诺伯里上校刚到，"这位酋长写道，"我带着1000人去海边见他，为这位上校和我自己各搭了个帐篷，满怀诚挚地接待他。"艾哈迈德酋长喜欢这次正式访问的盛大排场，但很快发现这位特别的使臣是个异类。"我非常惊讶，他对接待的仪式非常看重，"他写道，"认为这个仪式不够恭敬。"诺伯里对接待仪式嗤之以鼻，明确地表达了不满，而且"撇下我，转身就回到了他自己的帐篷里"。

这是极大的侮辱，酋长被深深地冒犯了。他声称自己已经尽其所能隆重地接待诺伯里上校，而且为英国随行人员提供了这个地区最好的骏马。但是，当他提出想看看诺伯里带给穆莱·伊斯玛仪的礼物时，他被直接拒绝了。"他拒绝了这个要求，"酋长写道，"说到达梅克内斯之前，任何人都不能看。"艾哈迈德酋长被激怒了，不过他不打算计较。他将诺伯里的怠慢归咎于"糟糕的政策和不怀好心的委员会"，但是他不禁想到，"诺伯里从最开始到离开梅克内斯，都会竭力表现出愤怒和不满，他不仅会如此轻慢我，也会这样对梅克内斯的大臣们"。

艾哈穆德酋长陪着诺伯里上校来到了首都，引荐他觐见了苏丹。穆莱·伊斯玛仪第一次见他时很有礼貌，因为期待自己会收到礼物，但这位英国上校粗暴无礼。"[他]要求归还奴隶，说不释放奴隶就无法议和，而且会封锁他们所有的海港，摧毁他们的贸易，以及诸如此类的威胁。"

有人控诉诺伯里违反宫廷礼仪，但他对此不予理会。事实上，他反驳说，那些对他行为的批评非常虚伪，因为穆莱·伊斯玛仪和他的大臣们不停地违背他们签订的和平协议。苏丹对诺伯里的无礼厌恶至极，但这位上校还是没完没了地继续说。说到苏丹囚禁了如此多的英国人做奴隶时，诺伯里更加激动，他开始大喊大叫，而且"在苏丹面前跺了三四次脚"。穆莱·伊斯玛仪试图让他冷静下来，诺伯里上校脱口而出，"'你这个该死的'，而廷臣们听懂了"。

托马斯·佩洛见证了这件非同寻常的事，他说诺伯里上校的行为"让陛下异常激动"。苏丹十分愤怒，以至发泄在了他近身的人身上。"许多他旁边的人都挨了剑、长矛和短棍，"佩洛补充说，"诺伯里上校觐见国王时，给国王打伞的黑人护卫的脸和胳膊都被国王打得伤痕累累。"

　　穆莱·伊斯玛仪之前是否打算释放英国奴隶不得而知，但是在见到诺伯里如此傲慢的表现后，他绝不可能释放奴隶。他告诉这位上校"他的行为太无礼了"，并补充说"外来人最好不要激起当地人的反感"。苏丹的朝臣阿卜杜拉酋长认为，诺伯里上校直接导致了英国这次任务的失利。"如果这位上校能够举止得当，"他写道，"……他很有可能会得偿所愿。"这次事件中，他过度的"贪婪和不知节制"导致了任务失败。诺伯里两手空空地回到得土安，不久之后又再次加入康沃尔上将的舰队。

　　诺伯里上校的出访是一场灾难。约瑟夫·艾迪生本希望与穆莱·伊斯玛仪签订永久停战协议，同时释放所有英国奴隶。可在这次出访中，大使唯一的成就就是以威胁和吹嘘激怒了苏丹。唯一的好消息是，穆莱·伊斯玛仪同意在摩洛哥设置一名英国领事，可能是因为他将此当作为其宫廷赚取更多礼物的手段。被选为领事的是安东尼·哈菲尔德（Anthony Hatfeild），是个足智多谋的商人，他在摩洛哥的关系使他得以继续与得土安港口进行贸易往来。未来几年证明了哈菲尔德领事是个勤勉的仆人，而且竭尽全力为英国奴隶争取自由。但是，和约瑟夫·艾迪生与康沃尔上将一样，他发现傲慢而喜怒无常的苏丹几乎难以对付。

　　当英国奴隶辛苦建造梅克内斯的城墙和壁垒时，托马斯·佩洛的境况有所改善。他现在 15 岁，已经离家 3 年多了。穆莱·斯伐死后不久，他被交给苏丹的朝臣巴·艾哈迈德·西荷（Ba Ahmed es-Srhir），"他的主要任务是培训和指导年轻人在国王面前的言谈举止"。佩洛正被培养成宫廷侍从——奴仆军团的一员，他们会每天与穆莱·伊斯玛仪接触。

被挑选出来参加这项培训的有 600 人，但少有人展现出任何能力和热情。没过多久，佩洛就因为能力出众在这群人中脱颖而出。进入巴·艾哈迈德家两周之内，他升任上尉，管理其他 8 名叛教者。他们被派到王宫，被要求"清理皇帝花园的走道，那里是他和他的宠妃……常去逛的地方"。

这个职位凶险万分。穆莱·伊斯玛仪曾规定，除了宫廷宦官，他的妃嫔不能被任何人看到，而且无论何时，只要苏丹和随从进行日常巡视，梅克内斯的居民就只能待在室内。巴斯诺神父曾远远瞥见过巡游的盛况，震惊于如此长的一段路上竟没有人见过苏丹的妃嫔。不论何时，只要她们离开王宫，"宦官就先去开道，多次鸣枪示警，[这样] 所有人都会避开，免遭不测"。他补充说："如果有人没来得及离开，为了避免惩罚，他需要脸贴着地趴下；如果他抬头看了这些女人，他就死定了。"

佩洛谨慎地盯着花园入口，但很快就犯了个本会让他丧命的错误。当苏丹的四个主要妃子之一哈利马·阿齐扎（Halima el-Aziza）出乎意料地进入花园时，他正在打扫石子路。"这位王妃，"佩洛写道，"有天在我还没来得及躲进回避苏丹妃子的小屋时踏上了走道……正巧看到了我。"大概是佩洛的胆大妄为激起了她的好奇心，她没将他的不敬上报苏丹并要求惩罚他，而是任命他为自己宫殿的仆人。

穆莱·伊斯玛仪急于取悦这位他最宠爱的妃子，就同意了。"[他] 下令让我们马上出来，一个接一个，直到她找到那个人。"

当佩洛出现的时候，王妃认出了他。"[然后] 我即刻被送给了她。"他的新工作非同寻常，而且将让他陷入更大的危机。他成了最隐秘的王妃寝殿大门的主要看门人——这扇大门将最终通向苏丹的一处后宫居所。这些后宫区被黑人护卫和宦官卫队保护着，除了少数特定的人，其他人一概禁止入内。这些坐落于王宫中心的隐秘庭院是王妃的私人住所。这里是她"还有皇帝的 38 位妃子以及一些太监居住的地方，他们被关得严严实实"。

后宫金碧辉煌，庭院里装饰着抛光大理石柱。据曾参与建造这里的奴隶弗朗西斯·布鲁克斯说，庭院的中间是大理石水池。水池中是"稀有的温泉……[它的] 中心'咕咚咕咚'冒着热气，泉水来自离城堡约两英里外的地方"。

来到这座王宫的欧洲访客都想对穆莱·伊斯玛仪后宫女人的数量一探究竟。佩洛称，苏丹在梅克内斯期间共有过 4000 多名妃嫔，她们都"被关在分配给她们的宫殿中"。尽管穆莱·伊斯玛仪子女众多，但其妃子的数目难以求证。每多出生一个孩子，这个国家的犹太人就会被多征收一项特殊税款，用来给孩子购买合适的礼物。税款登记信息表明，在苏丹漫长的统治期里，他至少有 1200 个子女。

佩洛从不敢偷窥后宫内部，因为这样做会让他丧命。不过，一个叫玛丽亚·特尔·梅特伦（Maria Ter Meetelen）的荷兰女奴描述过佩洛当时守卫的那座宫殿内部的独特生活。"我来到苏丹面前，"她写道，"在他的房间里，他身边躺着至少 50 个女人。"她们"脸上涂着颜料，穿得像女神一般，貌若天仙，每个人都抱着乐器"。玛丽亚出神地听着"她们边弹边唱，比我之前听过的任何旋律都要动听"。

这些后宫女子衣着华美。苏丹的重要妃子们戴着金吊坠和珍珠，"挂在她们的脖子上，非常沉重"。她们还戴着装饰着更多珍珠的金色王冠，手腕上戴着金银手镯，就连头发上都缠绕着金线，在阳光下闪闪发光，项链上也缀满了宝石，"以至我想知道她们是如何戴着这么重的金饰、珍珠和珍贵的宝石还能昂首挺胸的"。

苏丹的妃嫔一生大部分的时间都与外界隔绝，很少离开禁宫。许多人慢慢厌倦了后宫生活，她们贿赂宦官，让他们从基督徒奴隶那里买酒。还有人偷偷溜出去拜访其他宫殿的朋友。这样秘密出逃的风险极高。巴斯诺神父还在梅克内斯时说，穆莱·伊斯玛仪"拔光了14个嫔妾的牙齿，因为她们私下拜访对方"。

苏丹的后宫中有很多塞拉海盗在海上抓来的欧洲女奴。弗朗西斯·布鲁克斯曾见过4个从开往巴巴多斯岛的船只上抓来的英国女人。主管太监通报苏丹，"在这些女人中有一个基督徒处女"，穆莱·伊斯玛仪很开心，怂恿她放弃基督教信仰，"诱惑她，承诺给她巨大的回报，只要她愿意成为摩尔人并和苏丹睡觉"。这个女孩拒绝叛教，招致了苏丹的雷霆怒火。"[他]扒光她的衣服，让宦官用细绳鞭打她，直到她昏死过去。"然后，他命黑人女奴将她带走，只给她吃发霉的面包。这个可怜的女孩的精神最终被摧毁了，她别无选择，只能"献出自己的身体，尽管她心中并不情愿"。苏丹心满意足，"让她沐浴，穿上衣服……然后和她睡觉"。欲望一得到纾解，"他就无情地让她立马消失在他面前"。这次行房草率但高效。女孩不久就怀孕了，最终诞下了一个健康的婴儿，这个婴儿一出生就注定要在梅克内斯的巨大宫殿中度过被奴役的一生。

　　后宫纪律严明，除了苏丹和他的宦官，其他人都不能进入这座内宫禁殿。穆莱·伊斯玛仪自己也要遵照礼仪，进入后宫前要提前通传。佩洛学习了这些规定，他的职责就是阻止任何人在黄昏到黎明这段时间进入后宫。

　　不久之后，他的决心就受到了最大的挑战。一天晚上，日落后不久，他守卫的一扇宫门传来很响的敲门声。佩洛知道大部分朝臣已经回到了自己的住处，他还清楚，不论门那边的是谁，此人都已经成功地避开了其他几个守卫。他很担心门外的是苏丹本人，但他受到了严格的规定，此时严禁开门。"我的任务很明确，"他写道，"如果没有提前告知，或者没有特殊指示，任何人都不得在这个时间后进入。"他的职责不仅是禁止任何人入内。"为防止有人试图在这样一个不合时宜的时间入内，而且迟迟不离开……我可以透过大门开枪。"

　　敲门声再次响起，佩洛询问对方是谁。他得到了他最害怕的答案。穆莱·伊斯玛仪很愤怒，他想进后宫，却被一个宫殿护卫挡道。佩洛一度陷入窘境，他意识到不管怎么做他都会受到惩罚。如果他拒绝开门，他将面对忤逆苏丹命令的责罚和处决；如果他违反规定开门，他也会因渎职而被处死。

　　知道是苏丹本人想进后宫时，门外的侍卫惊慌失措，他们不敢违背命令，只能顺从地开门。但是佩洛一直表现出了极大的独立精神，他并不打算妥协。当初正是这种固执让他不顾父母的反对离开了家，也正是这种独立精神间接导致了他被俘。现在，它将会导致一个截然不同的结果。

　　佩洛的计策是揣着明白装糊涂，他告诉苏丹："我很怀疑［你是苏丹］，因为我不相信苏丹陛下会不提前通知，在这个时间到这里来。"他补充说，不管门那边的是谁，"为了他的生命安全，他都必须离开，否则我就会在门这边打他个半打子弹"。

　　穆莱·伊斯玛仪命令佩洛放下武器，大喊"如果我胆敢不让他进，他明天一定会砍下我的头"。然后，他又换了种语气，说"如果我放他进去，他会赏我一匹宝马……配上帝国豪华的装饰"。

　　佩洛凭直觉认为苏丹不可轻信，他只是在测试自己，所以他宣称自己绝不会开门，"［就算］他会赏赐我帝国所有的马匹和配饰"。他说他拒绝的理由很简单："我被伟大的穆莱·伊斯玛仪——世上最杰出的皇帝——委以重任，只听从他的命令，确保这里神圣不可侵犯，任何情况下都不会让冒名顶替者和侵入者进入。"他补充说"不要再无谓地坚持了"。穆莱·伊斯玛仪被佩洛的话激怒了，开始野蛮地砸门。

　　佩洛知道现在反悔已经太迟了。他也知道，按照规定，如果来人继续坚持进入，他应该隔着门开枪。他清楚开枪不太可能伤到苏丹。大门的木材厚实，而且另一边有很多凹室可供穆莱·伊斯玛仪藏身。但是他——一个宫殿的奴隶——怎么敢将火枪对准摩洛哥苏丹？他又紧张又害怕，胆战心惊地开始给枪上膛。

　　他扣动燧发枪，巨大的枪声不停在宫殿中回响。"我打光了我所有的子弹，"他写道，"直接射向大门。"子弹使木制大门裂成碎片，在上面留下很多弹孔。苏丹最终退缩了。"他看出我如此顽固抵抗，绝不可能让他进去，于是向着来时的方向转身离开。"穆莱·伊斯玛仪离开时，扬声威胁佩洛，并大声称赞那些放他通行的门外的护卫。

佩洛如惊弓之鸟般等待早晨的到来。他和其他侍卫一大早就被叫醒，去觐见苏丹。虽然他确信他将因之前的行为而面临处决，但他很快发现，苏丹的怒火都撒到了门外的侍卫身上。"所有那些放他通行的侍卫，"佩洛写道，"有些被斩首，有些被责打。"佩洛得到了穆莱·伊斯玛仪的高度赞扬。"他高度称赞了我的忠诚后，"他写道，"赏给我一匹上好的骏马，比他之前诱使我违背宫规时承诺给我的宝马更好。"

佩洛在面对苏丹时的勇敢无畏使他和王室亲眷有了很多日常接触。他先是服侍穆莱·伊斯玛仪的儿子，喜怒无常的穆莱·齐丹。佩洛曾目睹他"亲手杀死自己最宠信的黑人奴隶"，他胆战心惊，写道"他生性残忍"。这个人被杀只是因为他不小心惊扰了穆莱·齐丹饲养的一对鸽子。

之后，佩洛去伺候穆莱·齐丹的母亲，这位和善的夫人认为他是个"谨慎又勤奋的仆人"。很快，在佩洛年满16岁后，穆莱·伊斯玛仪直接将他纳为己用。苏丹觉得这个年轻的康沃尔奴隶机灵又勤奋，决定好好发挥他的才干。佩洛被安排"在宫殿外待命，随时执行命令"。他的新职责是待在豪华的王宫内院中，"随时待命，光头赤脚地在门口迎接他，或是送他离开宫殿"。没过多久，苏丹提拔他为自己的私人侍卫。"［我］只听命于苏丹，"佩洛写道，"随时随地为他开道。"不论穆莱·伊斯玛仪何时骑马离开宫殿去巡视白人奴隶的工事，佩洛都随侍左右。"我通常都骑着他因我的忠诚而赏给我的那匹骏马在门口待命。"此时，他会带着"一根 3 英尺长的巴西木棒，一旦发现有人怠工，苏丹就会用它击打奴隶的头部，我之前也领教过它的厉害"。

佩洛在苏丹处理宫廷事务时担任护卫，不得不默默看着苏丹鞭打奴隶。"他的性情如此变幻无常，残酷又血腥，"他写道，"大家没有一刻不担心自己的安危。"佩洛绝望地看着穆莱·伊斯玛仪命他的黑人刽子手杀死那些偷懒的奴隶，以儆效尤。"当他想要砍掉奴隶的头时，"佩洛写道，"［他］会通过收着或缩着脖子到尽可能靠近肩膀的地方，然后迅速或突然伸长脖子来表示。"他绞杀奴隶的手势是"猛地转动手腕，而眼睛盯着受害者"。

佩洛对苏丹的忠诚为他赢得了更好的住宿。尽管住处很小，但房顶有瓦，高大的城墙投下的阴凉让他免于夏季的酷热。他还获批可以每日享用为苏丹的亲眷准备的盛宴。

穆莱·伊斯玛仪宫殿中的一切都规模盛大，膳食也不例外。佩洛第一次在宫廷用餐时大开眼界。一个巨大的盘子被推进庭院，上面是可供 900 人享用的蒸粗麦粉。随侍人员按照每组 70 人或 80 人分组，"我们的食物被盛在大碗里，从推车上端出来，摆在我们中间"。佩洛此前从未吃过蒸粗麦粉，惊讶地发现它竟十分美味。它被浸泡在融化的黄油中，用番红花和香料调味，"质量上乘，营养丰富……而且非常美味"。

佩洛的许多同伴在皈依伊斯兰教之前已经做了多年奴隶，而且在宫廷中担任职务。他们习惯了以面包和油作为口粮，第一次看到王宫餐厅的食物时，都激动得无法抑制。他们扑向餐盘，抓起大块的肉，狼吞虎咽。餐厅的服务人员都惊呆了，特别是看到他们被食物噎住时。从此以后，他们就餐时"便会有拿着棍棒的人巡视，以防他们吞下太大块的食物，卡在食管——因为他们太贪婪了，这样的事情经常发生"。如果他们被噎住了，"一个侍卫就会用棒子使劲儿打他的脖子，这样就会让他吐出来或者咽下去"。

较好的饮食和单间住所极大地改善了佩洛的健康状况。到达摩洛哥前，他在海上的几个月缺吃少喝，又因在哈卡姆船上俘虏般的生活和穆莱·斯伐的毒打而更加虚弱。现在，在苏丹手下任职几个月后，他"处境相当好"。致命的危险不再来自疾病和饥饿，而是喜怒无常的苏丹和他的妃嫔。"我不得不，"佩洛写道，"像走在危险的悬崖边上的人那样小心谨慎，哪怕走错一小步，都会摔下去粉身碎骨。"当穆莱·伊斯玛仪的一个妃子对佩洛表示好感后，他的境况变得更加危险，尽管他并没有回应过她的感情。他写道："我觉得我必须谨小慎微地检视自己的所有行为。"

穆莱·伊斯玛仪的行事总是出人预料，众所周知，他会随时检阅他的家仆。有一次，佩洛发觉苏丹"心情很好"，很担心自己会被戏弄。苏丹露出奸笑，命他的 800 名奴隶——包括佩洛——来到他面前。奴隶们到达王宫阅兵场后，他从王宫中招来了相同人数的女人。然后，苏丹发表了段简短的演说，告诉他的男性奴隶们，"他好几次观察到，他们服从他的命令，准备充分而且办事灵活"。作为对他们的忠诚的奖励，他决定奖励他们每人一个妻子。男人们认为他是在开玩笑，但穆莱·伊斯玛仪是认真的。他怀着极大的热情步入人群中，开始为这些男人和女人配对，"有些是他亲手拉到一起的……有些是通过点头示意或眼神示意来配对的"。

佩洛对接下来的场景感到惊骇不已，尤其是当他意识到自己不能幸免于苏丹的乱点鸳鸯谱时。"我也被叫上前，要从眼前站着的 8 个黑人女奴中选一个当妻子。"佩洛上上下下地打量她们，但没有一个合他的心意。这并不是因为他不喜欢她们的容貌。佩洛和那个时代的人一样充满偏见，他不喜欢她们的肤色。这些女人都是从非洲热带抓来的奴隶，皮肤黝黑。

"［我］一点儿也不喜欢她们的肤色，"佩洛写道，"立马鞠了两次躬，趴下来亲吻土地，然后亲吻皇帝的脚……谦卑地乞求他，如果一定要赐我一个妻子，能否大发善心赐我一个与我自己肤色相同的妻子。"

佩洛的要求极其冒险。穆莱·伊斯玛仪对他的请求感到困惑不解，仍命人从宫里找来了 7 个欧亚混血的女人。佩洛都不喜欢，"这时，我再次拜倒在地，请求他赐给我一位跟我肤色相同的妻子"。苏丹非常熟悉佩洛的固执，打算跟他开个玩笑。"［他］派人去叫一个女人，要穿戴整齐，很快，她就在两个黑人女奴的陪同下过来了。"当佩洛被要求拉住她的手时，他吓了一跳。"我注意到她的脚是黑色的，马上发现她的手也是。"这正是苏丹想要看到的效果。他"命我摘下她的面纱……看看她的脸"。

他奉命行事，惊讶地发现这个女孩比大多数人白多了，她的手和脚是被棕色染料染色了。"［我］发现她面色红润，"他写道，这极大地取悦了穆莱·伊斯玛仪，"这个老流氓非常愉悦地用西班牙语大喊'Bono! Bono!'，表示'很好！很好！'。"他宣布让佩洛和这个女孩马上成亲。

苏丹喜欢为奴隶配对，而且觉得这是他的最大乐趣之一。他常把自己当作典礼主持者，站在人群前面，为男性奴隶和女性奴隶主持婚礼。据佩洛说，他大声说"那个跟那个"，然后这对夫妇就会走出来"紧紧依偎彼此，就像他们是被教皇主持结合的似的"。穆莱·伊斯玛仪特别关注他们结合后生出的孩子的肤色。他喜欢黑人和白人的混血儿，或者欧亚混血儿，而且"常把肤色最好的臣民配给黑人，把漂亮的女人配给黑奴"。

在统治早期，穆莱·伊斯玛仪就有了繁殖奴隶的想法。他发现黑白混血儿是所有奴仆中最忠诚的，所以他常迫使他的白人奴隶和黑人女奴结婚，为他生育黑白混血的忠实家奴。"他小心翼翼地为繁育这些黄棕色皮肤的混血儿奠定基础，"佩洛写道，"目的是让这些混血儿按照他的意愿为他的王宫服务。"佩洛说，这些被强制结合所生的后代由穆莱·伊斯玛仪的家臣抚养，并"被教导要尊崇并追随先知的继承人，从婴儿期就接受血腥的教育，成为执行他们愤怒的刽子手和臣子"。

这种奇特的繁育工程绝非摩洛哥独有。阿尔及尔也有这种混血奴隶，目的是增加帝国半种姓奴仆的数量。购买法国俘虏沙特莱·德博伊斯（Chastelet des Boyes）的奴隶主在靠近阿尔及尔的农场上有十五六名黑人女奴。他会定期送白人奴隶去和她们交配，有一次选中了沙特莱·德博伊斯。这个法国人被一名宦官带到农场，这名宦官命 4 名女奴脱光他的衣服，并和他交配。"跟她们交代完后，"德博伊斯写道，"他关上大门，给我留下口粮……［和］一瓶海枣白兰地。"这名宦官在近处密切关注房间内的性行为。"他毫不懈怠，"德博伊斯写道，"……在晚上和清晨，为我们用鼓演奏小夜曲。"经过 6 天的性交，这名宦官进入房间，放出德博伊斯。"他和每个黑人女奴单独谈话，然后将我带回给城里的奴隶主。"

托马斯·佩洛发现他的新娘极大地改善了他的生活状况。这个女孩的姐夫是"一个很有权势的人"，掌管着 1500 个年轻人。其他的家庭成员也都地位不低。他们对佩洛和他的妻子十分慷慨，而且"亲切地欢迎并接待我们"。他们告诉佩洛要"做个永远爱她的丈夫……同时叮嘱她也要这样对我负责"。

苏丹赏给了佩洛 15 个达克特——和其他刚订婚的仆人一样，不过佩洛还得用一部分钱来购买结婚证书。在王室大臣签署了结婚证书并交给这对夫妻之后，"我们就能暂时放下工作，和朋友欢聚一堂，庆祝我们的婚礼"。

佩洛妻子的家庭尽了最大的努力组织这场盛宴。他妻子的一个兄弟提供食物，佩洛自己则借钱买来"一头肥美的公牛，四只羊，两打大只家禽［和］十二打乳鸽"。婚宴持续了三天，整个家庭都沉浸在"巨大的欢乐和满足"之中。不过对佩洛来说，少了样重要的元素：他无法获得葡萄酒或者烈酒来庆祝这场婚礼。"这［是］你见过的最清醒的婚礼，"他写道，"这么多人参加婚礼，但没有一个人喝醉。"

佩洛这桩意料之外的婚姻将他和他妻子的家庭紧紧连在一起。他皈依伊斯兰教就意味着他不太可能被家乡的同胞赎回了，而现在他在摩洛哥组建了自己的新家。他越来越绝望地意识到，他永远不可能回到自己的家乡彭林了。

第七章

大阿特拉斯山的反叛军

1717—1720 年，有关梅克内斯的记录很少。幸存的英国奴隶已经丧失了从悲惨的生活中解脱的希望。写于 1717 年春天的一封作者不明的信揭示出当时的境况和之前一样凄惨。

"雨季已经完全过去了，"作者写道，"因此，白天开始变得炎热而漫长。"作者补充说，这足以"击垮一个人，只要想到他自己要光着头在闷热的日头下站 16 个小时或更久"，信中还提到，最近已经有 41 个英国奴隶死于饥饿、疾病或者苛刻的生活制度。这些人仍旧在王宫的外围劳作，被迫"从早到晚搬运沉重的泥土和石块，剃着光头，与被驱使的野兽毫无二致"。有人回应道："我们都一样可怜，我冒着受笞刑的风险享受着当下偷来的时光。"

这些人很可能是在建造曼苏尔宫，这是一座位于宫殿边缘的恢宏建筑。一些奴隶在忙着扩建马厩，神父巴斯诺几年前参观时就对它的尺寸和规模印象深刻。内墙几乎有 1 英里长，由一排排的拱形画廊支撑着。每个拱廊里都配备有新鲜的自来水，还有喷泉、凉亭与存放马笼头和马鞍的精致的圆顶仓库。巴斯诺神父认为这个马厩是"这座宫殿最美的地方"。到大约 1719 年，它已成为最大的马厩之一。

马厩中的马匹在某个特定时期的数目的记录并不一致。一些参观者说有 1000 匹，有些人声称在扩建的马厩中看到了 1 万匹。摩洛哥编年史家艾哈迈德·本·纳萨里说，马匹的总数接近 1.2 万匹。

穆莱·伊斯玛仪爱马成痴，挑选他最信任的奴隶细心照料它们。他规定，两个奴隶照顾 10 匹公马，而且要为马匹提供一切可能的奢侈享受。苏丹最喜欢的马吃着散发着香气的蒸粗麦粉，喝着骆驼奶，其他的马则吃奴隶每天清晨收割的香草。到麦加朝圣过的马享有王室待遇：它们不用劳动，而且苏丹本人也不会骑它们。照顾这些神圣马匹的奴隶要遵循最严苛的规定，而且只要稍有懈怠，就会受到最严厉的惩罚。每当马撒尿时，他们都必须准备好容器接住马尿，不能让神圣的马尿接触到土地。几年前，法国大使皮杜·德圣奥隆看到一匹刚从麦加返回的马，简直觉得不可置信。"它刚好走在［穆莱·伊斯玛仪］前面，"他写道，"它的尾巴被一个基督徒奴隶举着，这名基督徒奴隶带着一个盆和一块布，他接住它的粪便，并将马擦干净。有人告诉我，国王会不时去亲吻这匹马的尾巴和蹄子。"

还有一群专门挑选出来的奴隶负责照料苏丹庞大的野生动物园。这里的很多动物都是非洲其他国家的统治者作为礼物赠送给苏丹的，里面有狼、豹子、狮子和猞猁。苏丹非常喜欢其中的两头骆驼，它们"像雪一样洁白"，他命奴隶们每隔一天就用肥皂给它们洗澡。

穆莱·伊斯玛仪还痴迷于猫，养了 40 只猫当宠物，"每只都有不同的名字"。他常常在奴隶喂食时去看它们，而且还扔给它们

"整块的羊肉"。有一次，苏丹惊骇地发现，一只他最喜欢的猫从兔穴中抓住了一只兔子并杀死了它。他没有惩罚照顾猫咪的奴隶，相反地，苏丹下令"让刽子手抓住这只猫，把绳子拴在它的脖子上，拖着它走过梅克内斯的大街，狠狠地鞭打它，并大喊'我的主人像这样对待狡猾的猫'"。这场可怕的展示一结束，这只不幸的猫就被斩首了。

　　奴隶们怕极了苏丹的心血来潮——就像他希望的那样，因为他们不知道谁会是下一个受害者。英国和美洲殖民地的奴隶鲜少提及他们如何获取内心能量，以设法在奴隶营场恐怖的日常生活中生存下来。不过波士顿传教士科顿·马瑟（Cotton Mather）在1681年见到了一群从阿尔及尔释放的美洲奴隶，他们告诉他，集体祷告对坚定他们的信念起到了很大的作用。"［他们］形成了一个小社会，"他写道，"在做奴隶期间，他们享受着在礼拜日晚上聚会的自由。"这些人相互提醒，彼此警告叛教的诱惑，甚至制定了一套行为准则"来预防和控制他们之间的不和"。许多美洲殖民地的奴隶都深受宗教影响，在严格的清教徒家庭中长大。来自马萨诸塞的波士顿的清教徒约书亚·吉（Joshua Gee）承认，他靠着祷告才幸存下来。"当我无路可走时，跟随上帝才能让我感到解脱，"他写道，"我年轻时背诵过大量的经文，这给了我很大的安慰。"

　　梅克内斯的英国奴隶通过祷告得到了力量。弗朗西斯·布鲁克斯说，他们祈祷"本国国王和国家的保护，祈祷上帝会向他们敞开心胸，惦念在悲惨和绝望中的他们"。他们有人为家人祈祷，为同胞祈祷。但是更多的人祈祷的是自己能够从可怕的劳役和痛苦中解脱。

　　这些新教奴隶常常羡慕他们的天主教同伴。穆莱·伊斯玛仪给予天主教奴隶一定的宗教自由——阿尔及尔和突尼斯的总督也这样做，偶尔同意修道院神父庆祝宗教节日。其中最丰富多彩的是基督圣体节，这天，神父会贿赂奴隶监工，请他通融一下，让所有的天主教奴隶都参加。1719年春天，神父弗朗西斯科·西尔韦斯特雷（Francisco Silvestre）是庆典的组织者之一。"在那天，"他写道，"奴隶营场露台的墙上装饰着翠绿的植物茎秆，游行就从这里开始。"拱门上装饰着香草和鲜花，所有的奴隶都手捧蜡烛。"一位神父领路……所有人都跟随着他，唱着圣体节的赞美诗。"这是一年中仅有的几次，天主教奴隶可以暂时忘却他们的悲惨生活。

　　穆莱·伊斯玛仪不经常同意神父们庆祝这样的节日。一个奴隶询问他是否可以庆祝施洗约翰日，被施以笞刑，打脚底板500下，而且苏丹此后更少答应英国、美洲奴隶的请求。"一些人请求他保留复活节，"巴斯诺神父写道，"因为他10天前答应了法国天主教奴隶。"苏丹沉吟片刻，询问他们是否斋戒。他们摇头说不需要，苏丹对他们说，"……没有四旬斋，就没有复活节，于是让他们都回去工作"，这才是一贯残忍的现实。

　　托马斯·佩洛在离开彭林的5年间变化很大，就算是他的父母和妹妹都认不出他。他不再是个小男孩了——他的小胡子就是证据。他穿着带尖角风帽的长袍。他离家后习得了一门新的语言。尽管他在彭林的语法学校里是个懒惰的学生，但他聪明机敏，很快就掌握了阿拉伯语。如果他在这个国家再多待几年，他的阿拉伯语可能会比英语更加流利。

佩洛比大部分 16 岁的小伙子经历丰富。他目睹过骇人听闻的苦难，曾被那个已经死去的奴隶主殴打和折磨。尽管并不情愿，但他已经结婚，而且被迫改宗。改宗让他遭受了公共割礼的痛苦和屈辱。这些经历使他成了一个勇敢直率的年轻人，正因为敢于拒绝穆莱·伊斯玛仪想要进入后宫的要求，他才受到那些叛教同伴的尊敬。

1720 年的某天（具体日期尚不清楚），佩洛收到了一个意外消息。穆莱·伊斯玛仪宣布，他将派 600 名叛教者去守卫蒂姆纳城堡（Kasbah Temsna），这是个距离梅克内斯西南部 200 英里的防御营地。佩洛是这支军队的队长之一，这个队伍中有讲多种语言的法国、西班牙和葡萄牙的奴隶，还有来自多个城邦的意大利的奴隶。

佩洛对这一职位变动感到很高兴，因为他太想离开这座帝国首都了。苏丹的喜怒无常让他恐惧，他因经常发生的谋杀和虐打而心情压抑。但他也担心这份新的工作也会有危险。长期以来，穆莱·伊斯玛仪利用叛教的欧洲人为他打仗，经常让他们在对抗反叛军时充当前锋。"他带他们进入战场，"皮杜·德圣奥隆写道，"而且在战斗中，将他们置于最前线，如果他们表现出一点点叛逃的迹象，他都会将他们砍成碎片。"

佩洛和他的手下在收到整理行李和准备出发的命令前，只接受过简单的军事训练。这是支衣冠不整但装备精良的部队，他们在梅克内斯城墙外整队上马。士兵的妻子们骑着骡子陪在他们身边，还有很多其他的牲畜驮着食物和补给。军队由苏丹的指挥官哈莫·特里弗（Hammo Triffoe）率领，他手下另有 2000 人。他的任务是护送佩洛和他的同伴们去蒂姆纳城堡，并为他们提供足够消耗 6 个月的物资。

看到这样一大队行进中的士兵，沿途村落的居民们都吓坏了。穆莱·伊斯玛仪的军队往往不守规矩，十分暴力，而且他允许他们在行军途中随意劫掠。他们所到之处一片狼藉，农民被洗劫一空，能留下点东西就庆幸不已了。那些拒绝提供物资的农户会被"搜刮殆尽，他们自己也会被大卸八块"。

指挥官特里弗是个纪律严明的人，他维护了军队的秩序，佩洛也没有提及任何越轨的行为。士兵们 4 天的行军平静无事，然后他们到达了塞拉的高大城墙，特里弗想在这里囤积补给。

抵达塞拉又让佩洛回忆起了在这里的不快记忆。这是他 5 年前奴役生涯开始的地方，就是在这里，他戴着铁链被囚禁在地下牢房。极目远眺，他能看见波光粼粼的大西洋，但没有一艘欧洲船会在这里停靠。大多数知名的外国商人都放弃了和塞拉的商贸往来，只有那些在该城有可靠联络人的商人才敢和海盗进行非法贸易。佩洛知道，这些商人不会冒着丢掉生意的风险来帮助奴隶逃跑。

他这次在塞拉的生活比第一次被抓来这里时好了很多。指挥官特里弗的人在城墙外安营扎寨，"皇帝准许我们这些新婚的人进入城里，住在城里，而且被盛情款待"。他们本来十分开心，直到他们了解到有更多的欧洲奴隶——被塞拉海盗在海上抓获——正被关在这个城市臭名昭著的地下牢房。

指挥官特里弗下令在黎明拔营。他对下一段行军感到担忧，他们将会穿过查拉特河的森林漫滩。这片荒无人烟的林地常有狮子、豹子和野猪出没，士兵们骑行时需要密切提防缠绕的下层林丛。指挥官在前方带路时被身侧的一声巨响吓得一惊。没等他掉转马头，一头强悍的野猪已大力猛扑向他，尖锐的长牙刺入马腹中，"杀死了他的坐骑"。佩洛被这头体型庞大的野兽吓得不轻，它的"长牙像刀那样锋利……能把任何东西撕碎"。他的同伴举枪向野猪开火，"野兽即刻毙命"。这些士兵在穿过森林时遇到了很多野猪，"杀死了上百头"。他们饥肠辘辘地盯着这些野兽，希望在这天结束时能饱餐一顿，但是指挥官特里弗禁止他们吃肉。他提醒这些不情不愿地皈依了伊斯兰教的人，野猪不洁，"伊斯兰教义禁食它们的肉"。

士兵们沿着查拉特河向南推进，偶尔停下钓鱼充饥。在某一处，河床很窄，他们可以涉水到达对岸。第二天，佩洛和他的同伴到达蒂姆纳城堡，"按照帕夏的命令，我和我手下的 200 个人从那里直接进入城堡"。

城堡占据山坡高地，周围的山村一览无余。山坡上树木繁茂，橡树和刺柏错落分布其间，山泉和阿里沙河的小溪流经下面的山谷。城堡本身——佩洛将在接下来的 6 年以此为家——已经不复存在。它的粉色夯土墙早已坍圮成粉末，冬雨冲刷掉了所有之前的建筑痕迹。不过城堡是根据模板建造的，这种模板在整个摩洛哥的变化都不大。外城墙上建有塔楼，其中有可供安放重型武器的平台。入口处也有大炮护卫。里边可能有一排低矮的房屋，还有一座屋顶铺着孔雀绿瓦片的小清真寺。

佩洛很快就打消了这个城堡会给他们提供舒适环境的念头。"当我进入城堡时，"他写道，"我发现里面一团糟，几乎什么东西都没有。"指挥官特里弗控制住了局面，"他给我们的储备足够满足我们6个月的生活所需"。他将士兵在这个城堡安顿好后，就带着他自己的部队前往马拉喀什。如今年仅16岁的佩洛掌管着300名叛教者同胞。这对一个几年前还被折磨得险些丧命的奴隶而言，是个了不起的变化。

佩洛很快发现，在蒂姆纳的生活远比在梅克内斯的惬意。既没有在苏丹手下效命时对严厉惩罚的诚惶诚恐，也没有任何战事。"我和我的同伴们……无所事事，"佩洛写道，"整天变着法儿地消遣……生活和谐，愉快度日。"远离首都且被茂密的深林环绕，士兵们花了大量的时间去打猎，"收获颇丰，有鹧鸪、野兔和豺狼"。每次枪响，都会惊起一大片鸟，动作迅速的猎手们向天空射击，满载而归。

佩洛自己一周有4天都在打猎，"而且大获成功，猎杀了大量的各种动物，每天晚上都满载而归，我们几乎每次晚餐都能饱餐一顿"。现在指挥官特里弗不在身边，士兵们津津有味地吃着他们之前猎杀的野猪。"每晚回家前，"佩洛写道，"我们都会吃掉三四头烤野猪。"从当地人那里要来酒后，他们的生活就更愉悦了。"附近乡村的居民"——几乎全是犹太人——"每周送给我们几张毛皮和一些其他的礼物，因为我们帮他们猎杀了野兽。"佩洛补充说，吃猪肉和喝酒"在梅克内斯是两件严重违法的事情"（会被处死），但在这个村庄，他们可以为所欲为。尽管逃亡无望，因为这里遍地都是告密者，但没有人会在城堡内监视他们。

佩洛和他的手下一直害怕苏丹下令开战，这个命令最终在他们到达蒂姆纳城堡的第三个月到来了。"我收到帕夏（特里弗）的命令，要我带上 200 名士兵与他汇合，"佩洛写道，"……再派剩下的几百人去保卫我的几个驻军点。"这个消息导致所有的城堡驻军情绪低落，对佩洛也不啻一个沉重的打击。他刚得知他的妻子怀上了他们的第一个孩子。现在他明白他不可能在孩子出生前回来了。他肯定也害怕没有机会看到自己的孩子，毕竟每次镇压反叛军的战役都会造成大量的伤亡。带着无限的遗憾，佩洛挥别妻子，挑选好所需数量的士兵，出发前往马拉喀什。

佩洛收到的消息和他预想的一样严峻。阿特拉斯山的几个部落已经发动叛乱，他们的第一个举动就是拒绝每年向穆莱·伊斯玛仪进贡。这样的大不敬不可能不被惩罚，于是苏丹下令用武力将其摧毁。佩洛和他的同伴们的任务是带回给梅克内斯的贡品并活捉叛军首领。

经过 5 年的囚禁，佩洛不再仅仅是穆莱·伊斯玛仪的管理工具，还是他意志的执行者，这样的想法让佩洛惊惧不已。想到要与叛军作战，他更是害怕。几个部落住在大阿特拉斯山中，设有山寨防御。他们的城堡被岩石和冰块构成的陡峭城墙环绕，里边的士兵在这片荒凉的土地上生活了多年。尽管佩洛的许多叛教者同伴都受过军事训练，但是他们对这片土地一无所知，只能期待他们先进的武器——和指挥官特里弗的领导——能多弥补些他们的劣势。

"我们在马拉喀什休息了 7 天，"佩洛写道，"在第 8 天接到命令出兵，参加战斗。"渡过水流湍急的尼菲斯河，他们向贫瘠的艾米兹米兹村进发，这个村子在山脚下，据说那里藏匿着一小群叛军。叛军首领马上和指挥官特里弗联系，乞求怜悯，声称"他从未参与叛乱，并非像传言中那样卑鄙邪恶"。他献上 4 匹骏马、"一大袋金币"，以及几条精美的头巾。指挥官特里弗仔细查看了这些礼物，非常满意。据佩洛说，"他无意拒绝"。军队补给充足后，指挥官命令士兵们拔营，向雪线前进。

"我们徒步爬山，"佩洛写道，"……山上树木繁茂，山路陡峭崎岖，马匹毫无用处。"士兵们开始忍受山上刺骨的寒夜和潮湿的雾气，希望尽快返回舒适的蒂姆纳城堡。"当时是 2 月，天气潮湿阴冷，夜晚很长。"士兵们继续推进，直到到达贝拉德（Yahyâ ben Bel'ayd）城堡，它在短暂激烈的交战后投降。当得知有很多周围的山区部落都愿意投降时，他们士气大振。最后，只剩下 4 座叛军山顶城堡仍在与苏丹对抗。

这些城堡几乎难以攻克，像是筑在冰冻峭壁上的巢穴，"矗立在山顶或高处"。他们在崎岖河岸边的冰冷大雾中迷失方向，周围的岩屑堆"覆盖着白雪，很难攀爬"。奴隶们想知道他们如何爬上山坡，同时还能保存足够的体力以进攻驻扎在山顶上的 4000 名敌军。两周以来，恶劣的天气影响了他们对反叛军的进攻。但在第16 天，风向转了，天气变得温和而潮湿，"下了场大雨……把山上的积雪都冲下了山"。军队立马拔营上山，踏过散落的岩屑堆和融化变脏的积雪。当夜幕降临时，筋疲力尽的士兵们到达了第一座城堡，"但发现它已被废弃，居民早已撤到了距离此处半英里的下一个城镇"。士兵们劫走了所有东西，将这里付之一炬。然后，他们"后退了一段距离，[我们]在露天营地里过了一晚"。

指挥官特里弗睡得不安稳，很早就醒了。他向反叛军强硬喊话，要求他们立即向苏丹投降。他收到的回复也毫不含糊："这里的居民绝不会投降，而且会奋战到底，哪怕要战至最后一人。"这个消息让佩洛痛苦万分。他不知道叛军的兵力情况，但他知道他的士兵们疲惫不堪，饥寒交迫。更糟糕的是，大阿特拉斯山地势崎岖，没有任何植被。他唯一的指望就是特里弗——这位后来被证明十分英明的指挥官——不要将他们置于不必要的危险之中。

特里弗确实花了很多心思考虑如何攻打这个城堡。他意识到他的军队进攻堡垒时将暴露在火枪下，于是命士兵用灌木制造了厚厚的盾牌。这使一小队工兵得以攻到堡垒的外墙。"大约12名最好的地雷工兵与1名工程师带着镐头和其他必要的工具攻了上去，"佩洛写道，"……马上开始破坏他们的工事。"当工兵们在多岩石的地面挖掘隧道时，佩洛和他的士兵们的"枪炮不断开火，这样叛军就不敢分神，无法留意到我们的人正在墙边安置地雷"。整整3天，这些工兵一直在城堡的城墙边挖隧道。再后来，工兵们成功挖到了地基，将地下隧道填满了火药。

爆炸威力巨大，不仅使得整座城堡震动，而且在城墙上炸出一个巨大的缺口，让佩洛和他的士兵得以攻入城堡。反叛军对战事的突然逆转感到难以置信，但仍顽强抵抗了3个小时，"在这3个小时之内，双方都伤亡惨重"。两军陷入贴身肉搏，士兵们扔掉火枪，继续用刀剑战斗。战局最终逆转，佩洛和他的士兵占了上风。经过无数场血腥的交锋，叛军最终被击溃。

在之前的战斗中，特里弗承诺所有的幸存者都会获得战俘待遇。可这一次，他不再宽容。所有的男人都死在了刀剑下，所有的女人和孩子都被当作战利品带回梅克内斯。最美的女人会被送进后宫，孩子则会成为这个国家的奴隶。这个城堡被掠夺一空，摧毁焚烧殆尽。到了晚上，这里只剩下一些烧焦的树桩。

远征军成功的消息很快传到了穆莱·伊斯玛仪耳中，他表示想查看俘获的战利品。除了一大堆银币，佩洛和他的士兵俘获了200多匹马，还有精美的马笼头和马鞍。其中有一件——军队打算隆重地呈给苏丹——做工非常精巧，"用黄金板加固，而且镶嵌了许多珍贵的珠宝"。军队还带回了弯刀和匕首、牛角制的火药筒和枪托，大量的蜂蜜和海枣，以及几十桶火药。但所有人都知道，最受欢迎的礼物是在战争中被俘的200名黑人奴隶。

指挥官特里弗率军回到梅克内斯，他让佩洛留在城外，自己去向穆莱·伊斯玛仪汇报最近的战果。"第二天早晨大约8点，皇帝命帕夏（特里弗）将几名战俘带到院子里。"佩洛带着他们进入王宫，苏丹询问叛军起义的事情时他也在场。"这位年迈的暴君非常愤怒地看着他们……向他怒吼，说他们是粗鄙的叛徒，而且说他们很快就会尝到反叛的后果。"

穆莱·伊斯玛仪对那些违抗他意旨的人向来心狠手辣，这次也不例外。"他让他们中最恶名昭彰的三个人靠墙站直。"他命刽子手砍下他们的头，"刽子手立刻砍了两下，其中一下干净利落地砍掉了两个人的头"。

佩洛惊讶地发现，苏丹的首席刽子手是"一个埃克塞特人，我不记得他的姓了，但清楚地记得他的基督教名字是阿布萨龙（Absalom）"。当这场血腥的杀戮结束后，佩洛去找他说话，"他告诉我"——语气里不带明显的讽刺意味——"他的职业是屠夫"。

穆莱·伊斯玛仪谴责其他叛乱分子的行为，但最终决定赦免他们，只要他们"永远不再返回各自的旧家园，而是居住在分配给他们的地方"。被带出宫殿前，他们还要经受最后一项考验。他们"额头上会被热铁烙下印记"，这样大家永远都知道他们是反叛过苏丹的人。

处理完叛军，穆莱·伊斯玛仪命佩洛向他展示战利品。苏丹仔细查看了马笼头和马鞍，因反叛军首领拥有的财富而骂骂咧咧。"这帮家伙必定非常富有，"他说道，"这些剩下的东西和他们的财富一比，根本不值一提。"

他提醒佩洛和他的手下，他们俘获的大量战利品"不过是那些人之前财富的很小一部分"。他补充说，如果他们不继续上交，他"就会派他的使者去取，连着他们的头一起"。耳边回响着苏丹的这些话，佩洛被带出了王宫。

托马斯·佩洛和在摩洛哥的其他欧洲叛教者生活在任人差遣的阴影中。他们很少被锁在一起或者干重体力活，但是被迫为这个他们瞧不起的国家效力。法国人皮杜·德圣奥隆总结说，尽管叛教者和奴隶不住在一起，"他们仍是苏丹的奴隶"。他们不可能逃脱，自由只是白日梦。

在穆莱·伊斯玛仪手下服役的叛教者的具体数目不得而知。大使和神父们关于奴隶的记载中很少出现他们的身影。当他们的母国协商奴隶释放事宜时，他们也不在考虑之列。因为放弃了基督教信仰，他们受到鄙视，只能自生自灭。

对欧洲的大臣们来说，这是个愚蠢的错误，因为这些叛教者的数目远超过奴隶营场的奴隶，而且虽然不情愿，但是他们对维系穆莱·伊斯玛仪的统治至关重要。没有这些叛教者——他们中的许多人都拼命想逃跑——的工作，苏丹将难以遏制该国频繁的暴乱。几年前，法国大使让-巴普蒂斯特·埃斯特尔（Jean-Baptiste Estelle）说道，穆莱·伊斯玛仪军械库的 4 万支火枪大部分由叛教者铸造。他补充说："很快他会拥有更多武器，因为在非斯，基督徒奴隶正以每个月 400 门炮筒的速度铸造武器，且品质优良。"

这些叛教者中最负盛名的火炮铸造者是个叫卡尔（Carr）的爱尔兰人。卡尔和佩洛是同时代人，他还很小的时候就被俘，自愿叛依伊斯兰教。"诱惑巨大，"18 世纪 20 年代见过卡尔的英国人约翰·布雷思韦特说，"他们送给他 5 个女人，以及数不尽的财富和尊贵，如果他拒绝，他将一无所有，只能过着悲惨又一贫如洗的奴隶生活。"穆莱·伊斯玛仪因卡尔制造武器的技能而对他异常尊敬。"［他］曾称卡尔为兄弟，脱下自己的衣服给他，经常拥抱他、抚摸他，给了他管理国家的巨大权力。"他甚至封他为酋长，短时间内提拔他为总督，管理"几内亚边界"。

卡尔是个两面派，最主要的本事就是自我保护。"他非常英俊，"布雷思韦特写道，"［而且］非常聪明……他总是跟我们诉苦，宣称他自始至终都是基督徒。"在摩洛哥数年的奴役让他伤心难过，他常要靠酒精麻痹自己。"他常跟我们拼酒，"布雷思韦特补充说，"他跟我们说，只要一想到他将永远失去他的国家和朋友，如果他不是时不时将自己关在房中大醉一场，他恐怕早就精神崩溃了。"卡尔是很多苏丹的叛教者中的典型：他们极度渴望回家，但明白希望渺茫。

极少有其他叛教者赢得穆莱·伊斯玛仪的信任。那些被提拔到高位的人很快就被新获得的权势腐蚀。一位名叫劳雷亚诺（Laureano）的西班牙外科医生在被任命为苏丹的私人陪护后，将矛头指向了他的同胞。他皈依伊斯兰教，改名为西迪·艾哈迈德（Sidi Achmet），成了最不招人待见的人。"他相貌丑陋，诡计多端，行为残忍，不虔诚，是基督徒的敌人。"神父巴斯诺写道。这些最铁石心肠的叛教者管理着基督徒奴隶，对他们非常傲慢。他们残暴的行为可能部分源自他们叛教的负罪感，还可能源于他们看过极度血腥的场景。据一个不知名的奴隶说，欧洲俘虏最糟糕的情况就是被"他们自己的基督徒同伴欺骗、反咬一口或倒打一耙"。这些"基督徒"——他指的是那些叛教者——通过奉承和欺骗获得职位，打小报告，说他以前的同伴在工作中偷懒。他们清楚，只有"让其他奴隶更加卖力地干活"，他们才能保住自己的职位。为此，他们变得野蛮，成为施虐狂，"比野蛮人更加残忍，毫不留情地殴打同胞"。

尽管这种共犯关系为他们赢得了许多特权，但他们仍无法像在阿尔及尔的叛教同胞那样自由。英国领事约瑟夫·摩根（Joseph Morgan）说道："一群叛教者公然坐在昂贵的地毯和坐垫上，打牌、掷骰子、弹吉他或者唱着基督教歌曲，烂醉如泥，没什么比这样的景象在阿尔及尔的街道更常见。"当地百姓相互窃窃私语："这些人既不是基督徒，也不是穆斯林或者犹太人；他们根本没有信仰或者宗教。"

在摩洛哥，这样放荡的行为会招来杀身之祸、折磨，或导致被放逐到荒芜的沙漠。1698 年，穆莱·伊斯玛仪将 3000 名不服管束的叛教者放逐到了塔菲拉勒特，他们只能在棕榈树林中艰难维生。还有一次，他将1500名叛教者发配到德拉（毗邻塔菲拉勒特的荒漠地区），他们在那里"得给自己建一座城"。那些不愿皈依伊斯兰教的会被监工鞭笞，在日头下受炙烤，待遇与他们在奴隶营场的同伴一样。

　　穆莱·伊斯玛仪利用叛教者镇压叛乱，但他从不像信任臭名昭著的布哈里（bukhari，黑人护卫）那样信任他们。这支强大的作战部队为穆莱·伊斯玛仪的统治提供了支柱；这支队伍里有他的私人保镖、他的先锋部队和他的奴隶监工。黑人护卫非常忠诚，而且训练有素，黑人士兵毫不动摇地忠于统治者。他们来自几内亚，大部分是在战争中被俘，或用"盐、铁器、小镜子和其他来自威尼斯的小玩意儿买来的（作为奴隶）"。他们戴着镣铐被带到梅克内斯，在这里，他们被训练得盲目忠诚，这曾是土耳其禁卫军的标志性特点。他们被称为"布哈里"，因对着《布哈里圣训》宣誓效忠穆莱·伊斯玛仪而得名，这本书由9世纪的神学家布哈里辑录。

　　苏丹的私人保镖都非常年轻——年龄在12岁到15岁之间，他们的母亲多住在后宫。"他选择这些年轻人，"皮杜·德圣奥隆写道，"是因为这些护卫到一定年龄后，他就不再信任他们，担心他们怀有二心。"这些野蛮的年轻护卫举止傲慢，衣着极尽奢华——剪裁合度的紫色、靛蓝色和深红色的土耳其式长衫，还穿着精致的丝绸长裤，当他们在皇家阅兵场上昂首阔步或练兵时，仪容非常赏心悦目。据一个英国奴隶说，他们身侧佩戴着弯刀和沉重的火枪，"他们必须将枪保养得像刚出厂那样光洁，违者会被

处死"。与苏丹的大部分臣民不同，他们不准戴帽子。"他们剃着
光头，暴露在日光下，"佩洛写道，"因为他想让他们在艰苦的环
境中成长。"

佩洛目睹过这些人的所作所为，并被他们的无情和高效震惊。
"他们时刻准备着杀戮和毁灭，"他写道，"……以至连酋长们看
到他们都瑟瑟发抖。"他们一丝不苟地执行苏丹的命令，特别享受
处决被判刑的人。如果犯人没有立即死亡，他们就会殴打他，直
至他尖叫求饶。佩洛见过他们这样虐待一个受害者，当犯人到达
刑场的时候，已经被折磨得遍体鳞伤。"看他们那狂怒的表情，他
们暴力而野蛮的行径……这个画面多像魔鬼折磨下地狱的人的
景象。"

除了为穆莱·伊斯玛仪提供贴身保护，布哈里还要巡视梅克
内斯城，监视苏丹的基督徒奴隶。他们是严格的监工，日常工作
就是鞭笞手下的奴隶。弗朗西斯·布鲁克斯是经常被打的英国奴
隶之一。"可怜的基督徒被这些地狱恶魔无情地驱赶和惩罚，"他
写道，"〔他们〕几乎没时间补充营养或者吃腐坏的面包……但经
常被黑人护卫威胁、剥光衣服或者虐打，强迫他们成为摩尔人。"
布哈里还巩固了苏丹在叛乱山区的统治。据说有 15 万黑人军队驻
扎在摩洛哥的广大地区——2.5 万人在梅克内斯，7.5 万人在塞拉
南部的迈哈莱（Mahalla），其余的人都被派到了边界上的城堡。

他们的数量由于穆莱·伊斯玛仪在梅克内斯城外建立的大规
模的繁育农场和育儿所而逐年增长。他每年视察这些育儿所时都
会将所有 10 岁的儿童带回梅克内斯。女孩在王宫内院学习烹饪、
浣洗和家务，男孩则准备接受军事训练。第一年，他们是工匠学

徒；第二年，他们学习骑驴；第三年，他们学习如何制作砌墙泥——用来建造梅克内斯宏大王宫的泥土和石灰石的混合物。然后他们会做苦力以磨砺体能。"他们脱下衣服，"佩洛写道，"将它们堆成一堆，然后每个人拿一个篮子运土、石头或者木头。"五六岁时，他们便学习了马术，一到 16 岁就参军。

穆莱·伊斯玛仪采用野蛮的训练方式，他认为苛刻的训练可以让他们变得更强健，使他们冷血无情。"他用你能想到的最残忍的方式虐打他们，"佩洛写道，"以此验测他们是否足够坚强。有时候，你会看到四五十人都倒在血泊中，没人敢在他离开前爬起来。"最忠诚和狂热的人会被苏丹选出来，授予酋长之职，那些他手下的人都要听命于他。佩洛说，权力很容易占领他们的头脑。"观察这些恶霸少年的好逸恶劳、情绪状态、言行举止是件很有趣的事情，"他写道，"他们傲慢地发号施令，谈论割喉、绞杀、拖曳，等等。"

一些布哈里会成为骑士——"可以想象得到的最高荣誉"——或者被任命为这个国家最伟大的酋长的管家。他们也会被选为特使，"将皇帝的感谢信传达给那些令他满意的官员，或者骂对方是被戴了绿帽子的人，向他脸上吐唾沫，打他耳光，绞杀他，或者砍了他的头"。

有时候，一部分黑人护卫被挑选出来执行政治暗杀。穆莱·伊斯玛仪派他的一名保镖杀死了摩洛哥最富有的犹太人约瑟夫·迈马兰（Joseph Maimaran），此人的巨额财富曾帮他夺取了王位。迈马兰错在提醒穆莱·伊斯玛仪他欠自己的债务，结果苏丹就杀了他。"黑人奴隶奉命行事。"弗朗西斯·布鲁克斯写道。迈马兰在外出骑马时被盯上，"［杀手］耐心地监视着他，等待机会，突然纵马超过他，腾空而起，踩碎了他的脑袋"。

穆莱·伊斯玛仪和摩洛哥的大犹太社区矛盾重重。他对大部分犹太人不屑一顾，但授予了少数最富裕的人——从西班牙被驱逐的犹太人的后裔——王庭内的高级职位。其中，摩西·本·哈塔尔（Moses ben Hattar）成了王室财政大臣，他对穆莱·伊斯玛仪的执政至关重要。另一个得到苏丹青睐的人是约瑟夫·迈马兰的儿子亚伯拉罕（Abraham）。他在他的父亲被谋杀后被任命为王室审计官。他样貌丑陋，但是圆滑世故，积累了大量财富，很愿意借钱给苏丹。神父巴斯诺认为他"外表很难看"，但是不得不承认他"灵活机智，而且阅历丰富"。

这两位朝臣都对帮助基督徒奴隶毫无兴趣。巴斯诺神父说迈马兰是王室成员中"帮助基督徒比较多的，如果这是他自愿的话"。但是迈马兰对基督徒的恨意不逊于苏丹本人，而且并没有提高欧洲奴隶生活境况的意愿。其他在摩洛哥有影响力的犹太人也没有这种意愿。有人曾吹嘘他的基督徒奴隶和穆莱·伊斯玛仪的一样多。当被问到将如何处理这些基督徒奴隶时，他做了个鬼脸，说"他会每周五晚上杀掉一个人，直到所有的奴隶都被杀死"。

即便是最富有的犹太人也不能幸免于苏丹的怒火。有一次，他召集了一群犹太人来到他的宫殿，严厉地谴责他们。"你们这些走狗，"他说道，"我把你们叫到此处，你们就该安分守己，遵守我的法律。"他告诉他们："你们用你们的弥赛亚糊弄了我30年……如果你们再不主动告诉我他到来的具体年份和日期，你们就不能继续享受你们的财富和生活了。"

这些前来的犹太人非常害怕，请求宽限 8 天，然后给出答案。穆莱·伊斯玛仪跟他们讲完要求后就让他们出宫了。过了一周，他们回来复命，冷静地告诉苏丹，弥赛亚会在 30 年后现身。穆莱·伊斯玛仪沉下脸，说他们这么回答不过是因为知道自己活不到 30 年后。"下面该我糊弄你们了，"他说道，"我会活得足够久，来揭穿你们的谎言。"如果不是这些犹太人有先见之明地带来了一大袋金币，苏丹本会因他们的无礼杀了他们。

尽管有一小撮犹太富商愿意支持穆莱·伊斯玛仪的统治，而且获得了很好的待遇，但大部分人都很穷，备受压迫。他们被限制在犹太人区，在当地语言中被称为"梅拉"（mellahs），意为盐地，因为犹太屠夫被迫要腌制叛军和叛徒的头颅。他们全部要穿黑色斗篷、戴帽子，只能赤脚走在梅克内斯、非斯和马拉喀什肮脏的土地上。他们很多人的情况不比苏丹的奴隶好，也遭遇了持续的暴力和虐待。"他们不能在街上行走，因为粗鄙的男孩会侮辱他们，拿石子扔他们，"其中一人写道，"然而他们不敢为自己辩护或有任何抵抗的举动，否则会被判处死刑。"

穆莱·伊斯玛仪的一些管理方式源于一个意想不到的人。苏丹的第一任妃子拉拉·齐达纳（Lala Zidana）对他有很大的影响力，而且善于推行自己的意志。据说，她是个名副其实的泼妇。神父巴斯诺在 1714 年写道："黑人，身材高大，体格壮硕。"她眼睛炯炯有神，大腹便便，曾是苏丹兄弟的一个奴隶，这个兄弟以 60 达克特的价格将她卖给了穆莱·伊斯玛仪。他为何对她如此着迷仍旧是个谜。很多朝臣认为她是个女巫，用巫术得到了苏丹的喜爱。她无情地统治着后宫——跟凡尔赛宫的蓬巴杜夫人

（Madame de Pompadour）一样——并为她的夫君源源不断地献上年轻的处女。但不像那位法国的夫人，齐达纳本人并不优雅迷人。"她去国外时，"西蒙·奥克利写道，"身侧挂着佩剑，手中拿着长矛，和国王本人一样残忍专横。"

齐达纳深谙权谋，并支配着穆莱·伊斯玛仪。她促成她的第一个儿子齐丹被立为苏丹的继承人，而且严密控制着后宫。在争夺苏丹的宠爱方面，她的主要对手与她截然不同——一个郁郁寡欢的年轻女孩，她是以基督徒奴隶的身份进入后宫的。无论她是格鲁吉亚人还是英国人，总之，这个叛教的处女很快为穆莱·伊斯玛仪诞下了儿子穆莱·穆罕默德（Moulay Mohammed）。齐达纳担心自己儿子的地位受到威胁，心狠手辣地料理了这个女孩。她在苏丹那里诬陷这个年轻漂亮的女孩对他不忠，而且收买人作伪证。苏丹勃然大怒，立刻绞杀了女孩。

齐达纳见证了无数竞争对手的死亡，包括穆莱·穆罕默德。她还插手了对苏丹的一位酋长的血腥处决，他被锯成两段。就连刽子手都不忍下手，因为他们被要求先锯开大腿，而不是像往常那样锯断头部。"［他们］满身鲜血，"神父巴斯诺写道，"一时间站在那里脑中一片空白，无法动弹，锯齿撕开皮肉，让他们不忍直视。"

齐达纳一直对穆莱·伊斯玛仪有巨大影响，而且是他的皇室成员中唯一一个能发动宫廷政变的人。但是她对苏丹绝对忠诚，更愿意成为他王位背后的女人。只要她的儿子还是他的合法继承人，她就愿意将她的权谋局限在镶嵌着宝石的后宫高墙内。

穆莱·伊斯玛仪在控制欧洲叛教者、黑人护卫和犹太富商方面得心应手。这些人都能威胁到他的统治，但他们都不去挑战他的这种高压控制。那些涉嫌谋反的人都直接被棍棒伺候或被乱剑砍成碎片。"他的统治极为专横，"神父巴斯诺写道，"他将所有帝国的臣民当作奴隶，而非自由人。"这位神父补充说，穆莱·伊斯玛仪将他自己看作法律的化身，杀戮是为了展示他的铁面无私。"他斩下别人的首级，只是为了显示自己身体灵活，毫无愧疚之心；他强迫臣民跳崖，只是为了强调自己的绝对权威。"

皇庭的来访者都会对穆莱·伊斯玛仪的专制程度感到惊讶。即使真的存在大规模叛乱的危险，他也很少担心自己会被推翻。神父巴斯诺拜访王宫时恰好碰上大动乱，当时一些强大的军阀威胁要推翻苏丹。但是穆莱·伊斯玛仪对此毫不关心，"接见陌生人，流连后宫闺房之乐，剩下的时间都花在推进奴隶的建筑工程上"。神父以为他将会见证穆莱·伊斯玛仪的毁灭，殊不知苏丹的谍报网络监视着反叛者的一举一动。"一切看起来毫无征兆，"他写道，"没有战争，没有召开议会，没有任何可见的行动，一切都在秘密地开展，突然暴风骤雨来临，反叛者被碾压，头目被捕，然后苏丹用他能想到的最可怕的惩罚回敬他。"

穆莱·伊斯玛仪越来越喜欢将他自己和法国国王路易十四做比较，但是他对欧洲其他的统治者都不屑一顾。他告诉皮杜·德圣奥隆："德意志国王只是选民的傀儡；西班牙国王相比于他的大臣们，是个虚弱的统治者；英国国王只会依赖议会。"

这有一定的道理，也解释了为何摩洛哥的编年史家认为穆莱·伊斯玛仪和他同时代的欧洲统治者如此大相径庭。在摩洛哥，他的专横无情让臣民既尊敬又害怕。苏丹镇压了无数的反叛和动乱，用铁血手腕统一了国家。摩洛哥编年史家穆罕默德·伊夫拉尼（Mohammed al-Ifrani）说，单这一点就值得庆祝。"穆莱·伊斯玛仪这位信徒中的君主一直不停对敌作战，直到他驯服了整个马格里布［摩洛哥］，征服了所有的平原和山脉。"

穆莱·伊斯玛仪还发动了攻打摩洛哥的基督教飞地的圣战，而且如他所言，他攻陷了大部分的异教徒堡垒。他拥有的人数众多的基督徒奴隶——所有欧洲作家非常痛恨——也是摩洛哥人喜欢吹嘘的事。"他很自豪，"神父巴斯诺写道，"有时在俘虏面前炫耀，他拥有欧洲所有国家的奴隶。"没过多久，苏丹同意让欧洲赎回奴隶的政策还被梅克内斯的宫廷诗人写诗歌颂：

> 啊，穆莱·伊斯玛仪，啊，世界的太阳，
>
> 啊，造物者创造的所有事物都不能和您相提并论，
>
> 您是真主之剑，真主长剑出鞘，让您成为伊斯兰统治者，
>
> 至于不归顺您的人，那是因为真主让他失明，他只能在异国他乡游荡。

苏丹对待欧洲君主相似的态度也让朝臣很开心。他威吓法国国王路易十四放弃基督教，并写了封信——内容是先知穆罕默德给罗马皇帝赫拉克利乌斯（Heraclius）的信——规劝法国国王皈依伊斯兰教。"成为一名穆斯林，"信中这样写道，"臣服于穆罕默德，你将得到救赎……但是如果你退却，你就犯下了弥天大罪。"

作为《古兰经》教义的狂热追随者，只要在公开场合，穆

莱·伊斯玛仪都十分注意显示自己的宗教正统。"他命他的塔尔贝（talbe，即宗教学者）带着《古兰经》，将它作为自己一切行为的准则，"神父巴斯诺写道，"不论在哪儿，他常举起双手，手掌向上，而且手上经常沾满人血。"苏丹下令在整个宫殿建造祈祷场所，并且经常在清真寺宣教，"以这样的方式……他胜过所有的宗教学者"。他时常提醒他的朝臣，他是先知的后裔，他的所有言行都是神的旨意。

在摩洛哥，这种对伊斯兰教的狂热虔诚大受推崇，但它也是使西方基督教世界日益忧虑的源头。"它毫不节制宗教狂热，而且合理化所有的罪恶，"巴斯诺神父写道，"……［而且］神圣化他施加在基督徒和摩尔人身上的残酷行为。"在巴斯诺和其他所有欧洲人眼中，穆莱·伊斯玛仪为了达到自己的邪恶目的对宗教断章取义。尽管在摩洛哥，这给他带来滔天的权势，但这也激起了几乎所有欧洲国家对伊斯兰教日益激烈的反抗。

第八章

转化为土耳其人

彭林是一个居民紧密结合的社区，它太熟悉海洋的危险了。这里许多家庭中的儿子都在英吉利海峡装满沙丁鱼的小船上工作，一部分胆子较大的商人冒险出海，前往西印度群岛、香料群岛和美洲。这类海洋航行风险相当大，暴风雨、暗礁和巴巴里海盗在上个世纪让他们付出了惨痛的代价。每当有沉船或者海盗杀害船员事件发生，彭林的居民都会聚集在古老的圣格鲁维雅斯教堂祷告。这个教堂也是他们相聚感恩好消息的地方。1717 年，土耳其军队被欧根亲王（Prince Eugene of Savoy）击败，整个村庄的人都聚集到一起庆祝。教堂的钟声响起，带来令人振奋的消息，教会将奖励他们可观的礼物——2 先令 6 便士。

伊丽莎白（Elizabeth）和托马斯·佩洛自从他们的儿子于1715 年离开法尔茅斯后就再没收到过他的消息。他们临别的话是嘱托他小心巴巴里海盗。直到他起航出发后，他们才知道这个可怕的消息：穆莱·伊斯玛仪已经撕毁了他和已故的安妮女王签订的和平协议。

尽管佩洛本人无法给家人送信，但是他被俘和幸存下来的流言几乎一定传到了彭林。至少佩洛的同船水手托马斯·古德曼写过一封信到英国。这封信证实"弗朗西斯"号确实被俘，而且船员被带到梅克内斯成为奴隶。信中还说他们被迫忍受艰辛的劳作，奴隶营场的情况糟糕透了。

佩洛家家境贫困，无法为儿子筹备赎金。他们没有留下过手写的信件或者上诉申请（可能他们不识字），也没有机会前往伦敦直接向内阁大臣请愿。但他们知道有个人能提供帮助。"弗朗西斯"号的所有者瓦伦丁·恩尼斯是个富有的企业家，商业活动远至热带的西印度群岛和寒冷的波罗的海。他经常发船到马德拉和地中海，而且从葡萄酒、木材和昂贵布料——"粗毛毯、羊毛布、calimoneos 和 perpetuans"的贸易中获得了巨额财富。他投资康沃尔锡矿，赚取了更多财富，而且这项投资让他结交了伦敦商业圈的重要朋友和人脉。

恩尼斯有充分的理由帮助佩洛一家向政府请愿。"弗朗西斯"号全体成员被俘也让他受到损失，如果大臣们与摩洛哥苏丹谈判，他也能从中获益。但是恩尼斯是个作风强硬的商人，以前发生这类事件的时候，他都会准备好忍痛割肉。而且他对在他船上工作的水手铁石心肠。1704 年，他的一艘船被法国私掠船抓获，当他们发现船长安东尼·迪尤斯托（Anthony Dewstoe）是恩尼斯的邻居时，向恩尼斯索要 65 英镑的巨额赎金。迪尤斯托船长希望他的朋友能付钱，因为他在布雷斯特监狱的生活异常凄惨。但是恩尼斯拒绝了，认为赎金太高。他居然还好意思跟迪尤斯托说自己问心无愧。"世界上没有人，"他写道，"会用超过船本身价值的钱赎回船。"尽管最终恩尼斯还是付了赎金，从而解救了这名船长，但是他对佩洛家的态度就令人泄气了。

伊丽莎白和托马斯很快发现，历史再次重演。恩尼斯的回复表明，"弗朗西斯"号这样一艘小船的被俘没有给他造成太多的困扰。他也没有筹备赎金以确保船员被释放。他把"弗朗西斯"号当成已经失踪了的船，而且觉得花费时间和金钱在这样一件注定没有结果的事情上毫无意义。然而，佩洛一家依然寄希望于恩尼斯，不断乞求他代表他们向政府请愿。当恩尼斯在 1719 年去世时，他们一定觉得自己失去了最有影响力的人。

尽管梅克内斯奴隶的家人们在 1717 年后就没有了他们的任何消息，但他们从领事安东尼·哈菲尔德那里得到了只言片语。在他任职的前两年，哈菲尔德一直未能得到囚禁在奴隶营场的奴隶的任何实质性信息。不过在 1719 年的秋季，他最终获得了一份幸存者的名单，这个名单提供了自他抵达得土安就一直在搜寻的信息的准确内容。它证实在过去的 5 年间，共有 26 艘英国船被俘，包括 2 艘来自新英格兰和 1 艘来自纽芬兰的船。它还列出了 188 名仍被关押在梅克内斯奴隶营场的奴隶的姓名。许多奴隶都已经去世、改宗，或者仍旧失联，杳无音信。

哈菲尔德领事将这份文件送到伦敦，希望它能激起大家再次争取释放奴隶的动力。虽然他们没有向英国西南部多抄送一份文件，但人们仍然很难相信，这么重要的消息似乎并未立马传到德文郡和康沃尔郡。如果传到的话，佩洛的家人一定会大吃一惊。佩洛的名字旁边写着所有被俘水手的父母最害怕看到的几个字："转化为摩尔人。"不过他们现在知道了，他们唯一的儿子已经皈依了伊斯兰教。

虽然他们对这个信息半信半疑，但这一定让他们痛苦万分。

儿子或者丈夫叛教的消息不啻晴天霹雳，这段时间被保留下来的为数不多的信件得以让我们一窥，像佩洛家这样的家庭出了个叛教者后，家人们的恐惧和期盼。当阿尔及尔的奴隶约瑟夫·皮茨告诉父亲自己被迫皈依伊斯兰教时，这位年迈的父亲深感痛心。"我承认，"他写道，"当我第一次听到这个消息时，我完全无法承受。"

老约翰·皮茨深受打击，只能求助教会的牧师帮他渡过难关。这些牧师十分理解他儿子的处境，认为因饱受折磨而叛教是值得被原谅的，而且提出教会会为那些从巴巴里顺利出逃的奴隶提供忏悔的机会。罗德（Laudian）仪式，就像名字所指出的那样，首先要公开羞辱当事人，他要跪在当地教堂的入口，身穿"白色的长衫，手拿白色的手杖"。整整三个星期，悔罪者都要穿着这件衣服，而且要保持"神情沮丧"。然后，他要捶打自己的胸部，亲吻圣洗池底座，之后被恩准得到赦免和圣餐。

老皮茨不认为任何叛教都能得到原谅——即使这个人是他儿子，但他还是不情愿地给儿子写了一封信，敦促他尽可能重新皈依基督教。"我泣不成声，几乎无法下笔，"他说道，"……我还能说些什么呢……我愿用我的灵魂交换，让你得到救赎，只要你愿意每日按时忏悔。"

当伊丽莎白和托马斯·佩洛知道他们的儿子也皈依了伊斯兰教后，他们对老皮茨的痛苦感同身受。他们知道政府不可能赎回他，因为叛教者被视为放弃英国国籍。佩洛的家人也很害怕当地人对这个消息的反应。他们的儿子改宗是种耻辱，这让他们在彭林这个小社区抬不起头。但事情也不总是这样。就在几十年前，在佩洛祖父母那个年代，叛教和伊斯兰教的故事是他们的快乐源泉。

街道尽头传来阵阵欢笑声，接着爆发出巨大的欢呼声，然后笑声渐弱，消散在城市嘈杂的喧闹声中。这是 1623 年的春天，伦敦的凤凰剧院中挤满了咧嘴大笑的普通戏迷。他们在这里观看剧目《叛教者》(*The Renegado*)，一部发生在巴巴里露天奴隶市场的诙谐闹剧。剧里有宦官、维齐尔和好色的总督，还有关于割礼的粗俗笑话，它展示了一个既滑稽又遥远的世界。当其中一个角色被问到他是否会皈依伊斯兰教时，他开玩笑说他太爱他的包皮了：

> ……我会失去那片薄肉，
>
> 而我的爱人嘱咐我这块肉要跟她离开时一样；
>
> 这太冒险了，
>
> 没有她的特别允许，我不敢做这样的交易。

《叛教者》场场爆满，而且还和其他以巴巴里为背景的滑稽剧一起演出，比如《一个转化为土耳其人的基督徒》。但到了1640—1650 年，这样恶俗的搞笑似乎就不合时宜了。英国西南部的连续被袭——以及奴隶商人的可怕行径——意味着伊斯兰世界不能再被拿来开玩笑了。成千上万名英国人在阿尔及尔、突尼斯、的黎波里和摩洛哥被迫改宗，关于割礼、阉割和鸡奸的惯常笑话不再好笑，特别是当奴隶们的妻子了解到他们的主人"经常鸡奸俘虏"之后。

这些妇女的担忧和人们对伊斯兰世界的普遍恐惧最终引起了政府最高层的关注。在 1648 年 3 月 19 日,一名叫安东尼·韦尔登(Anthony Weldon)的虔诚的年轻陆军上校给国务院带来了令人震惊的消息。他告知这些贵族领主,《古兰经》—— 长久以来被认为是亵渎神明和具有煽动性的 —— 第一次被翻译成了英文。更令人不安的是,它的译者亚历山大·罗斯(Alexander Ross)打算发表他的译文。

国王的大臣们害怕这本书很快会大规模面世,尤其担心它会导致叛教的浪潮。他们马上命令警卫官"去搜索将要出版土耳其《古兰经》的出版社,截住所有相关印刷物的副本"。他们还让警卫官"缉拿印刷人员,将他们带到国务委员会"。

印刷人员很快被逮捕,所有译文的印刷本都被查获并封存起来。所有的相关出版物都被禁止,罗斯自己也被传唤到国务委员会"解释他印刷《古兰经》的缘由"。

他和审查员发生冲突的记录不幸丢失了,但罗斯后来写了一篇文章解释他翻译《古兰经》的原因,而且他在应对国务委员会时肯定用到了相似的论点。他说他的"新的英文"版本 —— 书名为《穆罕默德古兰经》(The Alcoran of Mahomet)—— 是为了"填补土耳其研究的空白,以满足所有想要了解这一点的人的需求"。他承认该书很可能引起激烈争议,但是对那些想了解巴巴里狂热奴隶商的动机的人来说,他的这本《古兰经》读物至关重要。"全面地看待你的敌人,"他写道,"你才能做好准备,与他们一较高下,当然,我希望打败他们。"塞拉海盗的掠夺一直萦绕在他脑海中。"我们之间战争不断，而未来也将如此，"他写道，"这关乎每个有良知的基督徒，我们要检视战争的缘由，并且仔细研究这些战争。"

国务委员会宣称罗斯鼓励叛教，罗斯对此予以反驳，认为《古兰经》已经被"翻译成基督教世界的几乎所有语言……但是叛教的人数并没有增加"。但他认同此书落入别有用心的人手中是危险的，而且认为此书的流通必须被严格监控。"并不是每个人都能调配药剂，"他写道，"［因为］他有可能配出毒药，也有可能配出解药。"

国务委员会一致认为，在越来越多的关于伊斯兰世界的书籍面前，罗斯的英文译本不会受到欢迎。但是他们面对他的论证哑口无言。罗斯出版此书有理有据，而且他可能还指出，国务委员会打压其《古兰经》译本的行为或许是违法的。就在 4 个月前，白厅宫理事会分别两次投票赞成英国宗教信仰自由，"可以信仰土耳其的宗教，也可以信仰天主教和犹太教"。

国务委员会权衡了这次辩论，承认罗斯的行为合法。他们既没有解释，也没有道歉，只是撤回了禁止出版的决议，并最终通知罗斯，他的《古兰经》英文译本可以出版。1649 年 5 月 7 日，出版流程再次启动。不久之后，首个《古兰经》英译本面世。

罗斯辩称他的《古兰经》译本不会造成大规模的叛教是对的。相反，译本为对伊斯兰世界无休止的愤怒的谴责和谩骂提供了原始材料。他的《古兰经》译本被抢购和抄袭，整本书都被引用，作为阐述伊斯兰教的虚假和叛教的危险的证据。最有名的反对伊斯兰教的极端分子是汉弗莱·普里多（Humphrey Prideaux），他是康沃尔郡的一名牧师，他的家乡帕德斯托长期笼罩在塞拉海盗的恐怖阴影中。普里多的著作《骗子的本性》（*The True Nature of Imposture*）详细地展现了穆罕默德的一生，丝毫不留情面。它充分利用对叛教的普遍恐惧，其中还交织着对基督教的极力维护。

1697 年，普里多第一次尝试劝说出版社接受他的手稿，出版商说希望"它更幽默一些"。但当他仔细品读这由偏执和愤怒调配成的"浓烈鸡尾酒"时，他意识到它有可能成为他手上的畅销书。在出版前夕，普里多突然担心，他可能太激进了。在写给读者的内容介绍中，他让他们不要轻信那些说他为了展示伊斯兰教"邪恶的性质"而恶意曲解事实的谣言。他向他们保证，这本书的描述公正中立，源于多年的研究。"我非常细致地在页边写下所有权威意见，"他写道，"而且在书的末尾，我列出了所有我参考的作者。"

普里多无须担心公众的反感；《骗子的本性》大获成功，很快加印了很多版。第一版迅速销售一空，马上开印第二版。这版也很快售完，接着就是第三版和第四版。随着巴巴里海岸的局势日益紧张，普里多在 1712 年至 1718 年间又修订了 4 版；这本书会在 1723 年再次重印。

对伊斯兰教的恐惧也是北美皇家殖民地的热门话题，特别是新英格兰，它在巴巴里海盗手上损失了不少商人和水手。波士顿的一名清教牧师科顿·马瑟对叛教问题特别严厉。他承认奴隶们在摩洛哥遭受了可怕的折磨，但他坚信身体上的痛苦不是精神虚弱的借口，相反，身体上的痛苦会让奴隶更加坚定他们的基督教信仰。

1698 年——普里多的著作出版的转年，马瑟写下《给在非洲的英国奴隶的一封牧函》。他的语气非常强硬，几乎没有宽慰那些满身伤痕的奴隶。"是谁将你们送到非洲海盗手上？"他严厉地问，"是主，因为你们罪孽深重。"他坚信是他们的不忠导致他们被俘，并提醒他们，他们的朋友无法解救他们。"你现在不应该向你的配偶、父母、好心肠的朋友诉苦……你应该向主耶稣基督祈祷。"

马瑟向奴隶保证，他写这封信是"为了安慰你们"。但是，他写这封信的真正原因并非如此。这位牧师被叛教的故事震惊，更令他担忧的是大量的奴隶皈依伊斯兰教。"我们必须让你们知道，"他写道，"我们非常在意你们至死忠诚于基督教信仰，这是你们之前承诺的。"他恳求这些可怜人，"不管经历了何种艰难，你们都不要妄想放弃基督教可以让你们从痛苦中解脱"。

奴隶制和叛教的话题多年来一直是马瑟感兴趣的领域，但是年龄的增长并没有改变他的看法。在他的布道《美德的荣光》中，他严厉斥责那些背叛基督教的人。"大部分的叛教者都是很少遭遇逆境的人，"他写道，"这些家伙生活更加顺遂，住在充满懒惰、奢侈和放纵的富贵温柔乡中；这些人大都在罪恶的深渊中堕落了。"

北美殖民地很少有人对伊斯兰教感到好奇，即使在英国，人们也不想深究可怕的巴巴里世界的表面之下。只有一个人试图对抗这种反伊斯兰教的文化。西蒙·奥克利是个聪明的语言学家，他从小就"天生喜欢研究东方语言"。作为剑桥郡斯韦夫西的乡村牧师，奥克利大部分时间都在剑桥大学、牛津大学的图书馆钻研阿拉伯文的手稿。"［他］查阅了大量的阿拉伯文献，"牛津的托马斯·赫恩（Thomas Hearne）写道，"据说有评论家认为他是英国最精通阿拉伯语的人。"

奥克利对伊斯兰文化十分着迷，惊讶于英国人对这一文化的无知和偏见。他说普里多的书"缺陷严重"——描写轻率，而且认为深入理解伊斯兰教比"了解任何人类的历史都更加重要"。

奥克利尽己所能填补这项知识空白。他翻译了大量阿拉伯神学家和哲学家的作品，然后开始编写著作《撒拉森人的历史》（History of the Saracens），这本书在 1718 年完成。在序言中，他抨击了所有"蔑视东方民族，且将他们看作畜生和野蛮人"的人。他谴责了那些被偏见蒙蔽了头脑的人，以简单又迷人的方式解释了他对阿拉伯人的热爱。他的书包含《阿里箴言》（Sentences of Ali），即先知穆罕默德的女婿结集的一系列格言，奥克利认为它们富有教益，充满智慧。"这些箴言内涵丰富，切中要害，"他写道，"它们宣扬奉献精神、严谨自律，而且传递了庄重的生活态度。"阐明了伊斯兰神学值得品读后，他谴责了那些抹黑伊斯兰世界的人。"即使只有一小撮证据，也足够证明……无知的现代人将罪恶归咎于可怜的阿拉伯人。"

虽然奥克利辛苦工作，但收入微薄，总是缺钱。他非常害羞，特别是当他在身份高贵的人旁边时；他被邀请参加牛津伯爵举办的晚宴，但他浪费了这次提升自己地位的机会。发现自己和国家最伟大的领主们坐在一张桌子上，奥克利紧张万分，甚至得罪了在座的所有人，包括他的资助人。他后来写信给牛津伯爵道歉，哀叹自己在聚会中"木讷呆板而且反应迟钝"。他解释道："虽然心怀善意，可是与上等人得体交谈的天赋并非人人都有。"不过，他的道歉没被接受。伯爵拒绝与奥克利再接触，伊斯兰教最重要的辩护者陷入穷途末路。当他于 1720 年去世时，他的妻子和孩子一贫如洗。

在阿特拉斯山的叛军首领被处决后，托马斯·佩洛又在梅克内斯待了几个星期。他因之前与穆莱·伊斯玛仪会面而极度不安，因为苏丹威胁他，如果他不能从最近的战争中得到更多战利品，就杀了他。佩洛怀着对自己生命安全的担忧离开了宫殿。不过，苏丹的威胁有时只是虚张声势，这次也不例外。他的怒火被对反叛军的处决平息，他对黑人奴隶和奢华的绣花马笼头十分满意。度过了提心吊胆的几天，佩洛和他的手下领命回到蒂姆纳城堡。

"我们接近城堡围墙时，所有的妇女还有几个男人都上前迎接我们。"佩洛说这是"一个悲喜交织的聚会"。60 个妇女因为最近的战争成为寡妇，剩下的女人则庆幸她们的丈夫安然无恙。佩洛很少提及他和他妻子的关系。他没有记下她的名字和年龄，也没有提供关于他们在蒂姆纳城堡几个月生活的任何线索。也许是因为他为和穆斯林女孩成婚感到羞耻，即使她来自王室中有影响力的家庭。但是他提到的一些逸事表明，他们两个之间存在温情，甚至是爱。他上一次见到妻子是在她怀孕初期，自然很高兴再次与妻子重聚。"我太高兴看到我的爱人，"他写道，"以至都忘了问孩子是男孩还是女孩。"他的妻子以为他对孩子很漠然，便有些不开心，于是跟他开了个玩笑。她告诉他，她 6 周前生了个女孩，但是接着说，她以为他再也回不了家了，就绝望地送走了新生儿。

佩洛震惊而且"非常愤怒"，直到他妻子笑出声来。她只是逗他玩儿，还说希望他以后更细心些。"这个狡猾的吉卜赛女人让人将孩子抱来"，佩洛写道，这是他第一次抱女儿。他被女儿迷住了——他没提她的名字，而且"很喜欢这个玩笑，抱着女儿笑得很开心"。在接下来的几年中，这个女孩将成为他巨大幸福和快乐的源泉。每次佩洛被派出去参加战斗，他都心心念念着与女儿再次团聚。"每次我负伤回到家，［她］都会用她的小胳膊环抱着我的脖子，拥抱并且心疼她可怜的父亲，让我再也不要去打仗了。"有一次，她问父亲他在彭林的家人，并宣称"她和妈妈会跟我一起回英国，和她的祖母一起生活"。

大阿特拉斯山艰苦的战斗结束后，佩洛和他的同伴们很快就放松下来。"现在我们又可以自由自在地消遣度日了，"佩洛写道，"花大把时间在树林里打猎。"他们重新开始狩猎野猪的活动，在晚上饮酒吃肉，尽情享受白天捕获的猎物。不过在返回蒂姆纳城堡几个月后，他们奉命镇压另一起叛乱。摩洛哥南部沙漠中的一个部落起义反抗穆莱·伊斯玛仪，"杀死了16名皇帝的黑人护卫，他们是奉命去那里接收并带回依照惯例进贡梅克内斯的贡品的"。他们知道这等同于宣战，必须建造防御工事，"用坚固的城墙来加固城镇，运来大量的战争储备和补给"。

穆莱·伊斯玛仪命他的儿子穆莱·谢里夫（Moulay ech-Cherif）率4万人的军队镇压反叛军。这轮新的战役与佩洛及其手下在大阿特拉斯山的战役截然不同。现在，他们身处一个贫瘠的乡村，中午的高温炽热难耐。他们试图在环绕着叛乱小城古斯兰的荒地上建立防御点，但发现这几乎是不可能的，"我们脚下的沙子流动得太快"。更糟糕的是，他们的大炮对沙制防御工事毫无效力。

他们对自己的困境几乎感到绝望，决定直接向古斯兰开火，以制造更多的混乱和伤亡。经过几个星期密集的轰炸，伤痕累累的反叛军走投无路，只能寻求突围，摧毁或者抢夺苏丹的大炮。

他们的第二次突击对佩洛而言近乎灾难。他距离营地太远，突然发现自己被侧翼包抄，彻底暴露了。尽管他像摩尔反叛军一样穿着长袍，但他白皙的皮肤让人一看就知道是欧洲叛教者。转眼间，几个敌人就包围了他。

枪声响起，火枪辛辣的火药味传来。就在那一刹，佩洛腿上传来灼烧般的疼痛，他摔倒在地。如果不是他的同伴及时营救，他一定会被叛军打死。他被带回营地，"火枪子弹还留在右腿中"。

幸运的是，军队中有叛教者医生，医术要比摩尔的江湖骗子和江湖郎中好太多了。"[子弹]很快就被德意志外科医生取出，"他写道，"他技术精湛，细致耐心，我得到了精心照顾。"不过，等他的腿完全恢复，已经是 40 天后了，那时反叛军已被打败。"[他们]要求休战谈判，"佩洛写道，"谦卑地恳求将军放他们一条生路。"

穆莱·谢里夫将军的回复模棱两可。尽管他很满意叛军发誓"最虔诚地服从"穆莱·伊斯玛仪，但他拒绝承诺会对他们宽大处理。事实上，他不满他们举止"轻狂傲慢"，告诉他们，他们不要指望"还能自主选择"。

他们一放下武器就被屠杀。穆莱·谢里夫本就无意让这些叛军活着离开，下令将所有古斯兰叛军斩首。他计划带着这些叛军的首级返回梅克内斯，他将在盛典上把他们呈给穆莱·伊斯玛仪。但是这位将军忽略了盛夏可怕的高温，首级在被砍下后的几小时内就腐烂了。"它们恶臭熏天,"佩洛写道,"他不得不只保存下耳朵,将它们从头上切下来,抹上盐放入桶中。"佩洛接着说,他们也并非一时头脑发热,才选择了这样一种处理这些可怕战利品的方法。"因为,如果我们这么长的一段路都带着这些发臭的叛军头颅,一定会让整个军队都烦躁不安,而且很可能发生感染。"

当进入梅克内斯宏伟的城门时,军队受到了隆重接待。"[穆莱·伊斯玛仪]对这些耳朵十分满意,"佩洛写道,并补充说,"看到叛军的首级会让他心满意足,但是,由于他们已经腐败发臭……他觉得还是离远点比较好。"苏丹命人打开盐桶,取出耳朵,这样他就能看得更清楚。他打算将它们存储起来,送给那些有谋反嫌疑的首领作为警示,但是他非常喜欢战利品,决定自己留下它们。"它们最终被穿上线,"佩洛写道,"挂到了城墙上。"

第九章

穆莱·伊斯玛仪的宫廷

领事安东尼·哈菲尔德在摩洛哥疲惫不堪。他每日遭受穆莱·伊斯玛仪的酋长的羞辱，而且为自己无力解救英国奴隶而感到愧疚。更糟糕的是，他的钱用光了。在伦敦的大臣们希望他依靠一项名为"领事签证费"的特殊税收维生，他可以向任何进口到得土安的英国货物征收此税。理论上，这项税收应该数额颇丰，但实际上并非如此。很少有英国船只敢在得土安停留，不久之后，这位大不列颠国王陛下的领事就发现自己的保险柜空空如也。

穆莱·伊斯玛仪的官员取笑哈菲尔德已经没钱养活自己。其他国家向摩洛哥派遣领事时，都会派遣地位相对尊贵的官员。但是英国似乎送来了他们最低等的官员，也没有给他留下贿赂当地官员的财物。得土安的酋长尤其看不起哈菲尔德，给约瑟夫·艾迪生写信，声称这个英国领事"举止粗俗，一无是处"。

哈菲尔德写了很多封信回伦敦，以"告知陛下我这里的艰苦生活"。但是国王乔治一世并不把摩洛哥放在心上，当然也没考虑给哈菲尔德拨款。领事只能在得土安艰难度日。一天早晨（日期不明），他路过当地的监狱，震惊地看到一个男人"被绑住脚后跟倒挂起来，腿上锁着铁链，鼻子上夹着铁钳，皮肤被剪刀划伤，而且正被两个男人不停殴打"。这两个人一直这样虐打他，直到他陷入昏迷。

尽管境况艰难，但哈菲尔德一直在搜集有关塞拉海盗动向的情报。自他 1717 年被任命以来，他们越发胆大，在北大西洋上肆无忌惮地横行，搜捕欧洲船只。他在一封写给伦敦的信中说："这些塞拉人……随心所欲地游荡。"不久之后，他报告说有 4 艘船、50 名船员被俘。海盗还抓获了一艘爱尔兰船，乘客中有一名女性。"梅克内斯的人告诉我，为了使其皈依［伊斯兰教］，她……差点儿被折磨死了，"他写道，"她说她不愿意，但被折磨到昏厥，然后他们就说她已经改宗了。她被收入后宫，之后就没有消息了。"

白厅宫的大臣们怀着焦虑又绝望的复杂心情阅读了哈菲尔德领事的信件。局势变得如此严峻，英国西南部的一批商人给议会写信，要求他们有所作为。"这么多人被囚禁在塞拉，"他们写道，"……在那里忍受着无法言说的痛苦。"伦敦的商人也面临破产，抱怨他们和纽芬兰的巨额贸易也受到威胁。来自阿尔及尔的消息更加令人不安。新任命的领事查尔斯·赫德森（Charles Hudson）曾听过执政总督高谈阔论，吹嘘说他准备抓住所有与阿尔及尔敌对的船只上的英国臣民。大臣们意识到不能放任这种情况继续下去，准备向梅克内斯派遣新的使团。

约瑟夫·艾迪生已经于 1718 年春天退休，接任内阁大臣的是詹姆斯·克拉格（James Cragg），一个老练的政治家，他被认为是"王国中最适合［这项工作］的人"。克拉格发誓他会顺利完成使命，解救所有在摩洛哥的英国和北美洲奴隶，让他们与家人团聚。

使团的领导者是海军准将查尔斯·斯图尔特（Charles Stewart），他是个行事稳重的海军将领，温文尔雅，器宇轩昂。虽然斯图尔特只有 39 岁，但已在动荡的航海生涯中负过伤。1697 年他的第一次航行差点儿成了他的最后一次。他的船被一艘法国军舰袭击，斯图尔特的手被打烂，只留下一截难看的残肢。他没有被这不幸的遭遇吓倒，再次回到海上，并在地中海表现出众。现在，结束了在爱尔兰议会 5 年的工作之后，他作为先头部队，出使穆莱·伊斯玛仪的宫廷。

斯图尔特是出使摩洛哥的最佳选择。他精力充沛且魅力四射，完全可以拿出傲慢使臣的气派。不过，他是个溜须拍马的大师，擅用花言巧语解除敌人的武装。在摩洛哥朝廷，阿谀奉承是成功的必备技能，斯图尔特将证明自己是个中翘楚。

1720 年 9 月的一天，微风习习，他的船“温彻斯特”号离开了朴次茅斯。当船消失在海港尽头、进入索伦特海峡时，身后留下一派壮丽的景色。船帆在风中张满，后桅上的三角旗迎风招展。尽管这艘船和大多数驶入海峡的军舰相似，但它运输的货物揭示出它承载的是和平使命，而非战争。在黑暗的船舱中，送给穆莱·伊斯玛仪的各式昂贵的礼物被粗麻布和木片包裹着。其中包括一台精致的音乐报时钟、精美的彩瓷盘、4 座玻璃烛台和 3 盏吊灯，以及“一个大果篮”和一把做工精巧的大遮阳伞。还有一些精心挑选的果脯和香料——有姜、丁香和肉豆蔻——以及一批瓷器。每一件礼物都是精挑细选的，甚至还投苏丹所好，有一个大塔糖，希望讨爱吃甜食的苏丹的欢心。

斯图尔特准将在 10 月的第三个星期到达直布罗陀，立马给得土安的哈迈特（Hamet）帕夏送去拜帖，此人主持着摩洛哥北部的许多工作。"我冒昧地拜访阁下，"斯图尔特写道，"全权代表英国表达和平的诚意。"他的语气礼貌但坚定。他隐瞒了会对穆莱·伊斯玛仪采取军事行动的打算，承诺说如果苏丹愿意与英国和平相处，"我将诚心地拜倒在伟大的陛下脚下"。

哈迈特帕夏的回复十分诱人，而且出人意料。他表示"非常愿意"与斯图尔特签订停战协议——尽管并没有说明原因，而且在几天内送来了停战协议的草案。它规定，英国船只和水手"不会被拦截、掳走、盗窃或者抢劫"，但是附文说所有这些条款都必须由国王乔治一世亲笔签字。这花费了 6 个多月的时间，直到次年 5 月——他们离开伦敦的第 8 个月，斯图尔特才带着签署好的停战协议最终在得土安登陆。他信心百倍，相信英国奴隶终将被释放。

当他发现哈迈特帕夏准备了隆重的欢迎仪式时，他更加乐观了。"我们看到了足够让我们安居的帐篷，"斯图尔特的一名随行人员约翰·温达斯（John Windus）写道，"中间有一顶苏丹从梅克内斯送来的大帐篷。"哈迈特帕夏还让厨师准备了让人垂涎三尺的盛宴，欢迎斯图尔特准将来访摩洛哥。他们备好了"蒸粗麦粉、家禽和烤全羊，架在像人腿那么粗的木制烤肉叉上"。

帕夏本人在下午 3 点左右抵达，带着一支由 500 名骑兵和步兵组成的部队。英国人对哈迈特帕夏霸气的长相和态度印象深刻。"他的面孔严肃庄重，"温达斯写道，"有罗马人的鼻子、漂亮的眼睛和轮廓分明的脸。"相比于皮肤白皙的来访者，他的皮肤看起来

"黑黝黝的"，温达斯觉得他"微胖"，但是这无损他的"男子汉气概"。

哈迈特帕夏是穆莱·伊斯玛仪的得力助手，也是少数几个能促成斯图尔特宫廷之行的人。正式接待了这位来访巴巴里的准将后，他承诺会"尽己所能让这个国家讨他喜欢"。他笑得有些狡黠，补充说"他最喜欢的基督教民族就是英国人"。如果这是真的，这位帕夏确实在俘虏英国奴隶上发挥了重要作用。斯图尔特没有询问原因是情有可原的，他急于建立信任关系，所以没有接话。相反，他说了些漂亮的客气话，帕夏也礼貌地回应他。

长达几天的宴会结束后，哈迈特帕夏建议他们去得土安的别墅，在新种植的乔木林中用餐。斯图尔特和温达斯都想看看摩尔人的花园，结果确实没让他们失望。温达斯写道："那里有上好的柑橘、柠檬，还有非常美味的小杏果。"人行道上搭着精美的格子架，上面爬满了花和灌木。"一束束的康乃馨探入藤架和窗户，将花园装饰得赏心悦目。"尽管天气酷热，花园中依旧清爽宜人。"我们在一棵槐树下用餐，"温达斯写道，"它下面有一片不错的阴凉。"

斯图尔特准将与随行的仆人和乐师在得土安待了几个星期，享受着帕夏的热情款待，直到 6 月中旬才出发去梅克内斯。他们延误了很长时间，这意味着他们将在盛夏最热的时候行进——这是最糟糕的出行时间。"［我们］在酷热中开始征程……"温达斯写道，"温度越来越高。"富足的得土安过后是贫穷的村庄和临时营地，快要饿死的牧民们到处寻找食物。"居民……生活似乎非常凄惨……只有用棍子搭起来，盖着灯芯草或布料的空无一物的棚子。"对温达斯而言，富庶的得土安的记忆在脑海中依旧鲜活，可这些人的生活似乎"非常糟糕"。

这个使团很快就将波光粼粼的地中海远远抛在身后，踏上"像草地保龄球场那样的"平原。他们骑马穿过干燥的土地，炎热变得难以忍受，每个人都觉得呼吸困难。"天气极度闷热，"温达斯写道，"所有的金属物件都被炎热的空气加热到十分灼热……以至完全无法触碰。"

尽管如此，当到达距离梅克内斯东北边 16 英里的罗马瓦卢比利斯废墟时，他们依然兴奋不已。温达斯对这片荒废的遗址尤为感兴趣，他跳下马，在碎石堆里搜寻，翻找到一些石碑和一个大半身像的碎片，不过除此之外就没有什么了。穆莱·伊斯玛仪为了给他的王宫搜罗装饰品已经洗劫过这里了，人为破坏的痕迹十分明显。

一名信使被派往梅克内斯，通知苏丹斯图尔特准将这行人即将到来。哈迈特帕夏对穆莱·伊斯玛仪的反应忐忑不安，他担心他会因为一些自己都不知道的越轨行为受到惩罚。"虽然之前没有这样的先例，"温达斯解释说，"但是他惊恐至极，怀疑自己是否能活着回来。"在这种紧张的时刻，这个消息真是再好不过了——穆莱·伊斯玛仪热情地接待了信使，而且将举办招待宴会，这对斯图尔特来说也是个好消息。英国一行人满心欢喜，星期日（7月2日）将是他们露宿野外的最后一天。经过了近三周筋疲力尽的长途跋涉，他们马上就要进入梅克内斯城了。

哈迈特帕夏黎明时分就醒了，敦促他们赶快拔营，这样就能早点进城，"如果我们多提前一些，就能避免遇到拥挤的人群"。

飞驰的骏马穿过布费克兰山谷，带他们进入城郊，天刚蒙蒙亮，他们就被官员带到了临时住所。

帕夏立即被召去面见苏丹，发现穆莱·伊斯玛仪情绪不佳。苏丹责备哈迈特帕夏在和西班牙驻地休达的交锋中不谨慎，"狠狠恫吓他，说他不适合指挥"。

他要了一份帕夏随行人员中所有高级官员的名单，之后以证据确凿或者莫须有的罪名惩罚他们。其中有个人被 4 名黑人护卫抛掷，确保他撞向地面时脖子被扭断。另一名官员拉贝·肖特（Larbe Shott）被控与基督徒女人厮混。他的结局是"被绑在两片木板间锯成两半，从头开始，沿着身体向下，直到身体被锯断"。惊恐的围观者将处决的情形告诉了温达斯，他补充说"如果国王没有宽恕他"，尸体就会被狗吃掉。"虽然在人死后宽恕他是一个匪夷所思的习俗，但是除非国王宽恕了他，否则没有人敢去给他收尸。"

温达斯还了解到，穆莱·伊斯玛仪在执行处决之后的一整天里都懊恼自责。肖特出现在他梦中，托梦说真主会谴责他的野蛮行径。这让苏丹万分不安，"他派人前往肖特被处决的地方，取来一些洒上他鲜血的尘土，然后涂满自己全身用以赎罪"。

斯图尔特准将和他的手下在临时处所住了两天，静候苏丹的指令。7 月 5 日，他们被告知将搬到更加奢华的住处。第二天早晨，他们收到通知，穆莱·伊斯玛仪想要立刻召见英国大使，而且派出一个护卫队领他进宫。

护卫队转眼就到了——一队衣着光鲜的仆人和朝臣，还有斯图尔特自己的仪仗队。"大使两边都站着身穿制服的仆人，"温达斯写道，"身后跟着他彬彬有礼的随从。"他们前面是"我们的乐手"——可能是一群小号手——还有几位骑着马的摩尔军官。斯图尔特向王宫出发时，吃惊地注意到一小群衣衫褴褛、筋疲力尽的男人跟在最后。他猛一激灵，意识到他们是从奴隶营场被特地释放出来参加这次游行的英国奴隶。他激动地想和这些可怜的男人寒暄问好，但是苏丹的酋长们不允许进宫路上有任何耽搁。他们也不会任由进程被当地村民阻碍。斯图尔特的队伍被好奇的旁观者挡住道路时，他们"粗暴地痛打［他们］，有时直接将他们击倒在地"。

大使和他的随从们在王宫大门外下马。他们穿过"三四个宽阔的庭院，［然后］坐在门廊等了大约半个小时"。奴隶们始终在队伍的最后，所以斯图尔特和温达斯都没能跟他们说上话。所有人都在期待着即将到来的苏丹，被告知不要擅自离开。

又过了半个小时，终于，庭院的另一侧出现了一丝骚动。一些朝臣穿过大门，后面跟着些护卫。不多一会儿，穆莱·伊斯玛仪现身了。斯图尔特和手下们在烈日下眯着眼睛，试图看清他。"我们远远地望见他，"温达斯写道，"头上打着遮阳伞，身后的护卫排成半月形，右手举着枪托后部，并把枪紧贴着身体。"这些布哈里或者说传说中的黑人护卫在苏丹身旁排成保护方阵的景象实在让人望而生畏。

斯图尔特准将并没有被吓住，事实上，这让他确认展示自己队伍气势的重要性。他发出一声响亮的口令，命令他的手下开始踏正步。"我们向皇帝行进，"温达斯写道，"我们的乐手奏乐，直到我们来到距离皇帝 80 码的地方。"这个英国代表团希望他们的乐团和仪仗能让穆莱·伊斯玛仪刮目相看。然而，他们被让人琢磨不透的苏丹抢了风头。当斯图尔特走近时，穆莱·伊斯玛仪翻身下马，猛地扑在地上。"看着这位年迈的皇帝下马拜伏在地开始祈祷，我们大吃一惊，"温达斯写道，"他维持着这样的姿势一动不动几分钟。"苏丹的脸紧贴着地面，"当我们走向他时，他的鼻子都沾上了灰尘"。

斯图尔特准将正要上前拜见，穆莱·伊斯玛仪站起来，跳上马背，从护卫手中夺下长矛。他在缓了过来后郑重地招呼大使上前。"我们立定整队，"温达斯写道，"走近皇帝弯腰行礼，他点了点头，[并]说了几声好。"

温达斯仔细研究过穆莱·伊斯玛仪，与这位枭雄面对面让他异常兴奋。温达斯估计他大约87岁（实际上是75岁），而且注意到岁月的痕迹最后还是开始显现。"他的牙齿已经掉光了，"温达斯写道，"呼吸短促，似乎肺功能不好；经常咳嗽吐痰。"苏丹的痰绝不能吐到地上，"仆人们要随时拿手帕接住"。

他那曾经看起来高贵的鹰钩鼻，现在由于脸颊凹陷而更加突出，长须十分稀疏。"他的眼睛还是很亮，"温达斯写道，"但随着年龄渐长已不复往日的神采，而且他的脸颊凹陷得厉害。"但是苏丹依旧让人不容小觑，他霸气地坐在乌黑发亮的马上，被一群低眉顺眼的随从簇拥着。"他的黑人护卫一直挥着布扇走他的马附近的苍蝇，"温达斯写道，"他头顶的遮阳伞也转个不停。"那个奉命举着印花遮阳伞的奴隶小心翼翼地跟着苏丹的步伐移动，以保证没有阳光照到苏丹神圣的皮肤上。这样的小心谨慎源自血的教训，之前的奴隶就因为没能履行好职责被当场处决。

唯一让温达斯失望的是苏丹没留意自己的衣着。他和他的朝臣穿得很相似，唯一的区别是他镶满珠宝的弯刀与装饰华美、挂满绒球和彩带的马鞍。"它上面覆盖着黄金，镶着大块的祖母绿。"

斯图尔特准将在穆莱·伊斯玛仪面前镇定自若。他沉着镇定地扮演着大使的角色，适时答话，但又坚定礼貌地陈述来访目的。"[他]取出国王殿下写在丝绸手帕上的信，交到苏丹手中。"然后，他用清亮的声音禀报苏丹，大不列颠陛下，国王乔治一世派他出访，"促进两位国王之间的和平、友谊和相互理解"。他略带讽刺地补充说，他"希望苏丹能接受他带给宫廷的贵重礼物"。

穆莱·伊斯玛仪接见初次见面的外国大使的习惯是先发表一通关于伊斯兰教的长篇大论。但是，这次他只是冲斯图尔特咧嘴笑了一下，告诉他"他会满足他的一切要求，因为他喜欢英国人"。这位准将试探着回应他，让苏丹释放英国奴隶，强调说单是这一行为就足以"表明他对英国的最大尊重"。

斯图尔特还试图告诉穆莱·伊斯玛仪，英国有一支日渐强大的海军，但是苏丹并没有认真听。"让国王耐心地听大使说话很困难，"温达斯写道，"他更喜欢自己讲。"斯图尔特多次岔开话题，要求苏丹签署在得土安起草的停战协议。穆莱·伊斯玛仪回复说没有这个必要，因为"他的口头承诺和签字一样有效"。但当斯图尔特坚持如此时，苏丹同意了，而且随后送给大使"9名基督徒作为礼物"。

斯图尔特准将和穆莱·伊斯玛仪会面时，托马斯·佩洛也返回宫廷，他很可能是从蒂姆纳城堡被召回来担任翻译的。佩洛现在大约16岁，已经有6年多没收到父母的任何消息了。他知道斯图尔特是唯一值得信赖的、能让他获得自由的人，而且这位大使的正派和可靠让他备受鼓舞。"我不得不说，"他写道，"他无论何时都进退得宜，就像一个虔诚的基督徒那样彬彬有礼。"但是佩洛也意识到，斯图尔特最重要的任务是释放奴隶营场的俘虏。只有达成这个目标，这位大使才会解决摩洛哥数百位英国叛教者的问题。

佩洛很遗憾斯图尔特没有"在 4 年前到来，解决这个问题"，他说，如果那样的话，他"会挽救很多痛苦的心灵"。他补充说，如果英国政府能早点采取行动，"我可怜的叔叔，还有那么多可怜的基督徒奴隶……可能还能活下来"。

斯图尔特准将希望立刻洽谈幸存奴隶的释放问题，但穆莱·伊斯玛仪急于向这位大使展示其王宫的灿烂辉煌。繁忙的国务让他无法像往常一样带他们参观，因此他命财务主管犹太人摩西·本·哈塔尔领着斯图尔特和温达斯游览王宫庭院和宫殿房间。

王宫之宏伟及其装饰之精巧长久地印刻在了他们二人脑海中。温达斯对眼前所见叹为观止，并在王宫至高处留下了对这座恢宏王宫的精彩描述。他之前从未见过如此巨大的建筑群落，也没见过像奶油那样繁复的旋涡状的摩尔粉饰灰泥，这些都是由来自安达卢西亚的奴隶手工雕刻的。摩西·本·哈塔尔向他们展示了靠近科比拉宫的宫殿的附属建筑。"这些拱门使用阿拉伯风格的石膏雕花工艺，"温达斯写道，"用整齐的石柱支撑，广场广阔宏大。"宽阔的庭院中闪闪发亮的棋盘格地板同样美丽，"颜色各异的方形小瓷砖错落其间，每块大约 2 平方英寸"。温达斯觉得这些印着辐射式的五角星和六角形几何图形的釉面瓷砖，赋予了这座巨大的建筑物一种整体的和谐和秩序感。"所有的住所、道路、弹药库、走廊和拱门下部都是颜色各异的方形瓷砖,"他写道,"……[使得]宫殿从远处眺望时,尤为恢宏、美丽和整洁。"

摩西·本·哈塔尔领着他们向东南方向去马克赫宰宫。整座宫殿似乎奇特地空寂着,所有你能听到的声音就只有视线外埋头苦干的工人们的低声交谈。青铜锅的碰撞声,凿子的叮当声——只有这些声音流露出这个宫殿里有人活动的迹象。

每座宫殿都似乎比之前见到的更大,就连粮仓也比温达斯在伦敦见过的任何粮仓都大。"我们被领进了一个长约 0.25 英里,宽不超过 30 英尺的弹药库,"他写道,"里面的箱子中储存着大量的武器,还有三排横杆,上面搭着马鞍。"摩西·本·哈塔尔兴高采烈地指着拉腊什的大门——在西班牙围城战时得到的——还有"大量铁器、一些护手刺剑(espadas)和基督徒使用的其他剑"。

斯图尔特和温达斯欣赏完这些武器后,被带领着穿过空无一人的走廊进入一所后宫。这座后宫宫殿不在禁宫内。这里也异常安静。香柏木浓郁的香味表明天花板是新建的,炊烟味暗示着厨房在不远处。

"从这里穿过整洁的长走道和有方格图案装饰的走廊,我们到达了另一座建筑,它的中部有一座大花园,周围种植着高大的柏树。"这些缠绕在一起的繁盛的绿色植物被设计成传说中的巴比伦空中花园的样子。花园沉入地下 60—70 英尺,一条超过半英里的阶梯蜿蜒在柏树和灌木之间。"花园顶部覆盖着厚厚的藤蔓和其他绿色植物,"温达斯写道,"用坚固、制作精良的木头支撑着。"在夏季的黄昏时分,空气中尽是浓郁的花香。

花园远处的宏大的宫殿群仍在建设中，温达斯震惊地看到成群的基督徒奴隶在7月如火的骄阳下辛苦劳作。"[我们看到]基督徒站在高墙上，"他写道，"将沉重的木头砸向砂浆，就像我们的铺路工人压平石头那样。他们合力举起木头，然后同时向下砸去。"温达斯想要走近一点，亲眼看看奴隶们的境况。但是摩西·本·哈塔尔觉得他们两人看到的已经够多了。他将他们带回穆莱·伊斯玛仪处，这位苏丹正在视察一个"由28名英国男孩打理"的仓库。

穆莱·伊斯玛仪很高兴看到斯图尔特准将："[他]像之前那样大叫'好啊，好啊'，询问他们是否喜欢自己的王宫。"斯图尔特确实对宫殿的规模和富丽堂皇叹为观止，"而且跟他说这是世上最高贵的王宫之一"。苏丹非常满意，并因大使的反馈感谢真主。"然后，"温达斯写道，"一些英国男孩伏趴下来……向他行礼，说'Allah ibarik phi amrik Sidi'，意思是'真主会保佑您的统治'。"穆莱·伊斯玛仪询问这些奴隶男孩是哪国人，他们回复说他们是英国人，"他让他们和大使一起回家，还跟他们说晚安"。

晚上，斯图尔特和温达斯讨论了他们繁忙的一天。在享用温达斯觉得"口味有点重"的苏丹厨房的食物时，他们比较了下白天的记录。苏丹的王宫远大于欧洲的任何建筑。即使是同时代最伟大奢华的凡尔赛宫，与他们今日所见相比也显得十分袖珍。况且他们今天只参观了整个王宫建筑群的冰山一角，直到第二天早晨他们才知道这座王宫的精确规模。

他们先是被带去参观王室囚犯工厂，欧洲奴隶在那里为穆莱·伊斯玛仪锻造、冶炼武器。囚犯工厂里"塞满了正在工作的男人和男孩"，温达斯注意到，"他们在制作马鞍、枪托、弯刀刀鞘和其他东西"。他们似乎提前收到了斯图尔特要来参观的通知，当他进来时，他们都使尽浑身解数。嘈杂的噪声震耳欲聋，声音在墙面之间来回反射。铁匠在巨大的铁砧上锻打铁锤，其他人有的在拉风箱，有的在砍柴。这些男人的卖力和工作质量让温达斯印象深刻。"一看到大使，他们就开始干活，叮咚作响，展示王宫里的工厂热火朝天，井然有序。"

欣赏完奴隶的手艺，斯图尔特和温达斯被带到了马克赫宰宫——一个占地面积比科比拉宫更大的建筑群落。这里住满了侍从和大臣，他们都想一睹斯图尔特准将及其随行人员的风采。"我们参观了很多宏大有序的宫殿，时不时地穿过被宦官守卫的大门，他们屏退闲杂人等，只留下给我们领路的人。"我们穿过了另一个下沉花园，"非常深，里边有很多三叶草，可以给宫殿的马当饲料"。在最远的一侧还有更多宫殿，"由漂亮的走廊（廊柱）支撑"，还有装饰过的台阶顺势而下伸入花园中。

斯图尔特和温达斯完全迷失了方向。他们觉得自己被带回了王宫的中心，因为装潢变得越来越富丽堂皇。雪白的粉饰灰泥被涂成旋转的阿拉伯式花样，拱肩和枕梁装饰着光芒四射的星星图案和花饰。拼花图案也变得越来越繁复——几何图案相互交叠，让人目眩神迷。"我们进入了最深处，这个宫殿最美的地方，"温达斯写道，"宫殿中间也有一座花园，四周种植着柏树和其他树木。"这个建筑必定耗资巨大，因为"这栋建筑的所有高大柱子都是大理石的，房间的拱门和大门都异常精致"。有人告诉温达斯，这些都是从塞拉运到梅克内斯的罗马风格石柱，不过它们更有可能是从被摧毁的瓦卢比利斯古城搜刮过来的，他们几天前刚去过那里。

他们参观了几个小时，开始有些精力不济。中午天气灼热，他们喉咙干渴，脚底起泡。幸好导游建议先休息一会儿再继续参观。"一位王妃给我们送来瓜果，有海枣、葡萄、甜瓜、杏仁、葡萄干、无花果和他们自制的果脯，"温达斯写道，"还跟大使道歉，说没有更好的东西招待他们，因为现在是斋月。"

大家对这些新鲜多汁的水果满意极了："[它们]很受欢迎，因为走路让我们又干又渴，然后我们就在走廊坐下，让宫殿女仆为我们服务。"温达斯被这些美丽的女人——都是奴隶——迷住了，她们佩戴的精致珠宝在给他们取用无花果和葡萄时叮咚作响。"[她们的]手臂和腿上戴着许多闪亮的手镯和银饰，衬得皮肤黝黑光洁。"她们的脖子上还戴着厚重的金项链，以及"造型奇特的大耳环和其他非洲饰品"。

斯图尔特和温达斯休息了几个小时，在一天中最热的时段过去后继续游览。他们被带去参观地下蓄水池、国库和武器房，那里武器的数量和种类让人震惊。"在这些弹药库里，有戈刀、战斧和各式各样的战争武器，大小不一的霰弹枪和黄铜枪管及头盔被纸包着放在箱子中。"还有燧发枪、火绳枪、戟和短柄小斧。温达斯注意到，很多武器都来自欧洲军火制造商，肯定是在战场上俘获或由不法商贩卖给苏丹的。"看完了这位国王远超出我们的想象的武器后，"他写道，"我们被领进了他的宫殿。"这是穆莱·伊斯玛仪的私人住所，里面放了一张巨大的床。细细查看了这张床的尺寸后，温达斯估计它"能躺得下20人"。

　　大使团的王宫游览持续了许多天。每次在他们觉得已经看尽了宫殿的景致后，总是在转角处柳暗花明又一村，出现一个全新的宫殿。温达斯发现，库巴斯（koubbas）——一种圆顶圣殿——美丽异常。有一座圣殿的天花板"被能工巧匠刷成天蓝色，它和金色的星形饰物分别代表天空和其中的金色太阳"。另一座圆顶圣殿满是欧洲君主送来的礼物，"里面有七八辆四轮大马车……还有一些他最心仪的礼品，其中就有国王乔治派大使送来的精美的玻璃烛台"。

　　大使团经过了一座"宏大的"，还未竣工、没有任何装饰的建筑。温达斯被告知，这将是穆莱·伊斯玛仪的陵寝。"他们说，屋内房顶中间会垂下一条链子，他打算将他的棺材悬在那里。"

　　宫殿群中有很多空地，现在还没有任何建筑物。有一片开放的空地上爬满了"植物……［它们］葳蕤繁盛，几乎铺满了地面"。空地远处是一个芳香四溢的石榴园，通过一座坚固的桥与宫殿相连。石榴园连着一条"堤道"或者说小径（仍在建筑群的内部），顺着走3英里即是马厩。

　　约翰·温达斯试图整理一下几天所见。他计算出穆莱·伊斯玛仪和他的妃子的主要生活区域"周长约4英里"，而且占据最高的位置。外墙由砂浆建成，"每部分都很厚实"。温达斯估计，每段墙壁——太多段，数不清——大约都是1英里长，25英尺厚，圈住了很多"比林肯律师学院广场大得多的方形广场"，其中几个广场整体铺设拼花瓷砖。一些下沉花园深度惊人，种植着"高大的柏树，树顶高过围栏，将宫殿和花园装饰得异常美丽"。

　　穿过王宫的私人住宅区，是正在建设中的里亚德宫——这是安置穆莱·伊斯玛仪的维齐尔和朝臣以及他的黑人护卫、马匹和大量粮食的地方。尽管温达斯尝试算出这片宫殿的总面积，但他发现无法计算，因为苏丹在一直不停地改造和扩建。不过，他算出如果这一大片建筑排成一排，一个接一个，"通过大概估计"，它们会从梅克内斯一直延伸到非斯——大约 4 英里长。

他对王宫的规模感到难以置信，但当了解到这座王宫完全由基督徒奴隶和部分摩洛哥罪犯建造后，他稍微打消了这种疑虑。"据说每天有 3 万人和 1 万头驴修建王宫。"温达斯写道。他补充说，这个数字"并非完全不可能，因为它几乎全是由石灰建成的，每面墙都要耗费巨大的劳动力"。

花了两天参观建筑工程后，斯图尔特准将觉得是时候释放英国和美洲殖民地的奴隶了。他带了几十件礼物，将它们送给了苏丹的朝臣。50 多位王室朝臣收到了礼物，包括"国王的刽子手"和名为约翰·布朗的英国叛教者，他是负责监视基督徒奴隶的护卫。斯图尔特甚至给"为国王打伞的人"送了一份礼物，还给"为国王拿着备用衣服的人"送了一份礼物。他把所有昂贵的礼物都呈给了苏丹，希望他加快释放奴隶的进程。但是穆莱·伊斯玛仪解释说，斋月结束前，他们不处理这件事。对斯图尔特和温达斯而言，这段时间太难熬了。没有苏丹的帮助，他们什么也做不了，然而穆莱·伊斯玛仪每天大部分时间都在祷告。约翰·温达斯生气地说道："这是巴巴里有史以来最虔诚的时候。"

斋月终于在 7 月 15 日结束了，人们举办了很多场欢宴和盛典来庆祝。苏丹带领公开祷告，这标志着盛宴开始，接下来是丰富多彩的游行活动，英国使节们也被盛情邀请。游行主要在城墙外举行，有人建议斯图尔特和温达斯在毗邻西班牙医务室的墙上观看这场徐徐展开的盛大表演，在那里，"修道院院长已经为我们搭好了脚手架"。

10点整，游行的队伍渐渐接近了，"人数众多的步兵和骑兵部队，一些人拿着长矛，其他人拿着火枪"。士兵们胡乱开枪，这吓坏了温达斯："有人点燃了自己的头巾，导致面部严重烧伤。"随着火枪的硝烟在阅兵场散去，阳光洒向五彩斑斓的游行队伍。斯图尔特和温达斯看到"八九名黑人护卫站成一排，扛着巨大的旗帜，旗杆顶端是大颗的镀金球"。这些布哈里颜色鲜艳的制服是一道亮丽的风景线，不过他们身后跟着颜色更加浮夸的护卫和酋长队伍。走在最前面的是苏丹的儿子们，骑兵在他们两边护卫着。接着是一辆由6名黑人妇女拉着的庄严的带篷马车，一名王宫护卫举着"一面红色的军旗，旗帜正中是半个月亮"。最壮观的是紧随其后的步兵军团，"全部穿着豹皮、虎皮披风"，还有"一群手持长矛和火器的年轻的黑人护卫"。他们一起向天空鸣枪，阅兵场上弥漫着燃烧的火药味。

最后，苏丹亲临广场。他手持火枪，"他的遮阳伞在他头顶不停地转动，黑人护卫为他驱赶着坐骑旁的苍蝇"。他走近站在看台上的斯图尔特和温达斯，举起枪，将枪口瞄准一个站得很近的摩洛哥观众。温达斯惊恐万分，但是在苏丹射杀这个人之前，"护卫抓住并拖走了这位观众，他大概会因行为放肆而被处决"。

穆莱·伊斯玛仪被他最忠诚的骑兵簇拥着，他们穿着"盔甲，一些是全身镀金的，其他的只有头盔镀金"。他们身后跟着一队骁勇的步兵，携带着长矛、军旗、战斧和戈刀。

温达斯惊叹于呈现在他眼前的奇观，这比他在伦敦观看过的任何典礼都要壮观。当苏丹的马匹进入视野后，他更是惊讶，"黄金打造的马鞍上镶嵌着绿宝石和其他宝石，其中有一些宝石非常大"。马匹上都装饰着艳丽的亮片、金银丝制品和绒球，这真是一幅色彩斑斓又花哨艳俗的景观。

游行还没结束，所有的高官就已经离开了，斯图尔特准将也准备走了。一早晨的庆典让他饥肠辘辘，他要去享用西班牙修道院院长许诺的丰盛大餐了。不过很快他就失望了。"院长……确实已经尽力了，"温达斯写道，"但是他的厨师是西班牙人，食物不合我们的口味，而且酒的质量很差。"午饭结束后，游行也到了尾声，斯图尔特和温达斯返回到他们的住所，等待苏丹的召见。

穆莱·伊斯玛仪一直在考虑英国奴隶的事情。他清楚，既然签了和约，就很难回避释放奴隶的问题。他也需要这笔马上就要到达摩洛哥的赎金。但是，当他在宫廷上宣布他想释放奴隶时（他的决定也传到了奴隶营场），他遇到了很多意想不到的抵触。很多梅克内斯的基督徒奴隶——特别是西班牙奴隶——"不情愿这么多的英国人被释放"。他们担心自己将填补英国劳动力的缺失，"做双份的苦工"。

嫉妒心也起了作用。其他奴隶"只能痛苦地看着大不列颠国王如此费心地解救他的臣民于水火之中，而他们自己却被忽略，毫无得到救赎的希望"。他们给苏丹送去一封信，阐释他们的痛苦，出乎他们意料，听说穆莱·伊斯玛仪竟然同意了。苏丹思前想后，非常担心一下子失去几百名泥瓦匠和木匠，于是送信给斯图尔特，勒令他立刻返回英国。苏丹唯一的让步是大使可以带回已经送给他的 9 名奴隶。他突然翻脸，让斯图尔特措手不及。斯图尔特被这种无赖行径气得不轻，特别是他的礼物现在都已经到了苏丹的手上。但是，这种行为对穆莱·伊斯玛仪而言并不鲜见。这位反复无常、行事诡谲的大师十分享受将来访者耍得团团转。

斯图尔特询问摩西·本·哈塔尔的意见，想知道苏丹是否会释放英国奴隶，哈塔尔告诉斯图尔特，最好请苏丹最宠爱的妃子乌默莱兹·埃塔巴（Umulez Ettabba）从中斡旋。斯图尔特按他的话去做，给这位王妃写了封长信。他对事态的转变十分恼怒，这显而易见；他恳求王妃帮忙，请她"再次向皇帝上奏此事，发挥您的优势，这样我也许还能带回我要求释放的奴隶"。

王妃直接找到穆莱·伊斯玛仪，代表斯图尔特准将指责他。她认为苏丹的借口很荒唐，苏丹则说他非常愿意满足大使的要求，而且告诉她，他的宫廷上"从没来过比斯图尔特更公正和充满善意的大使"。他唯一担心的就是不知道囚禁在奴隶营场的英国俘虏的数目，因为很多人已经叛教或是死去了。

在 7 月的第三周，斯图尔特准将收到消息，僵局将被打破。"皇帝召集了所有的英国奴隶在王宫集合，"温达斯写道，"同时派人去请大使。"经历了如此多的延误和波折，斯图尔特担心他会空手而归。现在，形势再次反转，这位准将第一次感到胜利在望。"我们的乐手奏乐走在前面，"温达斯写道，"看到皇帝正坐在门廊下。"

斯图尔特走近苏丹，穆莱·伊斯玛仪爬上马，说道："好啊，好啊。"他像之前一样虚情假意，但是非常礼貌。他就之前的误会向斯图尔特道歉，而且向斯图尔特保证他绝不可能将英国和美洲的奴隶留在梅克内斯。他指着一大群可怜兮兮的奴隶，告诉斯图尔特这是长期可怕的磨难后仅存的奴隶。然后，"他向这些俘虏挥手，让他们和大使一起回国"。

奴隶们都不敢相信他们听到的。他们等待这一刻已经 6 年了，一直祈祷着他们能在病死或者饿死前被释放。他们的一些同伴被苏丹亲手屠杀，更多的人每天被那些凶残的黑人护卫虐待。在他们被俘的这些年里，这些顽强的幸存者送别、哀悼了无数人。船长、雇主和水手，所有人都屈从于艰辛的劳役。托马斯·佩洛那条船"弗朗西斯"号上的人中，有 4 人已经去世，只有刘易斯·戴维斯、乔治·巴尼科纳特、托马斯·古德曼还活着。其他船的船员甚至经历了更多的死亡。在过去的 6 年中，上千名英国水手被抓获，但是活下来的只有 293 人。

穆莱·伊斯玛仪的这些话对聚在庭院中的每个人都意义重大。突然，自发地，"他们所有人都趴卧在地，大呼'真主保佑您的统治'"。他们在尘土中趴了几分钟，每个人都不敢相信自己的囚禁生涯真的结束了。他们经历过太多次虚幻的曙光；现在，终于，他们地狱般的生活结束了。

奴隶们总算站了起来，斯图尔特准将热情地拥抱了他们，他要趁苏丹改变主意前赶快离开梅克内斯。他向穆莱·伊斯玛仪告别，带着这些重获自由的奴隶走向王宫的大门。正在这时，穆莱·伊斯玛仪大呼"他喜欢这位大使和所有的英国人，因为他知道他们也爱他和他的王宫"。他还接着说"他的王宫里将不再有一个英国人，因为不管在任何职位，他都还他们自由"。然后，他大力挥动马鞭，"手持长矛策马飞驰，护卫紧随其后"。

　　穆莱·伊斯玛仪离开后，斯图尔特准将愉快地欢迎这些奴隶并查看他们的状况。他完全有理由庆贺自己的成就，因为他成功地解救了所有被囚禁在梅克内斯奴隶营场的英国和美洲奴隶。但是他没能解救任何后宫的女人——如果她们还活着的话，也没能解救被关在摩洛哥其他地方的奴隶。还有一群人也被忽视了。没有一名英国叛教者被解救，即使这些奴仆中的很多人都是被迫改宗的，而且迫切地想要回到自己的家乡和家庭之中。

　　这些人中就有托马斯·佩洛，他曾担任过准将的翻译和顾问，斯图尔特在梅克内斯期间，他一直伴其左右。令人沮丧的是，确切记录很简略；佩洛"在他的日志中将此事一笔带过"，因为他知道斯图尔特打算记录他这次的任务。但他肯定在"入朝觐见、行为举止、宫廷礼仪和退朝"方面给过准将建议，而且在成功释放奴隶一事上发挥了重要作用。他得到的回报是被命运摆布——被留下应对突发奇想又喜怒无常的苏丹。佩洛心烦意乱，因为他曾希望并祈祷自己被释放。现在他知道，如果他想和彭林的家人团聚，唯一的选择就是逃亡。

第十章

逃亡或死亡

1721 年 12 月 1 日，一个振奋人心的消息在伦敦的大街小巷传开了。一艘船——查尔斯·斯图尔特准将的旗舰——扬帆驶入泰晤士河口，上面载着数百名骨瘦如柴的憔悴男人。

不久后，格拉布街的出版商纷纷猜测，这些人肯定是最近刚从摩洛哥被释放的奴隶。《每日新闻》（Daily News）抢发了头条新闻。他们的一名记者被派往下游核实情况，带回确切的消息：这艘船确实是斯图尔特准将的。他补充说这些俘虏"将在下周一登陆……而且那天全体都会参加从海边到城市的游行"。

市政当局已收到他们即将到达的消息，正精心策划安排庆祝活动。届时会有一个庄严的教会活动，随后是首都街头的盛会。庆祝活动定在 12 月 4 日星期一，而且他们计划举行一上午。实际上，这个庆典持续了更久。

斯图尔特准将全力准备奴隶的归国事宜，庆典注定会喧闹、拥挤，而且很可能行程紧张。回国的奴隶被要求不刮胡子、不洗漱，还要穿着他们离开梅克内斯时就一直穿着的肮脏长袍：斯图尔特希望他们看上去越可怜、越被蹂躏过越好。奴隶的回归为国王和大臣们提供了一个极好的机会来彰显他们在释放奴隶中扮演的角色——尽管作用微乎其微。这些奴隶看起来越悲惨可怜，伦敦的市民就越会感激他们的统治者。

我们无从知道他们经过泰晤士河口被淹没的土地和沼泽时的感受。他们大多不识字，那些会写字的也心情复杂，没空记录他们或兴奋或焦虑的情绪。他们当然渴望与家人团聚，但是也会对即将到来的相见感到担忧——或者害怕。他们不知道他们的妻子和孩子是否还活着，或者家人是否欢迎他们这样疾病缠身、一贫如洗地回来。这些男人不知道他们被解救已经成了英国的一件盛事，一大群人正等着他们的归来。

天气的变化是他们将要到家的第一个信号。梅克内斯的灼灼热浪慢慢让位于来自北海的刺骨寒冷，深蓝色的天空也被铅灰色的云层取代。现在，他们离伦敦越来越近，一阵凛冽的寒风让甲板下的人瑟瑟发抖。斯图尔特准将的船慢慢穿过泰晤士河口浑黄的水域，于 12 月 4 日清晨停靠在伦敦桥下方。

伦敦当局本计划将这些人直接带到圣保罗大教堂，那里将举行庄严的感恩祈祷仪式。但是，沿河两岸围观的人太多，当局决定带他们在首都的大街小巷游行，以便让更多人看到他们。游行的路线穿过伦敦最繁华的街区，在那里，医生和江湖郎中、书商、杂货商、江湖骗子在一起争抢生意。

当天的报纸刊登了一张引人瞩目的快照，展示了这些人在城市中游行时沿途发生的事。在费达巷，外科医生约翰·道格拉斯（John Douglas）正在做一台公开的手术，向大家展示和解释"消除结石的新方法"。他只需要在病人身上使用一把小刀和一个大剪刀，并宣称他的技术是"最安全、最稳妥的操作"。在旁边的阿布丘奇巷，药剂师 J. 摩尔（J. Moore）正骄傲地展示"一条非常宽的蠕虫，长 3.25 码"，它取自一个砖匠妻子的排泄物。她"长时间被严重的昏厥、腹部绞痛和腹泻折磨"，却一直不知道是什么导致她如此虚弱。摩尔的黑色蠕虫粉很快给出了答案。她吃了几勺，这条作恶的寄生虫就被排了出来。

当男人们走近坎农街的人群时，他们看到一个名叫理查德·海斯（Richard Hayes）的人站在讲台上，阐释学习写作和算数的新方法。还有人在指导"意大利语和法语的发音"。红里昂广场正拍卖"去世的军士哈（Hae）"的世俗物件，包括一些精美的瓷器；同时，在圣克莱门特咖啡屋，一些古董书正在出售。所有这些热闹都无法与 293 名病恹恹的可怜奴隶"穿着摩尔长袍"在首都游行的景观相比。人群推搡着想要看清这些手足无措的人，奴隶们很快发现自己被困住，很难向远处的圣保罗大教堂前进了。

这座由克里斯托弗·雷恩爵士设计的大教堂是首都最伟大的建筑物。教堂在 11 年前竣工，白色的石头在冬日微弱的阳光下闪闪发光。具有建筑对称性和巴洛克式圆顶的圣保罗大教堂与梅克内斯形状不规则的清真寺及王宫大相径庭。重获自由的奴隶们被推搡着挤进这座恢宏昏暗的教堂中，里面挤满了市民和商贩，他们聚在此处观看这些奴隶，同时参加为他们回国举办的感恩祈祷活动。很多奴隶在囚禁期间都抱怨他们不能一起做礼拜。现在，不知道他们是否满意这个几乎持续了整个上午的冗长、缓慢而沉闷的祈祷活动。

活动由牧师威廉·贝里曼（Reverend William Berryman）主持，他是伦敦主教的牧师。他不禁就被俘问题做了一场沉痛的布道。"我们现在这个愉快的聚会,"他开始布道,"是为了恭喜你们,我的弟兄们,从异教徒的枷锁奴役中解脱出来。"贝里曼承认,曾经的俘虏现在毫无疑问希望享受"在祖国的自由"。但是他严厉地告诫他们"从此以后加在你们身上的责任"。许多责任与宗教有关,贝里曼给他们讲了很多《旧约》和《新约》的例子。

最后,在这场至少持续了1个小时的布道结束后,贝里曼提醒这些男人他们返回的国度是多么开明。他微笑着告诉他们,他们"再次享受到了英国的空气和自由,远离了那个专横领主的独裁统治"。

这些重获自由的奴隶一定希望圣保罗大教堂的祈祷仪式是今天活动流程的终点。很多人来自英国西南部,急切地盼望回到码头,找艘去德文郡或者康沃尔郡的船。但他们很快就明白,庆典远没有结束。教堂祈祷仪式期间,大量的人群聚集到大教堂外,希望看一眼被赎回的奴隶。此外,国王乔治一世自己也想见见这些男人。据《每日邮报》(Daily Post)报道,这些奴隶被带去圣詹姆斯宫,"感谢国王陛下解救他们"。但他们很快发现道路被堵住了。"因为太多人挤着来看他们,他们不得不分成几路前往宫殿。"这些奴隶一直到最后抵达宫殿时才汇合。

国王的住所——只有极少数人见过——和梅克内斯的王宫规模大不相同。它没什么可吹嘘的外部装潢,外观陈旧破败。"这是大不列颠所有繁华和荣耀之所在,"丹尼尔·笛福写道,"但它确实很破败。"这座宫殿甚至完全不能与经常觐见穆莱·伊斯玛仪的维齐尔和宦官们的奢华宫殿相比。深居简出的国王乔治一世极力避免各种盛大的正式国家典礼场合。每次巡游时,他都绕远路避开

"让人尴尬的场合和拥挤的人群"。有一次，他告诉他的朝臣，要确保"他登陆时或者去伦敦的路上，前呼后拥的侍从越少越好"。

这位远离公众视线的国王的出现让奴隶们有些吃惊。他走出前厅——他通常在那里处理宫廷事务，进入他最喜欢的花园。他找了个舒服的位置，准备好接见他们，然后这些曾经的俘虏就被领进了王宫。"他们一到［圣詹姆斯宫］，就被领进了宫殿后面的花园，国王和王室成员将在那里接见他们。"国王乔治一世很少在公开场合说英语——他对他的法语更有信心，这可能解释了他为何拒绝向这些人演讲。不过，他确实被他们悲惨和贫穷的境遇触动，"救济了他们500英镑"。他家族中的其他成员也纷纷效仿，又捐赠了200英镑。圣保罗大教堂的捐款——共计100英镑——也给了这些奴隶。"相信如果有更多慈善人士和居民能挤进拥挤的人群，我们会募集到更多的捐款。"《每日邮报》感叹道："不过，我们仍希望有意向的好心人继续慷慨解囊。"

接下来的几天中，这些被释放的奴隶成了首都的焦点，他们的精彩故事和对斯图尔特准将如何完成使命的叙述开始出现在报纸上。只有一篇报道提及，至少有一个被释放的奴隶没能返回英国。"据最近被赎回的英国奴隶说，"《伦敦日报》（London Journal）报道说，"他们从被囚禁的国家返航的那天，一个英国俘虏和一个摩尔人因为谋杀罪头上被钉入钉子。"

关于这些人的回国——和他们的奴隶生活——的报道让他们轻松筹集了捐款。除了国王的礼物和在圣保罗大教堂获赠的钱，东印度公司也"向被赎回的英国俘虏捐赠了150几尼（guineas）"。伦敦主教还有几位首都的贵族也捐了款，不多久，总捐款数就达到了 1400 英镑。"他们可以给自己买家乡的衣服了,"《伦敦日报》在他们回来 4 个星期后报道说,"现在他们大部分人受雇于国王或者商人。"它补充说,几位船长"再次获得了商船的指挥权,用以弥补他们被俘期间的悲惨遭遇"。

返回英国几个星期后,这些曾经的奴隶都淡出了公众的视线。美洲殖民地的俘虏前往码头,等待穿越大西洋的船只。他们是否能回家还不得而知。一些英国人决定在公海碰碰运气,其他人则回到了家人和爱人身边。经过 6 年的囚禁和回国后的这场曝光,这些昔日的奴隶都希望重建他们各自的生活。

托马斯·佩洛对斯图尔特准将没有协商他的释放事宜深感失望。尽管这里有他的摩洛哥妻子和女儿,但他仍极度厌恶这片动乱的土地,前所未有地想回到彭布。他曾和极少数依旧与塞拉有贸易往来的英国商人保持着秘密的联系,"尽管非常想尝试,但是我没找到任何机会……让我逃脱"。这些商人和塞拉海盗有些大生意——他们向海盗出售军火,不希望因为帮人逃亡而毁了自己的财路。佩洛总结,与其"做那些愚蠢的尝试,我觉得自己单独行动更好"。

从穆莱·伊斯玛仪眼皮底下逃走是件危险的事情。间谍遍布乡野,而且黑人护卫密切监视着奴隶和叛教者的一举一动。从梅克内斯到达大西洋需要四五天时间,这增加了逃跑的难度。更糟糕的是,许多基督教世界的飞地被穆莱·伊斯玛仪占领了,逃亡者除了前往休达和马扎甘别无选择。

逃亡有最好的季节和时机——在有些时候,梅克内斯的奴隶更有可能溜走而不被察觉。神父巴斯诺曾建议在春分或秋分前后逃跑，"因为这时摩尔人不在田间睡觉，也不用看守谷物或者水果，而且酷热也结束了"。热尔曼·穆埃特补充说，周五是"最合适"的逃亡时机，因为这天奴隶监工和可怕的黑人护卫大都在清真寺。当然了，任何逃亡都需要黑夜的掩护。不会有奴隶或者叛教者胆大或愚蠢到光天化日冒着生命危险逃跑。

到大西洋沿岸的路途漫长而艰辛，所以逃亡者需要在逃跑前的几个月囤积食物。所有那些为了自由奋力一搏的人都知道，沿途不可能得到任何补给，而且他们要依靠野花、昆虫和未成熟的谷物维生。相比于食物，水是个更大的问题，因为从梅克内斯逃走时不可能携带超过2加仑的水。泉水和水坑极少，而且相距甚远，那些水源充足的水域都被当地人使用。许多奴隶祈祷他们逃亡时下雨，但是祈祷很少应验。

逃亡者另一个实用的选择是得到梅塔多（metadore，即专业向导）的帮助。约定好金额，向导就会领着逃亡的奴隶从梅克内斯的郊区逃到最近的西班牙要塞的大门处。向导熟悉地形，并扮成出行的商人，可以避开很多病恹恹孤身逃亡的奴隶会遭遇的危险，但其服务内容很有限。他拒绝帮助奴隶从住所逃脱，也不提供任何食物。他只承诺将逃亡者快速而安全地送到西班牙要塞的大门。"［他们］一般晚上出逃，"神父巴斯诺写道，"……跟随着沿途大量信号的指引，这些信号只有向导知道。"白天，他们躲在森林或山洞中，在那里，逃亡者可以短暂休息一会儿。即使这样，对那些常年饥饿和营养不良的人来说，这也是一趟艰辛的旅程。"没有比这更惊心动魄的旅程了，"巴斯诺写道，"总是半夜行路，途经沙漠和荒无人烟的大山，在无尽的恐惧中仅有一点补给。"

还有一个现实的担忧：向导会抛下或者杀死他带领的奴隶。如果他觉得有一丁点儿被发现的危险，他就会为了自保消失在黑暗中。这样的谨慎不无道理。穆莱·伊斯玛仪很鄙视向导，这些人只要被他抓住，他就绝不留情。巴斯诺知道有两个向导在帮几个西班牙奴隶逃跑时被抓住了。苏丹像往常一样虐打奴隶，但是将怒火全撒到了向导身上。"[他]将这些摩尔人的手钉在新城门上，"这位神父写道，"然后让他们被野兽吞噬。"有一个向导活了三天，"他死后，尸体也被野兽吃掉了"。另一个人成功将手从钉子上拔下，最终被戳刺而亡。

托马斯·佩洛很熟悉这些逃亡故事，而且知道任何尝试都有巨大的风险。他还清楚，除了这些危险，他还要抛下现在已拥有的这些特权。更加让他不舍的是，他再也不能见到他的妻子和女儿了。但是他太渴望逃离摩洛哥了，他觉得自由的机会——不管多么遥不可及——比其他任何事情都重要。

作为一个叛教者，他比关在梅克内斯的欧洲奴隶更有优势。他阿拉伯语出色，完全可以冒充成出行的商人，而且可以选择最佳时机逃亡。多数逃亡者都会小团体行动，但是佩洛觉得独自一人出逃成功的可能性更大。

最近他在阿古里供职，那里距梅克内斯20英里。他决定前往马扎甘的葡萄牙驻军处，那里过去很欢迎奴隶和叛教者。他没怎么提及他从阿古里出发的细节，甚至忘记记录日期，不过他到海岸这段行程没遇到什么困难，也没被察觉。他只花了三天半的时间就到达了大西洋沿岸海风猎猎的盐滩，很快，他看到了远处马扎甘的城墙和堡垒。"接下来的第四天晚上，"他写道，"我安全到达，距离城堡城墙不到 100 码……我高兴得无以言表。"

佩洛几乎难以相信他从阿古里一路行来竟如此容易。他成功躲过了苏丹的眼线和情报网的侦查，而且在穿越摩洛哥的行程中几乎没有遇到任何困难。现在，他距离马扎甘的城墙已经如此之近，以至他能看清每个砖块。他站在了自由的门槛上，现在唯一需要做的就是爬上城墙，向马扎甘的葡萄牙总督投降。

但是，他出逃的好运很快就终结了。他在黑暗中寻找攀爬城墙的最佳地点，不料"被 4 个摩尔人抓住了，他们那天晚上本是在花园行窃，但被葡萄牙哨兵发现了"。待佩洛看到他们，为时已晚。"夜晚漆黑一片而且海风呼啸，他们在两个花园墙壁之间的一条狭窄小道上狂奔，刚好和我碰上，而且他们先抓住了我。"这时情势危急，但并非无法挽救。佩洛会说阿拉伯语，本可以赶快瞎编个故事糊弄过去。但是他"不凑巧犯了个错误"。他以为这些人是葡萄牙人，于是便告诉对方自己是基督徒，想要逃跑。

他马上意识到自己酿成了大错。摩尔人几乎不相信他们竟歪打正着，遇到了一名逃亡者，连忙紧紧抓住了倒霉的佩洛。"我很快就被他们带回看守处关押起来，第二天早晨被一个更强壮的护卫带去艾宰穆尔。"他的看守丝毫不怜悯他，并且嘲笑他即将被处决。"被他们残酷对待后，"佩洛写道，"我被带到了他们的指挥官西·穆罕默德·本·奥斯曼（Simmough Hammet Beorsmine 或 Si Mohammed ben Othman）面前。"

没有该城总督的授权，这位指挥官无权处决任何奴隶，而总督现在正在梅克内斯拜见苏丹。于是指挥官"命令摩尔人将我关进监狱等他回来，告诉他们我会被严厉惩罚"。

抓住佩洛的人对指挥官的态度感到困惑。他们坚持说他不需要总督的同意就可以直接处决这个被抓的逃亡者，而且提醒他佩洛"是基督徒，正想方设法逃回基督教世界"。他们的话最终起了些作用。虽然这名指挥官不同意马上将佩洛送上绞刑架，但他向摩尔人保证，佩洛的日子屈指可数了。"最终，总督和他们达成一致，"佩洛写道，"我将被关押至下一个赶集日，那时我会在集市上被处死。"指挥官告诉他们说，4天后就是赶集日，"那时周围百姓对市场行刑习以为常，常前来围观处决"。

听到这些话，佩洛恐慌至极。他在很多场合见识过暴民的力量，而且知道活下来的概率几乎为零。他差一点儿就逃亡成功了，"现在，就像大家会想到的那样，痛苦万分"。他只能祈祷他的处决能迅速而且没有痛苦。

佩洛被一队护卫带走，"为了更好地看住我，我直接被一群嗜血的恶棍带走，被扔进一个又深又黑的地下牢房"。他们说给等待死刑的囚犯食物是浪费，佩洛被关押时"除了面包和水没有任何吃的"。因此，当指挥官的随从在第一晚端着一碗肉过来时，他受宠若惊。更让他困惑的是，这个仆人跟他透露了一个秘密消息，也就是指挥官的口令，大意是"我不必担心自己会置身于暴徒的危险之中，因为他认真考虑过我的情况……而且会把我从愤怒的暴徒中解救出来，即使这会危及他自己的性命"。仆人没有解释这位指挥官为何会做出这样不寻常的决定，佩洛也不知道这是不是真的。但是这个仆人每天来两次，每次都带来食物和相似的信息。

随着周四赶集日的临近，佩洛越来越紧张。"他（那个仆人）

在那天早晨给我送来早餐（但我一点儿胃口也没有），让我不要担心。"他向佩洛保证，指挥官会把他和愤怒的暴民隔开。

尽管佩洛很想相信这个人，但他感到他只是在乱抓救命稻草。"这是一个异教徒的承诺，"他写道，"而且是二手的信息，这就更不可靠了。"他害怕得要死，"10点钟，这些嗜血的恶棍过来，将我拖出地下牢房，穿过街道到达市场"。

发现自己"被一个傲慢的暴徒领着"，他越来越惊恐不安，"不安随着行进越加强烈，到达市场时，那里挤满了野蛮人，他们想围观一个无辜的基督徒被血腥处决，我快要被吓死了"。当佩洛看到那位承诺救他的指挥官西·穆罕默德站在城里的刽子手旁边时，他最大的恐惧被证实了。"无法抑制地，"他写道，"我一看见刽子手手上那把长长的屠刀，就被巨大的恐惧攫住。"尽管指挥官承诺会阻止即将到来的行刑，但佩洛"很怀疑他的权力是否足够救下我"。

人群越来越喧闹，佩洛的囚禁生涯迅速在他眼前闪过。他认为没人能救得了他了，恐惧地看着刽子手做着行刑前的准备工作。"现在［他］右手已拿好刀，左手握住了我的胡须，这样能在割断我的喉咙时更好地固定住我。"佩洛缩成一团，等待着预料之中的疼痛，对着咆哮的暴民闭上了眼睛。一秒钟过去了，然后又是一秒钟。突然——毫无预兆地，周围的声音有了明显的变化。人群不再兴奋地欢呼了。相反，他们发出愤怒的吼叫。

佩洛睁开眼睛，被眼前的景象惊呆了。指挥官穆罕默德站在他身旁，拼命地对刽子手打手势。"我的守护天使，"他写道，"走上前，从刽子手手中取走了刀。"佩洛注意到，他打断得太及时了。"如果他在那一刻没那样做，刽子手就会，毫无疑问……取走我的性命。"

指挥官的意外干预激起了围观人群的愤怒，他们来看血腥的处决，却被欺骗了。"现在，暴民们正激烈地争论，"佩洛写道，"关于我是否应该被处决。"但是，他很快就在指挥官穆罕默德的干预下被奇迹般地暂缓死刑，指挥官的支持者在市场上大呼，要求立刻释放佩洛。

佩洛不理解这位指挥官为何会支持他的逃亡，而且也无法完全知道他行为的原因。不过佩洛似乎成了该城长期派系斗争中的一枚棋子——指挥官穆罕默德不惜一切代价要取得胜利。救佩洛违背了暴徒的意愿，他在这件事上显示出他的权威凌驾于对手之上。

佩洛仍然不安全。他被送回地下牢房，人群依旧嘲笑他，下个赶集日一定是他的死期。但是指挥官穆罕默德"告诉［我］不要担心"，而且跟佩洛保证，他会在总督返回后尽快释放他。即便如此，距离佩洛最终被释放并离开艾宰穆尔还有 2 个月。"在阳光灿烂的一天，［他］将我从肮脏的监狱放出来，放我自由地离开。"

佩洛前往阿古里的驻地，没再遇到任何波折。他为何没继续逃亡仍是个谜。在他对这件事情的记载中，他说他不愿意违背他对指挥官穆罕默德及其随从的承诺。"因为我以自己的名誉向他们承诺过，我将再次返回阿古里，"他写道，"我也这样做了。"他在消失 4 个月后回到了城堡，预计自己会被严厉地惩罚。但是跟随他的士兵和他的指挥官都绝口不提他的逃亡。"我万分惊讶，"佩洛写道，"皇帝对我的逃亡只字不提。"唯一合理的解释是，穆

向四处延伸的梅克内斯宫殿完全是由奴隶建造起来的。苏丹每日会视察奴隶的工作。

许多善款募集者为巴巴里奴隶奔走；这幅画收录在1688年出版的《伦敦的哭泣》中。

1719 年，一份在摩洛哥的幸存英国奴隶的名单被送到了伦敦。这份名单上第 8 个名字是"佩洛，男孩，转化为摩尔人"。

奴隶被迫戴着沉重的铁链。一个在塞拉的被俘者说，他的脚镣有 50 磅重。

欧洲的神父多次尝试赎回奴隶。苏丹欣然接受他们的礼物，但很少释放被俘者。

乔治一世国王拥有一支规模庞大的海军，就像图中他的肖像四周环绕的，但这支海军在解决塞拉海盗的问题上不起作用。

1717年，内阁大臣约瑟夫·艾迪生试图解救英国奴隶。他的大使冒犯了苏丹，结果这项任务失败。

海军准将查尔斯·斯图尔特温文尔雅，器宇轩昂；他在和穆莱·伊斯玛仪打交道时技巧娴熟。他的右手在一次与法国人的海战中被打掉了。

穆莱·伊斯玛仪轻慢地对待外国使节。他发表了关于伊斯兰教的长篇演讲，而且为了教导来访者，他还实施了公开处决。

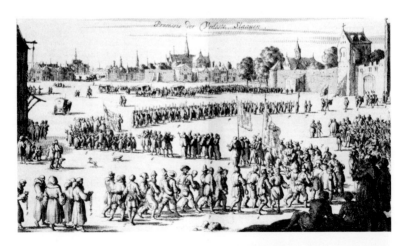

获释的奴隶在回国时参加了胜利游行。1721年，成千上万名伦敦人争相去看被释放的英国奴隶。

逃跑的奴隶面对着很多危险：告密者、黑人护卫、缺水问题。野生动物也是一个威胁；这两名逃跑者正在杀死一头睡着的狮子。

乘船出逃的奴隶要仰赖风和天气。威廉·奥克利和其他人（如图所示）造了一艘小帆船，驾船前往马略卡岛。佩洛也希望坐船逃走。

爱德华·珀柳爵士以压倒性的火力轰炸阿尔及尔。这个曾经伟大的城市沦为废墟，在任总督向珀柳求和。

阿尔及尔总督向珀柳投降，释放了所有被俘者。这标志着白奴制度的结束。

梅克内斯宫殿残损的城墙显示出了苏丹的建筑工程的规模。它们在1755年的地震中严重受损。

这条长长的小路（旁边是宫墙）是穆莱·伊斯玛仪喜欢乘坐他的战车经过的地方；战车由他的妃嫔和宦官们拉着。

苏丹的巨大的粮仓现在是一片废墟。据说它大到可以容纳整个摩洛哥一年收获的粮食。

穆莱·伊斯玛仪坟墓的看守展示摩洛哥现任国王是如何从同一个阿拉维王朝传承下来的。

现在，你几乎可以在塞拉的克比尔市场上买到任何东西。但是 3 个世纪前，这个市场上售卖的唯一一种商品是欧洲奴隶（价格是每名 35 英镑）。

莱·伊斯玛仪不知道他逃亡过。

佩洛的逃亡差点儿让他丢掉性命，他非常幸运地未被处决。换作是一般人可能会放弃逃离摩洛哥的所有希望，但是与其在奴役中度过一生，佩洛宁死也要再次尝试。"尽管刚奇迹般地从艾宰穆尔血腥的屠刀下死里逃生，"佩洛写道，"……但我逃亡的决心更彻底了。"

不过，他第二次追求自由的逃亡是在几年后。具体的日期不太清楚，佩洛在内乱时期的记录显示，大概是 1728 年或 1729 年。能确定的是，他决定和同为英国叛教者的威廉·赫西（William Hussey）——"一个德文郡人"——合作逃亡，他知道赫西"非常可靠忠诚"。然而，他第一次和赫西谈论这个话题时依旧十分谨慎。"现在，威廉，听我说，我希望你真诚地回答我的问题。"佩洛告诉赫西自己想逃亡，问他愿不愿意加入。赫西赶紧抓住这个机会，向佩洛吐露"这是他灵魂长久以来渴望的事情，而且他已经准备好了，即使流光自己的最后一滴血也要试一试"。

他们前往塞拉，开始沿着海岸线四处搜寻适合逃亡的船。佩洛放弃了他原来在葡萄牙驻地寻求庇护的想法，而且认为等待英国商船出现在港口是毫无意义的。相反，他的计划是偷一艘船，开着船去英国在直布罗陀的驻地。"现在我目不转睛地紧盯着海港里的船，同时盘算着……还能获取什么其他的帮助以确保安全。"

在抵达塞拉的第一个早晨，佩洛和赫西得到了一个意想不到的逃跑机会。他们发现海港里有一艘抛锚的单桅帆船，看起来很适合用来逃亡，而且佩洛结识了船上的两名摩尔水手。他跟他们说，如果他们喜欢的话，他可以给他们带些酒，水手立刻高兴地邀请他上船。佩洛乘着划艇靠近帆船时，他告诉他们，他"是皇帝手下的士兵，[而且]担任重要职位"。登船时，他一直不停地跟他们聊天，但同时"观察着帆船的规格，这是帆船公司（sails & co）的船"。他越来越兴奋，意识到这是逃亡的完美工具。"现在我的心要燃烧起来了，"他写道，"一想到我下面该如何行事，血管中的每滴血就都沸腾了起来。"

佩洛回到岸上，告诉赫西，他相信他们能驾着这艘单桅帆船逃跑。"我毫不怀疑，"他说，"只要我们谨慎行事，[这艘船]不仅能实现我们的愿望，甚至能让我们毫发无伤。"只有一个困难需要解决。这艘帆船至少需要三名船员，佩洛问赫西他能不能想到"第三个值得信赖的人，因为两个人无法驾驭这艘船"。

赫西确实有一个人选。他曾和英国叛教者威廉·约翰斯顿（William Johnston）一起服役，这个"肯特郡人"现在正驻扎在塞拉。约翰斯顿和佩洛是于同一个夏天在海上被捕的，不过他是在里斯本到阿姆斯特丹的航程中被捕的，而且已经自愿改宗伊斯兰教——他是所在船上唯一一名叛教的船员。"我不能完全肯定他值得信赖，"赫西提醒说，"不过我从没听到过关于他不可靠的传言。"这两人小心翼翼地接近约翰斯顿，而且高兴地发现他"非常想逃跑"。没有再费周折，这三个叛教者开始制定策略。

他们计划给看守这艘船的那两个摩尔人送去一桶白兰地，劝他们多喝些酒。当他们烂醉如泥无法反击时，佩洛和他的朋友们就夺下这艘帆船，静悄悄地溜出海湾。然后他们就向北驶向直布罗陀，他们很确信几天内就能到达。

他们决定立即将这个计划付诸行动。佩洛又一次去跟守卫聊天，并再次跟他们套近乎，说："如果你们明晚10点过来，我就在这里见你们，给你们多带些白兰地、糖还有柠檬。"摩尔人再乐意不过了，然后佩洛问他们是否介意他带上"我的同伴，和巴巴里人一样忠诚，然后我们一起去船上尽情狂欢"。

这三个英国男人一整天都兴奋难安。他们胜券在握，因为这两个看守已经被证实是酒鬼。不过他们也紧张难安，知道一旦任务失败，他们就会被处决。

"我们计划好了出逃的所有细节，"佩洛写道，"例如两把布兰迪公司（brandy & co）的手枪。"尽管没有航海图和导航设备，但他们也不太担心。他们知道可以沿着大西洋沿岸一直开到斯帕特尔角——地中海的入口，然后利用星星的方位向东北行驶，穿过短但危险的直布罗陀海峡。

那天晚上10点，三个人下到了海滨。佩洛高兴地看着帆船的小划艇慢慢接近，准备带着他的朋友上船。但是，威廉·约翰斯顿突然——而且是毫无预兆地——反悔了。"出乎我的意料，"佩洛写道，"［他］告诉我们，他今天绝不会逃走。"

佩洛和赫西吓了一大跳。划艇很快就要靠岸了，没时间再询问原因了。佩洛和赫西都意识到，他们别无选择，只能放弃出逃计划，而且担心约翰斯顿现在就会出卖他们。他们当机立断，走向水边，让约翰斯顿躲起来。他们告诉摩尔人："我们很确定有人在监视我们，只能将上船的日期推迟到明天晚上。"因为他们仍希望自己能借着帆船逃走，不想引起摩尔看守的怀疑，所以他们说"为表歉意，我们给你们带来了几瓶白兰地、糖和柠檬"。两个摩尔人看起来很高兴，"愉快地告诉我们，他们会回到船上，喝酒并遥祝我们健康，而且我们可以明天晚上再等他们过来"。

摩尔人一离开，佩洛和赫西就去找约翰斯顿算账，生气地告诉他，"他这样做对我们和他自己都不好"。佩洛补充说，他毁掉了一次绝好的逃亡机会。"如果他像他承诺的那样坚定，"他说，"我们本可能安然登陆某个基督教海岸，远离摩尔的统治。"让这两个男人更愤怒的是，这艘帆船装满了枪支、蜂蜡和铜，"价值高达五六千英镑"。他们到达直布罗陀后，这样的一艘货船将是一笔巨额的财富。

约翰斯顿也毫不妥协。事实上，他对佩洛和赫西同样愤怒。再三考虑了这个逃亡的主意后，他认为这是件愚蠢的事情。他还花了很多时间思考他是否真的想要逃走。在英国，他既没钱也没前途，将重新过上赤贫如洗的生活。但在摩洛哥，他有免费的食物，还有一个职位——苏丹的步兵。他高傲鄙夷地告诉佩洛，"他再次深思熟虑后……发现自己对逃跑这件事情的看法和最初非常不同"。他说他觉得他们的计划只不过是"脑海中一时的愚蠢念头，[而且]无法执行"。然后他声称，如果他们两个坚持逃跑，他会告诉塞拉总督。

佩洛惊恐万分，因为他知道，这会立刻要了他的命。他问约翰斯顿，他是不是认真的，这个叛教者愉快地说，是。佩洛听到这话，完全无法控制愤怒。"[我]实在受不了他了，"他写道，"于是直接拔出剑，在他脸上划了一道深深的伤口"。没杀了约翰斯顿真是糟糕，"因为我给了他这一剑后……他直接去向总督报告了"。约翰斯顿决心报复，揭露了两人逃跑计划的每个细节。

塞拉的总督震惊于这些奴隶竟试图从他眼皮底下逃走，马上命人将佩洛抓来。"他凶狠地看着我，"佩洛写道，"阴沉地瞪着我，[他]告诉我，他没想到我竟是这样一个混蛋。"总督表扬约翰斯顿举报他之前的同胞，还警告佩洛，如果他不能给自己的行为做出合理解释——他认为不太可能，他将"得到与自己可耻行为相匹配的惩罚"。

佩洛已经想过怎样最好地为自己开脱。他告诉总督，约翰斯顿在说谎，而且说他能证实这一点——但是只有约翰斯顿在场才可以。总督很乐意看到两个英国人互相指控求生，命人马上将这个叛教者带过来。

约翰斯顿先发言，重复了佩洛出逃计划的细节。不过轮到佩洛说话时，他讲述了一个完全不同的故事。他说是约翰斯顿最先提出逃跑的主意，他"从很久之前就一直引诱我加入"。佩洛火上浇油，告诉总督约翰斯顿如此执着地想要逃跑，以至他唯一的办法就是用剑刺他。"[因为]他如此冥顽不灵，"他说道，"我才砍了他。"

总督半信半疑地听完佩洛的故事，不过他的疑虑在佩洛坚持他有一名证人可以证实这件事后稍有降低。这名总督立刻召见了威廉·赫西并仔细盘问他。

赫西立刻意识到，他的生命——和佩洛的生命——都危在旦夕。他准备了一套完美的说辞，告诉总督，要不是佩洛用剑砍了约翰斯顿，"他精心设计的骗局就成功了"。当被要求进一步解释时，赫西给出了致命的一击。他说："很长时间以来，虽然约翰斯顿多次纠缠，我都没有考虑跟他一起逃跑。"他补充说，约翰斯顿多次向他保证，佩洛也打算逃跑——他觉得这一点很难让人相信。"关于这点，先生，我必须承认我非常吃惊，"他说，"我一直觉得佩洛非常享受当下的生活。"

总督专注地听完了赫西的故事，开口前想了很久。最终，他不悦地看向约翰斯顿，告诉他"他无法相信他竟敢撒出如此弥天大谎"，并补充说，如果不是因为赫西为佩洛作证、辩护，"[他]很可能已经杀死了这个无辜的人"。然后他下令将约翰斯顿监禁起来，告诉佩洛和赫西他们可以走了。

这两人几乎不敢相信，他们匆忙捏造的故事竟让总督相信他们是无辜的。特别是佩洛，再次幸运地虎口脱险——他的急智和雄辩使他免于严厉的惩罚。他仍然为约翰斯顿毁了这次逃离摩洛哥的绝好机会而感到生气。但他也对约翰斯顿必会受到的惩罚感到愧疚，请求总督原谅约翰斯顿。他还贿赂了总督40达克特，"是我这么长时间攒下来的"，说他希望这些钱能让约翰斯顿早点被释放。

威廉·约翰斯顿的背叛对佩洛影响深远。这提醒了他试图逃离摩洛哥的巨大危险，使他清醒地认识到他已经两次赌上了自己的性命。他发誓将来要更加小心，而几年之后，他才又一次鼓起勇气，为了自由不顾一切地做出最后一搏。

第十一章

血腥的夺位

距离斯图尔特准将成功完成梅克内斯的出访任务已经两年了，但是没有迹象表明苏丹打算释放其他的欧洲奴隶。宏大的王宫建筑工程仍在快速进行，成千上万名俘虏仍在漫无边际的城墙和防御墙上辛苦劳作。在这段时间内，奴隶人口的数量如潮水般波动。新的船及船上被俘的船员不断地被带到塞拉，为穆莱·伊斯玛仪补充新奴隶。但很多被囚禁在梅克内斯的奴隶选择了叛教，背弃了他们之前的同伴。那些被留在奴隶营场的奴隶只能期待和祈祷自己国家的政府会派使团来与苏丹谈判。

1723 年，一些奴隶的祈祷似乎得到了回应。在这年 10 月一个阳光灿烂的早晨，一群法国神父从得土安海湾赶来。神父让·德拉费伊和他的同伴带着昂贵的礼物和赎金在摩洛哥登陆，希望他们能复制斯图尔特准将的巨大成功。他们充满乐观主义精神和高昂的斗志，对买回所有被囚禁的法国奴隶信心满满。

在穆莱·伊斯玛仪统治的早期，法国派过很多使团前往梅克内斯，每一次都成功解救了几百名被奴役的同胞。但是苏丹近几年愈加难对付，因此这些神父将他们所有的资金都用于释放阿尔及尔、突尼斯和的黎波里的奴隶，在这些地方，他们成功的机会更大。现在，人们都惦记着英国的成功，神父让和他的同伴觉得是时候再次与穆莱·伊斯玛仪谈判了。

他们到达得土安时没有受到像对斯图尔特准将那样隆重的欢迎。当地总督哈迈特帕夏坚持查看神父让的礼物，然后粗暴地告诉他，箱中的彩色瓷器和金缕衣不合适。他被神父让的态度冒犯，将他的几名法国奴隶关进当地监狱，以示不满。神父让去看望这些奴隶时震惊了。他写道："这座监狱的潮湿、恶臭和大量的寄生虫足以在短时间内杀死他们。"

虽然食物和补给品短缺，神父们仍决定继续前往梅克内斯。"自我们从得土安出发以来，"神父让写道，"就再没见到过一滴清水。"尽管他和同伴在桶里盛满了河水溪水，"但由于不是活水，水都发臭了，而且浑浊，满是蠕虫和昆虫"。

多数出访的要员抵达摩洛哥首都时都多少受到了尊重。但是神父让·德拉费伊和他的同伴从一开始就没得到多好的待遇，他们的住宿环境比奴隶好不了多少，"只能从接待室房顶的天窗看到阳光"，神父让写道。他不知道苏丹怠慢他们的原因。可能是因为苏丹后悔释放了英国奴隶，不过，也有可能只是因为苏丹阴晴不定的性子。

在梅克内斯度过几晚后，神父们在住处惊讶地听到了敲门声。几个法国俘虏贿赂了守卫，从奴隶营场出来欢迎他们。"我们一看到他们可怜的境况，"神父让写道，"同情心就将见面的喜悦变成了痛苦。"我们为俘虏的悲惨生活痛哭不已，想要整夜为他们祈祷。但是这些人必须赶快返回他们的住处，因为他们害怕被发现。"我说了些勉励他们的话，希望他们保重，然后他们就离开了。"

那天晚上晚些时候，神父让给了这些奴隶一小包钱币，让他们贿赂守卫多给他们些口粮。

几天之后，神父让和他的同伴才被准许去看望奴隶营场的法国俘虏。他们对那里的境况感到震惊，强忍着泪水听奴隶讲述他们的悲惨故事。男人们抱怨艰苦的劳作如同酷刑："工作从早到晚没有休止，不论大雨还是炎热，没有一点儿喘息的时间。"神父让还了解到，国籍对奴隶的待遇没有任何影响。他同荷兰、葡萄牙、热那亚、西班牙的奴隶交谈，所有人的境遇都相似。他还被告知，女性奴隶受到了更残酷的对待。一个拒绝改信伊斯兰教的女人遭受酷刑折磨，伤重而死。"黑人守卫用蜡烛烧她的乳房，极其残忍地将融化的铅灌进她身体的不可言说的隐秘部位。"

神父让在宫廷等了几天，得到通知说苏丹打算见他。这是他到达摩洛哥后收到的第一个好消息，他急忙开始准备礼物：两面大镜子、一把镶嵌金银的猎枪、金色织锦和三箱彩色瓷器。随后他前往王宫，穆莱·伊斯玛仪正等着查看他的礼物。

苏丹的苍老——他已经76岁了——终于开始显现出来了。他身体佝偻，头不停地晃动着，他锐利的黑眼睛——一直很小——深深地陷入眼眶中，这让他的厚嘴唇更加突出了，"即使在他不说话的时候，舌头也总是伸出来，这意味着他不停地在流口水"。但他依旧气势逼人，身边围着一圈趋附的仆人。"我注意到，当苏丹想要吐痰时，"神父让写道，"他最宠信的摩尔人便上前用纸巾接住。有一个人用手接住，然后将它擦在自己的脸上，好像那是珍贵的药膏。"

神父们很快注意到，穆莱·伊斯玛仪穿着黄色的衣服，这是他杀戮时穿的颜色，"这预示着他将要下令执行处决"。他们没等太久就目睹了这场血腥的杀戮。4个罪犯被带入庭院，苏丹下令将他们割喉。他们乞求苏丹的怜悯，他将死刑暂时减为残酷的杖刑。他们每人被打了300下，还被抛掷了3次。随后，他们被五花大绑着处决了。

这样的景象让神父们心惊胆战，觉得不适和眩晕。穆莱·伊斯玛仪坚持站在正午的烈日下，神父让形容日头"非常毒辣"，这让本就虚弱的他们情况更糟。但是神父让不敢抱怨，最后终于得到机会，开口协商奴隶的释放问题。

神父让震惊地发现，奴隶营场里只有130名法国俘虏，比他期望找到的人数要少很多。死亡和疾病已经夺去了许多人的性命，更多的人为了解脱选择了叛教。幸存下来的少数人被囚禁了很多年。61岁的热尔曼·卡弗利耶（Germain Cavelier）已经度过了40年的奴役生活。尼古拉·菲奥莱（Nicolas Fiolet）成为奴隶38年了。其他人也都至少在奴隶营场度过了他们一生2/3的时光，但他们从没放弃自己有天会被解救的希望。

神父让很快意识到，穆莱·伊斯玛仪不想以自己当前能支付的价格释放奴隶，他要求每个俘虏300比索，而且不接受用昂贵的礼物抵销部分赎金。神父们和他讨价还价，并对这个专横年迈的统治者越发愤怒。他们非常生气，告诉苏丹他们唯一的愿望就是"一场合理的交易，用我们的钱赎回一部分奴隶，如果不能买回全部的话"。

但是时间不等人。很多奴隶已经危在旦夕，神父们眼睁睁地看着一个叫伯特兰·马西翁（Bertrand Massion）的奴隶因奴隶监工的责打受伤昏迷，却无能为力。"他已经遭受过多次鞭子和棍棒的折磨，"神父让写道，"我看到他的身上伤痕累累。"他还受过刀伤，"头上经受过铁钳的折磨"。马西翁从未尝到他渴望已久的自由的滋味。在忍受了35年的奴役生活后，他死在了奴隶营场的小医务室里，死时仍是一名奴隶。

神父让花了几个星期与穆莱·伊斯玛仪协商，但是现在他意识到所有的努力都是徒劳的。苏丹同意释放15个年龄最大的奴隶，作为对礼物的回馈，但是他坚决拒绝释放剩余的人。神父让非常不情愿，但只能心情沉重地承认失败。11月11日，他最艰难的时刻到了。"我们去［奴隶营场］向依旧被囚禁在里面的奴隶告别，"他写道，"我们劝他们坚守信仰，鼓励他们相信其他的神父会在更合适的时机再过来。"

神父让认为自己的任务失败了，而且对没能成功感到十分自责。尽管他劝说穆莱·伊斯玛仪多释放了2个奴隶，共带回了17人，但这并不是一个能让他骄傲的成就。"17人远没有达到我想解救的奴隶数目。"他写道。神父们决定前往阿尔及尔，他们对从那里成功解救奴隶更有信心。但是，他们遇到了一个非常固执的执政总督，只成功解救了47个奴隶。这是个非常令人失望的结果，不过神父们还是决定在返回法国后，为这些被释放的奴隶大张旗鼓地举行游行。这虽然不是像斯图尔特准将返回英国那样的巨大胜利，但是这些蓬头垢面的奴隶在法国北部村庄游行的场景也足以让很多人潸然泪下。

苏丹的反复无常使西班牙神父不想派遣使团去摩洛哥了，他们意识到赎回西班牙奴隶的机会微乎其微，这些奴隶只能听天由命了。想赎回奴隶的神父决定改去突尼斯和阿尔及尔，那里的奴隶数量仍多达 2.5 万名。在 1722—1725 年的三次出访任务中，神父加西亚·纳瓦拉（Father Garcia Navarra）成功解救了 1078 名奴隶，但是他不满总督坚持让他同时买下天主教徒和新教徒。当这位西班牙神父无礼地回答说后者是异教徒，因而不受欢迎时，总督愤怒地爆发了。"我的想法，就是上帝的想法，"他生气地说，"西班牙国王最好也这样想。"

斯图尔特准将离开摩洛哥前的最后几件事情之一就是劝说哈菲尔德领事留在这个职位上。哈菲尔德非常不情愿，但是被准将的非凡魅力降伏了。他又和贫困抗争了 4 年，但到了 1726 年的夏天，他陷入了绝望。他的保险箱再次空了，而伦敦没有一个人关心此事。在塞拉海盗拖着更多的英国船只，带着奴隶胜利回到梅克内斯时，哈菲尔德决定辞职。他再也无法面对外交无能的耻辱了。

接替他的是约翰·罗素（John Russell）。罗素在 1727 年的春天到达摩洛哥，想直接去宫廷觐见穆莱·伊斯玛仪。不过，他和苏丹的会面注定不会发生。3 月末，可怕的谣言开始在宫廷内流传。谣言很快被证明是真的。

穆莱·伊斯玛仪在几个月前生病了，他的近臣很快意识到，他不会痊愈了。苏丹命医生全力医治，然而他们的灵丹妙药和药剂没能让他恢复，他越来越沮丧。"他临终前的瘟热令人作呕，以至即便喷了很多香水，也没人能忍受他房间的气味。"陪同领事罗素出使摩洛哥的约翰·布雷思韦特这样写道。穆莱·伊斯玛仪虽然身体衰弱，但仍像以前一样精力旺盛，他将他的妃嫔都召来减轻他的痛苦。"他为了康复，"法国人阿德里安·德马纳特（Adrian de Manault）说，"要求做出这样令人恶心的行为，我们都耻于提及。"

他死得猝不及防。他苍老的躯体已经饱受疾病的折磨，这时他"肚子下部感染了一个坏疽"。这让他无法移动，宦官主管意识到他大限将至。3月22日，"当宣礼员召集信徒进行午时祷告时"，伟大的穆莱·伊斯玛仪最终去世了。他享年80岁，统治摩洛哥长达55年。

苏丹的廷臣都没记下他临终前咕哝了些什么，因此无从得知他离世前是否头脑清醒。在执政期间，他见证了数千名男女的死亡，其中很多人是被他亲手杀死的。他下令将无数廷臣拴在骡子后拖曳至死，诛杀了大量的王宫侍卫。他处死了几个儿子，令他的许多妃嫔残疾。至少有两个臣民被锯成两半，大量的酋长和军官被挖去眼睛、砍断四肢。但是穆莱·伊斯玛仪对他的奴隶最为轻蔑，他们被残杀、被折磨，躯体残破不堪，病骨支离。

毫无疑问，幸存者听到苏丹的死讯会很高兴，但是消息从王宫内部传出来已经是两个月之后了。据那时在蒂姆纳城堡的托马斯·佩洛说，保守这个秘密是"为了国家的稳定"。约翰·布雷思韦特的记录提供了更多关于苏丹死亡的细节。他说穆莱·伊斯玛仪自己曾要求隐瞒他的死讯，以防止每任苏丹死后都会爆发的抢掠和暴力冲突。王宫常遭到搜刮和洗劫，相互竞争的争位者为争夺王位而召集军队。

穆莱·伊斯玛仪希望确保他选定的儿子即位，他让少数几位他临终前接见过的廷臣发誓，他去世的消息绝不会传出去。朝廷必须继续正常运转，制造穆莱·伊斯玛仪仍然活着的假象。苏丹的酋长——不知道苏丹死了——继续在宫中受到接待，就像什么事情也没发生一样。尽管他们见不到苏丹，但他们的礼物被宦官主管接收了。信使来来去去。命令以苏丹的名义下达。整整 8 个星期过去，除了宫廷要员，没有任何人知道苏丹去世了。

穆莱·伊斯玛仪最初选择了阿卜杜勒-马利克（Abdelmalek）做他的继承人。但是阿卜杜勒-马利克的不服管束激怒了他，他便将王位传给了另一个儿子艾哈迈德·达哈比（Ahmed ed-Dehebi）。艾哈迈德被秘密告知了父亲的死讯，急忙赶往梅克内斯，以暗中交接权力。阿卜杜勒-马利克对此并不知情，但是他对他兄弟的动向越来越疑心。他相信一场宫廷阴谋正在发生，想强行进宫揭开真相。当他被父亲的廷臣赶出去时，他知道出了大事。

宫廷内部圈子现在意识到，这个谎言再也无法维持了，特别是梅克内斯这时已经是谣言满天飞。布雷思韦特写道："有段时间没看到苏丹，那些心存疑惑的人便开始嘀咕。"他接着说，大批人开始聚集在王宫大门外，"气势汹汹地要见他们的国王"。

宦官主管认为是时候宣布艾哈迈德·达哈比为苏丹了，并决定以一种戏剧化的方式公布。他散布谣言，说穆莱·伊斯玛仪已经差不多康复了，而且马上要去附近的圣城穆莱伊德里斯访问。"据说那天，一辆被遮挡起来的四轮大马车载着国王，在全体朝臣的簇拥下前往那里。"路上挤满了围观者，在马车经过时趴下行礼。他们都相信伟大的穆莱·伊斯玛仪身体健康，想在这位高寿的国王抵达圣城时看上一眼。"马车到达时，"布雷思韦特写道，"人们争先恐后地想瞻仰他们被遮住的国王。"他们大喊着他的名字，请他踏出马车。有几分钟的时间，廷臣们趴在地上行礼。护卫站得笔直。人群焦急地等待着。突然，苏丹马车的门被一名护卫打开了，可怕的事实被揭露出来。在马车里的是被丝绸垫子支撑着的穆莱·伊斯玛仪腐烂的尸体。

人们倒吸气的声音慢慢平息后，宦官主管在人群中发表讲话。他解释这样做旨在确保艾哈迈德·达哈比顺利即位，并补充说新苏丹终于掌握了局势。内战得以避免，梅克内斯安然无恙。尸体会被葬在穆莱·伊斯玛仪为自己修建的陵墓中。

苏丹去世的消息昭告整个王国，以惊人的速度传到了遥远的驻地和防御城堡。托马斯·佩洛接待到访的穆莱·伊斯玛仪的军官阿尔比·本·阿布·乌尔德·杰布里酋长（Kaid el-Arbi ben Abbou ould ej-Jebli）时，仍在蒂姆纳城堡。佩洛最初对这位酋长的到来感到疑惑，跟他说"如果他有话要跟我说，可以带几个［士兵］到墙角下"。但是这位酋长告诉他不要害怕。"［他］告诉我，老苏丹真的死了，艾哈迈德·达哈比得到黑人军团的支持，已经在梅克内斯即位了。"

新苏丹以惊人的速度巩固了他的统治。他在穆莱·伊斯玛仪死讯公开的同一天正式被授予梅克内斯的钥匙，几个小时后便进入梅克内斯城。他的第一项举措是送给黑人军团22万枚金币——黑人军团欣然接受了这份礼物。据佩洛说，他们向新苏丹致敬，威胁要"杀掉和毁掉所有不承认他的人"。苏丹也接手了国库，开始将分散在梅克内斯王宫内的所有金器登记造册。他搜刮了他父亲的妃子们的所有珠宝，放入他的国库中。他甚至稍微考虑了下卖掉所有的白人奴隶，希望以此充实国库。为此，他下令从欧洲各国奴隶中各选出两名奴隶送回他们的故国，"鼓励那些地方的统治者买回他们被奴役的臣民"。

穆莱·伊斯玛仪的死在帝国首都引起了阵阵欢呼。"当知道他死亡的那一刻，"佩洛写道，"所有梅克内斯的居民都回到了家中，不再管所有穆莱·伊斯玛仪逼他们做的繁忙又没有收益的市政工程。"不过，苏丹的欧洲奴隶军队就没有这么幸运了。艾哈迈德·达哈比很快便决定不把他们卖回给各自的政府。他从他父亲那里继承了对大兴土木的热情，奴隶们发现他们正服侍着一个与其父一样蛮横自大的统治者。"他奢华地装饰他的摩洛哥宫殿，"阿德里安·德马纳特写道，"将后宫铺满金箔。最大的房间里装饰着大理石水池，里面的水清澈见底，放养了很多鱼。"这些房间的屋顶非常特别，安装了可以照到房间所有角落的镜子，"这样你就可以看见鱼的游动"。

苏丹艾哈迈德·达哈比在巩固王位上采取了十分谨慎的态度，但是他很快就暴露出他缺乏那种让他父亲得以长久执政的铁血手腕。佩洛说，他通过不停地给精锐部队送礼来维持统治。"［他］非常慷慨，尽管嗜酒成性，"他写道，"总是醉醺醺的，送给黑人军团大量黄金和贵重的礼物，礼物多到让他们都全心全意地效忠他。"

新苏丹也是个美食家和爱享乐之人，他每天花费大量的时间享受餐桌上的美食。"他觉得传统的摩尔美食不够多样化，"阿德里安·德马纳特写道，"因此，他尝遍了所有可以激发他感官、唤醒他味觉的外国菜肴。"他从欧洲奴隶中选出了 4 名来自文化最多元地区的奴隶，命他们"依据他们国家的风俗烹制菜肴"。不久之后，苏丹就整日沉迷于吃喝，几乎不理朝政。

非常不幸，约翰·罗素到达摩洛哥时碰巧赶上了穆莱·伊斯玛仪之死。尽管艾哈迈德·达哈比已经按计划即位，内战得以避免，但农村地区很快就聚集了一群暴徒。领事罗素在得土安待了6个月，争论是否前往梅克内斯，最终他认为这样做的收益可能要超过风险。塞拉海盗威胁要抓住更多的船只，因此，让新苏丹认可穆莱·伊斯玛仪6年前签订的协议至关重要。

罗素在随从和杂役的陪同下前往梅克内斯，惊讶于一路上碰到的欧洲叛教者的人数，他从不知道有这么多的奴隶选择叛教而不是忍受痛苦的劳役。他很想了解苏丹侍从的生活，便在达到非斯后跟一个名为道斯（Daws）的英国叛教者攀谈。"他在大约46年前叛教，"布雷思韦特写道，"……已经在这个国家娶了两个妻子。"罗素和布雷思韦特问他为何叛教，道斯回答说"因为已故的国王威胁要杀了他"。他补充说："那时候没有被赎回的希望。"道斯说很多英国叛教者是"木工、填塞船缝的工人［和］帆船制造工人"——随着英国海军的迅速壮大，英国迫切需要的有手艺之人。

非斯城反对新苏丹，一直处于被围困的状态。罗素和布雷思韦特惊讶地发现，大量的欧洲叛教者在围城的军队中服役。"在营地里，我和一个爱尔兰叛教者纽金特（Nugent），"布雷思韦特写道，"还有三个英国人在一起。"当他称赞一门重型臼炮时，别人告诉他炮手是一个法国人。他还被带去看望整个营地的叛教者——足有 600 人，来自欧洲各地。"［他们］大部分是西班牙人，有些是法国人，有些是葡萄牙人，还有大约 30 个英国人和荷兰人。"所有人都曾被迫在梅克内斯做苦力，为了逃离这种囚禁生活而皈依了伊斯兰教。"我们返回住处时，"布雷思韦特写道，"被领进了一个院子，我们在那里看到，在一个西班牙叛教者的指挥下，几个基督徒木工正在制作大炮托架。"他被欧洲叛教者糟糕的身体状况吓到了。"我在非斯看到的那些叛教者，"他写道，"是群悲伤的、醉醺醺的、放荡的家伙，他们衣不遮体，饿得半死。"他说更多人已经被"送去遥远边境线上当城堡驻军，他们不得不靠抢劫维生，直到当地的村民敲碎他们的头"。

在 11 月的第三周，罗素领事和他的随从离开非斯，出发去梅克内斯。罗素已经被明确告知帝国首都没有英国奴隶，但是他到达后不久就有两个奴隶联系了他。阿格拉斯·卡特（Argalus Carter）已经成为奴隶 9 年了，他曾经在穆莱·伊斯玛仪的一个儿子家当仆人；威廉·彭德格拉斯（William Pendergrass）是 3 年前在一艘荷兰船上被俘的。

罗素在到达后的第二天被领入宫廷。他和布雷思韦特很快意识到，穆莱·伊斯玛仪治下严明的秩序和纪律已成为过去。"我们在国王的居所对面等了近一个小时。"布雷思韦特写道，而且惊恐地看到朝臣相互打斗。"所有的一切都［是］如此喧闹，"他写道，"［以至］人们会觉得自己身处低贱的监狱，而不是一位伟大皇帝的宫殿之中。"最终，有人通知这些英国人，苏丹准备好接见他们了。"瞧……两扇巨大的木门打开了，我们发现这位残暴的君主坐在一顶木伞之下。"

罗素领事行为举止十分庄重，他向苏丹呈上他的礼物，并对苏丹父亲的死表示哀悼。"但是这些可能没被听进去，"布雷思韦特写道，"因为苏丹醉得头都抬不起来了。"他在宦官们的搀扶下才站起来，他们艰难地扶着他穿过房间，惊恐的朝臣们都跪趴在地上。

罗素和布雷思韦特对苏丹的堕落感到反感。他的皮肤"布满了麻子"，而且他"脸肿得厉害"。他的门牙不见了，这让他"面貌丑陋"，而且他绿色的头巾披散着，"像个醉汉那样松松垮垮地挂着"。罗素还没来得及提协议，他们的会面就结束了。苏丹几乎没说一句话，就被他的宦官带走了。他的维齐尔热情多了，拉着罗素的衣角向他保证，一定会满足他的要求。"他坚称他非常喜欢英国人，而且做出了郑重承诺，"布雷思韦特回忆说，"他将英国人比作他的掌上明珠，而且说了很多奇怪和夸张的恭维话。"

罗素曾希望苏丹归还那些因违反和平协议而抓获的英国船只。不过，他和布雷思韦特被一连串寻求金钱支持或者帮助的欧洲叛教者上门拜访。其中一个人——一个被称为肖夫人（Mrs. Shaw）的爱尔兰女人——向他们两人讲述了一个悲惨的故事。她被囚禁在穆莱·伊斯玛仪的后宫，苏丹"喜欢找她侍寝，强迫她成为摩尔人"。接下来的行房并不愉快，然后苏丹将她丢给一个被人不齿的西班牙叛教者，那人很残暴地虐待她。"这个可怜的女人几乎全身赤裸，而且饥肠辘辘，"布雷思韦特写道，"……她已经快忘记怎么说英语了，还有一个出生未满两周正嗷嗷待哺的可怜的孩子，让人十分同情。"罗素被她的故事感动，跟她说，他在梅克内斯期间，只要她想，她可以随时过来。

在肖夫人来访后的那一天，有人告诉罗素，一个英国西南部的叛教者正在他的住处外等他。罗素邀请他进来，知道了他的名字是托马斯·佩洛。"今天有个叫佩洛的人来拜访我，"布雷思韦特写道，"他是个出身康沃尔郡一个良好家庭的年轻人，但是现在成了摩尔人。"佩洛此时 23 岁了，已经离开英国长达 12 年。布雷思韦特已经从和他交谈过的梅克内斯奴隶那里知道了佩洛的故事。"这些基督徒奴隶称赞这个年轻人性格很好，"他写道，"说他在改宗前经受了他的主人施加在他身上的足以杀死 7 个男人的折磨。"奴隶营场的所有人都敬重佩洛的勇气和坚定，并且对他惊人的生存技能赞叹不已。

罗素和布雷思韦特现在可以直接从佩洛本人那里听到他被俘和艰难维生的故事，佩洛很高兴能再一次用母语讲话。他讲述了自己担任已故的穆莱·伊斯玛仪侍从的传奇经历，哀叹自己已经在摩洛哥度过了几乎半生。他被太阳晒得黝黑的皮肤和长长的胡子一定吓到了这两个刚来的英国人，因为他看起来更像摩洛哥人而不是英国人。布雷思韦特回忆说："佩洛看起来非常年轻，阿拉伯语好得跟摩尔人一样。"他对佩洛的口才印象深刻，说他有条理地讲述了他在该国目击的事件，"对这些事做了清楚的说明"。佩洛还给他们讲述了他的军事冒险和他被斯图尔特准将丢下后孤注一掷的摩洛哥逃亡。"他现在是一名士兵，"布雷思韦特写道，"像所有叛教者那样，没有专门的技艺和职业。"他还说，佩洛的境况要远好于大多数早先的奴隶，那些奴隶的"报酬和谷物补贴太少，以至他们总处在饥饿中，被迫靠抢劫和掠夺来获取大部分生活所需"。

几乎可以肯定的是，佩洛向罗素和布雷思韦特介绍了苏丹的首席武器专家，爱尔兰叛教者卡尔。这个曾经的奴隶已经升任最高级职位，甚至拥有了欧洲奴隶来满足自己的需求。"卡尔先生用英国礼仪请我们吃了一顿精致的晚餐，"布雷思韦特写道，"我们坐在椅子上，食物盛在白镴盘子中，桌上还有刀叉和桌布等。"这些人自从离开得土安后还没有吃过一顿像样的饭，因此卡尔的晚宴大受欢迎。"我们喝酒、划拳，基督徒奴隶演奏了不少音乐。"伴着奴隶们悠扬的乐声，好客的卡尔先生给罗素和布雷思韦特斟满了一杯又一杯酒。

罗素领事开始意识到他在梅克内斯的逗留是徒劳的。卡尔的款待让他们得到了短暂的欢愉，但无法回避的现实是，罗素在浪费时间。当一场大暴雨导致水渗进屋子时，罗素的麻烦成倍地增加。"雨水打湿了罗素先生的床，"布雷思韦特写道，"房间到处都是水，因此走出去和走进来都很费事。"第二天早晨，罗素离开住处不久后，被浸透的天花板就砸了下来。

罗素希望再最后见一次苏丹，但是艾哈迈德·达哈比变得越来越喜怒无常。12月21日，"［他］下令将照看他烟斗和烟草的男孩扔下悬崖，因为那男孩堵住了他的烟斗"。罗素再次要求面见苏丹，但是每次都被拒绝了。"事实是，"布雷思韦特写道，"他们的陛下喝醉了，所以就这样推到了第二天、第三天。"这被苏丹的医生证实了，他是个前西班牙人奴隶，还说苏丹的日常仅剩纵情狂饮，声色犬马。"他和他的大臣喝酒一直喝到倒下，然后宦官们将他抬到床上，睡到酒气散去才醒。"

在罗素请求朝臣让他面见苏丹时，布雷思韦特借此机会去了趟奴隶营场。他说这里"惊人地一无所有，只剩令人作呕的气味"，尽管在穆莱·伊斯玛仪死后几个月，这里的条件已经有所改善。奴隶们有一定的行动自由，一些有生意头脑的叛教者还为极少数乞讨或者偷到些钱的奴隶设立了食品摊。虽然如此，对大部分俘虏而言，每天的生活依旧艰难，特别是那些从欧洲北部来的奴隶。"我没有见过比这群荷兰奴隶更令人动容的景象，"布雷思韦特写道，"这些可怜人曾经——从我们进入这个国家起——相信他们会获得自由，而罗素先生一直向他们保证。"罗素曾真心想要协商他们的释放事宜，但他的努力徒劳无功。"女人们的伤心无法宽慰，"布雷思韦特写道，"她们大部分人都因悲伤而心烦意乱。"

1月10日，距离罗素第一次见到苏丹已经过去了5周有余，一位慌里慌张的王宫大臣跑来找他。这位大臣告诉他，苏丹想要马上见到他，而且提醒他，苏丹几分钟后就过来。罗素几乎没有时间准备，大门打开，艾哈迈德·达哈比手持长枪，被拿着金色长矛、雕塑般健美的护卫簇拥着进入庭院。他在罗素面前停下来，嘀咕着"好啊，基督徒"，要求看看英国国王的信。苏丹很满意他的名字是用金色的书法字写的，承诺不会再抓英国船员。然后他扬长而去，离开时给罗素留下"6个俘虏作为礼物"。

领事既惊讶又开心。他和布雷思韦特完成了他们的使命，让苏丹认可了1721年的协议，而且终于可以摆脱梅克内斯的恐怖生活了。"我们对自由的前景充满信心，"布雷思韦特写道，"因为我们在这里生活得像囚徒一样，于是立刻准备回家。"他们立马出发去得土安，被释放的奴隶几天后也紧随而至。他们两个都没有意识到，他们所有的努力都将竹篮打水一场空。一系列血腥的革命将夺去苏丹及其继任者的权力，而且随后发生的动乱将给在摩洛哥的托马斯·佩洛、欧洲奴隶和成千上万的叛教者带来可怕的命运。

托马斯·佩洛在与罗素和布雷思韦特见面的一两个月左右得知发生了动乱。当有人告诉佩洛黑人军团兵变，宣布支持苏丹的弟弟阿卜杜勒-马利克时，他已经回到了阿古里。"他们在〔艾哈迈德·〕达哈比自己的家中杀了他个措手不及，"佩洛写道，"让他在家中处在严密的监控之下。"

他们行动的催化剂是发生在 1728 年春天的那件令人震惊的事。苏丹的嗜酒成性一直以来让大臣们颜面尽失，他们采取了力所能及的各种办法不让梅克内斯的居民知道。但是居民很快就目睹了苏丹酩酊大醉的场面。"一个周五，他去清真寺祈祷，他喝得太醉了，以至当他依照伊斯兰教的习俗趴下跪拜时，他开始吐酒。"聚集的人群震惊了，苏丹被迫回到他的宫殿，在那里遭到他的妃子们的一顿数落。约翰·罗素立即向伦敦发送了一份关于此事的报告，据他说，这些可怕的女人"谴责他不尊敬宗教，在临近斋月的时候还用这样的烈酒玷污自己的身体"。她们非常气愤，于是走上街头，掀起了抗议她们丈夫丑事的浪潮。

摩洛哥民众不需要被极力说服就认定苏丹不适合执政。已在反抗的非斯城拒绝承认"这个每天泡在酒水中，被酒精损害了心智的君主"。现在，梅克内斯的人们也纷纷效仿。虽然苏丹仍然掌权，但是连宫廷的乌力马都反对他，甚至艾哈迈德·达哈比自己也意识到他掌权的日子屈指可数了。他惊慌地逃离梅克内斯，王位被他的弟弟阿卜杜勒-马利克继承。根据穆罕默德·卡迪里的阿拉伯编年史，新的苏丹被选中，是因为他"意志坚定，擅长管理，有卓越的领导能力，有原则，公正而且热爱学问"。他可能确实拥有所有这些品质，不过他也是愚蠢和不谨慎的。他的第一个错误就是让他的兄长从梅克内斯逃走了。他的第二个错误是公开批评黑人军团。

托马斯·佩洛非常担心为新苏丹效力的后果，这位新苏丹打算利用欧洲叛教者惩治所有反对他的人。当佩洛听说黑人军团对他的忠诚有所动摇，而且将去支持艾哈迈德·达哈比时，他更加犹豫不决。当佩洛得到新消息，被废的苏丹就在附近，而且已经召集了大批军队帮他夺回王位时，他"立马去投奔他，和他一同前往梅克内斯"。

这座王城被建造得让任何入侵的军队都无法爬上城墙。攻占王宫的唯一办法是轰炸守军，直至他们投降。艾哈迈德·达哈比开始开炮了，他命令炮火齐射，直击城市的中心地带。苏丹阿卜杜勒-马利克的军队顽强抵抗，但遭到了围攻军队越来越激烈的火力打击。整整48个小时，城门附近战火纷飞。最终，艾哈迈德·达哈比的士兵——包括托马斯·佩洛——成功突破防线，占领了梅克内斯中心的城堡。城堡中所有人都当场死于剑下。"那里目之所及，"阿德里安·德马纳特写道，"不太像战场，更像是屠宰场。"

最初的屠杀结束后，得胜的部队开始侵扰、抢劫、搜刮、攻击毫无防御的奴隶营场。"他们没有区别对待穆斯林、犹太人或者基督徒，"德马纳特写道，"神父被杀死或重伤，神圣的花瓶被侮辱亵渎。"据穆罕默德·卡迪里说，那里发生了"大范围的抢劫和强奸，城堡中还发生了其他可耻的行为"。城市的总督和重要军官被无情地处置了。"[他们的]手和脚被钉在城市大门上，"佩洛写道,"在那里度过了悲惨的三天。"总督的手脚"被他的体重痛苦地拉扯着,由于他是个壮硕的男人,他从大门上掉了下来"。他很幸运地被一柄呼啸而过的弯刀了结了性命。

对欧洲奴隶而言,这是段绝望的时光,他们既没有枪也没有剑来对抗黑人军团。"我们认为我们必须要为法国人感到骄傲,"法国人阿德里安·德马纳特写道,"在这段动乱时期被威胁改宗的基督徒中,这个民族中没有一人背弃了耶稣基督的信仰。"当城市的每个角落都被艾哈迈德·达哈比掌控后,这些幸存的奴隶被安排去清理街道,为这位胜利的领导人的进城做准备。

艾哈迈德·达哈比在夺取梅克内斯的战斗中杀了很多人,但是他漏掉了一个关键的叛乱分子。"关于阿卜杜勒-马利克,"佩洛写道,"传言说,[他]趁夜从一个偏门逃走了,逃往旧非斯。"传言是真的。他确实逃去了非斯,被小心翼翼地迎进城。毫无疑问,为他提供避难等同于宣战。

托马斯·佩洛是被派去逮捕并杀死阿卜杜勒-马利克的那6万名士兵中的一员。"现在我站在旧非斯城前,是6万名士兵中的一员",他写道,发现这个城市的防御"壁垒森严,士兵坚毅,而且供给充足"。尽管如此,艾哈迈德·达哈比的士兵仍旧乐观,因为当他们在城市古城墙外的山坡上聚集时,威慑力十足。"[他们]团团围住非斯,"卡迪里写道,"就像手指上的戒指一样紧。"

战斗于1728年8月16日正式开始,一波接一波的黑人士兵向城墙发动猛攻。同时,欧洲叛教者被安排进行重火力打击。"[他们]用炮弹和炸弹从四面八方轰炸它,"卡迪里写道,"[而且]炸弹造成了很大的破坏。"城墙在每次射击中震动颤抖,墙体纷纷脱落，但是他们并没打开足以让精锐部队通过的大口子。叛教的工兵们在墙边埋上炸药，引燃爆炸物，仍没能打开通道。"感谢上帝的怜悯，"卡迪里写道，"尽管城墙在爆炸中不停晃动，但它很快又恢复成原来的样子，没有被破坏。"火力十分密集，以至苏丹的大炮支架被震成了碎片。艾哈迈德·达哈比心急如焚。这些支架必须马上替换，但是他知道，最好的工匠在距离此地几乎 100 英里远的塞拉。苏丹需要一个可靠的人完成这项使命，这很可能决定这次围剿的成败。他选择了托马斯·佩洛，他看到过佩洛与他的部队在攻打梅克内斯时并肩作战。佩洛和他的手下奉命前往塞拉，带着任务 ——"给战场上的大炮做新的支架，旧的那些因为重型金属大炮过于频繁的撞击……到了已经无法使用的程度"。

佩洛奉命前往塞拉并负责监督新大炮支架的制作，然后他走陆路将它们拉到非斯，"在非斯我得到了穆莱·〔艾哈迈德·〕达哈比最热烈的欢迎"。佩洛的工作为自己赢得了苏丹的称赞和感激。艾哈迈德·达哈德之前担心他只能放弃进攻非斯，但现在他攻击力加倍。只要将他的大炮安装在新的支架上，他的部队就"能持续攻打这个城镇"。

不过，守军仍旧在顽强抵抗军队的进攻，而且更加坚信坚固的城墙能够保护他们。黑人军团无法强攻该城的事实激励了他们，他们开始冲进苏丹的阵地，肉搏杀敌，有一次甚至突击深入了佩洛的阵营。佩洛的手下看到一道闪电，并听到震耳欲聋的爆炸声，开始意识到事情有些不对劲。紧接着，他们发现自己受到来自四面八方的攻击。"我很不幸，"佩洛写道，"……几分钟内中了两枪，一枪打穿了我的右侧大腿，另一枪打穿了我的左肩。"他的左手也"被重重砍伤"，血流如注。"现在我浑身是血，"他后来写道，"……伤在三个不同的地方，而且伤势严重，流了很多血，我真的觉得这次撑不过去了。"

佩洛确实情况危急。他手上的伤口很深，他很快就因为失血昏迷了。"现在我躺在担架上，"他后来回忆说，"要被送往医院。"当他陷入巨大的疼痛中时，路过的苏丹认出了佩洛，为这样一名忠诚的士兵竟伤得这么重感到痛心。"他说他很抱歉，"佩洛写道，"……命三名外科医生照看我，而且要他们尽其所能救治我。"为了奖励佩洛之前的功劳，苏丹送给他 50 枚达克特，还下令"每天给我吃一大块新鲜的羊肉"。

非斯的战事也接近尾声了。因为双方都认为无法打破战场上的僵局，在 1728 年 12 月中旬，两个阵营的使者开始协商停战协议。令大家意外的是，他们的谈判一拍即合。协议约定摩洛哥——这个在穆莱·伊斯玛仪时期一直统一的国家——现在将被分成两半。阿卜杜勒-马利克将成为非斯的统治者，而艾哈迈德·达哈比将成为苏丹，统治梅克内斯。协议还表示这对兄弟应该面对面商谈，以建立信任关系。

在德意志叛教医生的调理下恢复健康的佩洛见证了这一非凡的事件。阿卜杜勒-马利克被带到他兄长的帐篷，护卫队长搜身时发现他偷偷携带了一柄长刀和一把手枪，很明显，他意图谋杀他的兄长。武器被收缴后，他心惊胆战地被带到艾哈迈德·达哈比面前。苏丹假装不介意，只稍加批评就放了他的弟弟。"苏丹没向他发泄愤怒，打击报复，"佩洛写道，"相反，[他]只轻描淡写地批评了他一下。"不过艾哈迈德·达哈比强压心中怒火，并不打算善罢甘休。随后阿卜杜勒-马利克被扣押，由一名令人生畏的黑人护卫看守。他之后被带到了梅克内斯并被囚禁，直至有下一步指示。6个星期后，他被艾哈迈德·达哈比的追随者探视并勒死。"为防止他没有彻底死去，"佩洛写道，"他们每个人都刺了他一刀，刀很长，每一刀都贯穿他的身体。"

苏丹艾哈迈德·达哈比有理由庆祝他的成功，因为他现在是摩洛哥无可争议的统治者。他叛乱的弟弟已被早早送入坟墓，而且非斯城无条件投降。但是苏丹没能享受胜利的果实太久。1729年3月5日——距离他的弟弟被杀仅4天，他毫无预兆、戏剧化地死去了。

"他的死，"佩洛写道，"……是因为他从非斯进入梅克内斯时喝的一小碗牛奶。"据说牛奶被穆莱·阿卜杜拉（Moulay Abdallah）的母亲投了毒，阿卜杜拉是穆莱·伊斯玛仪的另一个儿子。如果这是真的，她的策略毫无疑问成功了。在苏丹去世的那一天，穆莱·阿卜杜拉即位。

在持续了数月的屠杀和流血事件中，梅克内斯的奴隶暂时摆脱了繁重的劳动。不过，穆莱·阿卜杜拉不打算让他们解除负担。他梦想重建他已故父亲的行宫，修缮备受战争摧残的行宫城墙并建造更加豪华的宫室。基督徒奴隶奉命回来参与重建工事，穆莱·阿卜杜拉亲自掌握这项建筑工事。"他让他们用26个壁垒加固后宫城墙，"德马纳特写道，"……他在这些壁垒上架设了几排大炮。"苏丹不满他从后宫主殿看出去的景色，那里俯瞰着被称为里亚德宫的巨大宫殿群。王宫的这一部分包含了许多忠臣的豪宅、集市、浴室和一所学院。这里被很多人认为是"梅克内斯的骄傲",很大一部分由穆莱·伊斯玛仪亲自监工。现在,苏丹阿卜杜拉将这里夷为平地,命他的奴隶们用镐和铲子毁了它。苏丹觉得目睹奴隶在拆毁工事时受伤有种特别的乐趣。"在奴隶工作时,"德马纳特写道,"……他的乐趣之一就是让一群人站在快要倒塌的城墙前,看着他们被活埋在废墟之中。"

托马斯·佩洛也目睹了这些暴行。他特别同情被囚禁在梅克内斯城外的布苏萨兰的奴隶,他们被"更加可怕和残酷"地对待。苏丹让他们去工作,"在环绕着坚硬岩石的行宫外挖出一条又深又长的沟渠,他目光严厉地亲自监工"。这是项非常辛苦的工作,阿卜杜拉还将他们的口粮削减到最低,这让他们更可怜了。

佩洛很快就收到了更加可怕的消息。他还在非斯受伤后的恢复期,一个信使快马加鞭赶来告诉他,"尽管他不想传达坏消息,但他还是告诉我,我的妻子和女儿最近都离世了,就在这三天,一个接着另一个"。

佩洛悲痛欲绝。他结婚快 10 年了,女儿的出生曾是让他非常骄傲的时刻。她在他痛苦时给他安慰,帮他对抗持续的孤独和乡愁。现在,她走了,这让他无法承受。"[我]常常回想起我妻女的死亡,"他写道,"……尤其是孩子的。"

她带给他快乐,佩洛常想着,会不会哪天带她一起回彭林。现在,她的死打破了这个遥远的梦想。生活在这样每天充斥着杀戮和血腥的摩洛哥,他的妻子和女儿,可能,"离开比活在这个令人不安的世界更好"。只有这样想才能让他稍感安慰。

第十二章

漫漫回家路

佩洛的妻子和女儿去世后的几个月动荡不安。国家被战火和劫掠撕裂，部落酋长从苏丹穆莱·阿卜杜拉的手中抢走了大量土地。非斯的民众再次起义，拒绝接受这个暴虐的苏丹成为他们的统治者。作为回敬，苏丹下令让黑人军团彻底荡平这座城市。

佩洛曾希望趁乱逃出摩洛哥，不过他被迫卷入了第二次对非斯的战争。他发现自己"像在血海中游泳，血色鲜艳而浓重"。黑人军团在这次新的战役中的行径令人发指，丧心病狂地强奸和折磨当地人。佩洛害怕极了，他见证的"只有死亡和恐惧……约有7个月"。他的800名欧洲叛教同胞被屠杀，他再次受伤。"[我]左肩和臀部中了两枪。"他写道。他恢复之后，被送去对抗国内那些好斗凶狠的部落。他的厄运远没有结束。1731年秋天，苏丹命令佩洛参加收购奴隶的远征军，前往非洲西海岸的几内亚。

佩洛为这个消息烦恼不已。"[它]确实让我无法平静，"他写道，"……因为我已经做了至少两年危险的工作了。"他现在27岁，离开故土英国16年，从无数次危机中幸存下来。这次新的远征注定极端危险，因为要穿过广大的撒哈拉沙漠，穿越随风移动的沙丘，而那里几乎没有水。过去的数年中，整队整队的商队消失在沙漠中——直到搜救队伍在沙漠中被累累白骨绊倒时，大家才知道他们悲惨的命运。收购奴隶本身也很危险，因为几内亚的部落对这样的远征军充满深深的敌意。佩洛担心自己会在赤道非洲地区的激烈冲突中丧命。

但是他仍存有一丝希望，这趟远征可能会帮助他从摩洛哥逃亡。他的商队向塞内加尔河行进，这条两岸沼泽遍布的大河注入大西洋。法国的奴隶商贩从17世纪30年代就开始开发这条河流，在入海口的圣路易斯岛上建了个小据点。佩洛知道，如果他能到达这个贸易据点，与那里的法国人取得联系，他就很有可能可以返回家乡。

如果他继续向南边距这里150英里的冈比亚河前行，成功逃亡的机会甚至会更大。在河口的詹姆斯岛上有一个英国黑奴贸易据点，那是个永久据点。佩洛知道，只要他能平安到达那里，岛上的总督一定会为他提供避难所。

面对眼前漫长的征程，逃跑的希望似乎还很渺茫。远征计划的规模非常大，为了这次远征共调用了1.2万头骆驼。因为只能在秋季和春季这6个月间穿越撒哈拉沙漠，因此准备工作非常匆忙。等骆驼队伍都准备就绪后，商队向南出发。

从梅克内斯到马拉喀什的第一段路是一段精心修缮过的步道。部队在几个村庄中短暂停留后到达了马拉喀什的城墙前。商人和驱赶骆驼的人一边补充补给品和饮用水，一边等着后来的人。商队随后向西南方出发，在9天后到达圣克鲁斯的沿海港口。之后，他们转向内陆，在著名圣人西迪·艾哈默德·欧·穆萨（Sidi Ahmed ou Moûsa）的圣殿短暂停留。

　　围绕圣殿的贫瘠山谷预示着沙漠的开始。巴巴里村庄被游牧营地取代，地形剧变。"农河河谷绿洲，"佩洛注意到，"是最后一片居民住在房屋中的地方。"几天后，他看到了标志着进入撒哈拉的第一座沙丘。商队在路上又扩充了很多商人和骆驼，现在不少于3万人，数量是骆驼的2倍。根据当时的情况，这是个非常艰巨的任务，需要良好的组织。在沙漠的长途旅程中，没有安全的人数标准。事实上，一个大的商队会很快耗尽沿途可能出现的珍贵的饮用水。还有一个很大的危险是，落后的人会被沙漠中目无王法的贝都因人掳走。

　　人们继续向南前进，意识到自己马上要踏入这段远征中最艰难的阶段。从农河河谷到商队的目的地辛吉特之间是500英里的蛮荒之地，全是灌木丛和沙子。不断变化的沙丘消除了任何可识别的特征，而且没有修缮好的步道。在这样贫瘠的环境中，几年都没有降雨，水源着实稀少，或者相距很远，需要丰富的技巧和经验才能找到爽口的珍贵泉水或者咸水。

　　佩洛惊讶地发现，受雇带领商队的向导是个盲人。他告诉佩洛，他会用鼻子带他们找到一个接一个的水源，通过嗅沙子确定它们的具体位置。佩洛对这人的能力持怀疑态度，6天过去仍没有找到任何水源时，他就更加警觉了。第7天，佩洛和他的同伴取出兽皮水袋喝水，但是"他们震惊地发现……水袋是空的，太阳的高热已经使水从皮革的孔洞中蒸发了"。他们现在只剩下应急用水，这些水只能维持几天。之后，他们就会在沙漠中缺水而死。

　　这些人向他们的向导抱怨，他对他们的焦虑不屑一顾，让他们掬起一捧沙举到他鼻子下。"他用鼻子在上面闻了短短一会儿，高兴地告诉[我们]，我们会在两天之内到达另一处有充足水量的水源。"这个庞大的商队在难忍的烈日中跌跌撞撞又走了两天。"在第二天早晨……他（向导）要求再捧一把这个地方的沙子放在他鼻子下。"

那些怀疑他的人决定测试一下向导是否拥有他声称的那项技能。他们中有一人保留了一小袋两天前的沙子，现在他将这份沙子递给盲人向导。"向导比第一次多闻了很久，"佩洛写道，"然后告诉那人，要么是商队又返程了，要么是他卑鄙无耻地欺骗了自己。"当被告知这是两天前的沙子时，他非常生气这些人不信任他的能力。他要求从他们现在站着的地方捧一把沙，"刚放到他鼻子下，[他就说]大概在下午4点，我们就有充足的水了"。商队继续向前，直到他们远远地看到沙漠中的一点绿色。"最终，"佩洛写道，"我们看到了渴望已久的水井……[然后]开怀畅饮。"他们到达得很及时，因为水袋已经完全干了。

这种寻找水源的方法让佩洛十分好奇，他询问向导这个"绝妙又神奇的闻沙子的方法"。向导告诉他，他曾经穿越沙漠30次，"发现他的视力慢慢下降，但是通过多次尝试……他掌握了这门神奇的技术"。事实上，向导的这项技术并不稀奇。撒哈拉的游牧部落已经使用这样的技术几个世纪了，中世纪的阿拉伯旅行者伊本·巴图塔（Ibn Batouta）和16世纪的探险家利奥·阿非利加努斯都提到过类似的技能。

商队在这口水井处休息了几天，才继续向前赶路。现在已经是深秋了，但是太阳依旧无情地炙烤着这个庞大的商队。接连数日，远处地平线除了闪现过银色的海市蜃楼，没有任何惊喜。但是长途穿越沙漠总是伴随着意外收获，佩洛的旅程也不例外。"一天，我正骑着骆驼……它的一只脚突然撞到了什么听起来是空心的东西。"佩洛跳下来，很想知道沙子下埋着什么东西。"那是一具人的尸体，"他的向导解释说，"已经埋在这里有段时间了，因为高温干成了一具木乃伊。"

这些男人后来发现了第二具木乃伊，这表明他们碰巧找到了死在沙漠的商队的可怕残骸。佩洛震惊地"用剑尖很快找到了〔它〕，把它挖了出来"。这具尸体像是在这里躺了几个世纪。"它硬得像腌鱼，"他写道，"〔而且〕所有的四肢和肉（虽然干瘪）都是完整的，牙齿都还在牙龈中。"他将鼻子凑近皮肤，以为会闻到臭味，但是惊讶地发现一点儿气味都没有。"因为它一点儿也不恶心，"他写道，"没有冒犯的意思，人们甚至可以将它抱入怀中。"

在沙漠中穿行了 5 个月后，商队终于接近目的地了。他们接近辛吉特的第一个标志就是眼前开始出现游牧民族。不久之后，商队前列的人在沙漠中看到了很多顶帐篷。他们最终到达了这片遥远但肥沃的绿洲。

这个据点距离梅克内斯 1500 多英里，但它牢牢地被苏丹把控。穆莱·伊斯玛仪执政期间曾几次派出远征军到这里，迫使游牧部落服从他的统治。辛吉特是个重要的中转站——两条重要的撒哈拉商路在这里汇合。而且它距离塞内加尔河很近，被误称为瓦德尼尔或者上尼罗。穆莱·伊斯玛仪曾打算将辛吉特变成一个整编地点——非洲奴隶在送往梅克内斯前可以在这里集合并被打上烙印。

苏丹并不是唯一开发塞内加尔河的人，法国将非洲这一地区的大量奴隶运往加勒比海的种植园。据法国的一名商贸经理人让·巴尔博（Jean Barbot）说，塞内加尔人"高大、挺拔、身材健美、比例好而且四肢柔软灵活"，并因为他们漂亮的长相备受称赞。"他们的鼻子有点扁平，嘴唇很厚，牙齿像象牙那样洁白而整齐，［而且］他们的头发要么是卷的，要么又长又直。"这些女人非常吸引巴尔博，也吸引穆莱·伊斯玛仪，她们"身材健美，高挑而且四肢柔软灵活"，看起来"活泼又肆意，乐于被挑逗"。巴尔博高兴地发现，她们大部分时候都完全赤裸，还说"她们都个性热情，享受性的愉悦"。

英国人也曾长期利用这片非洲海岸线。1672年建立的皇家非洲公司让到几内亚购买奴隶的远征商队数量激增。这还促使英国商人沿着非洲海岸线继续向南航行，在任何可能获得大量俘虏的地方建立堡垒和奴隶营场。每年从大西洋运来的奴隶的具体数目无法计算，但是据说黄金海岸那一小段就有不下43个奴隶据点。在其中一个叫海岸角奴隶堡的据点上，地下牢房无论何时都能容纳1500多名奴隶。

在1713年，《乌得勒支和约》（Treaty of Utrecht）授予英国臭名昭著的奴隶贸易许可证，黑奴贸易更加猖獗。英国奴隶商人们为西班牙美洲殖民地输送了14.4万名黑奴，此前还往北美和加勒比海的棉花农场和种植园送去大量做苦工的奴隶。在大西洋的这段漫长航线上，关于奴隶地狱般生活的记载很多。俘虏们被铁链铐着，饥肠辘辘，被迫从非洲内陆长途跋涉到沿海的奴隶据点，经历了几个月的酷热缺水、幽闭恐惧和不卫生的环境。对很多人而言，被摩洛哥奴隶商买下，比被卖到北美做苦工要好上很多。英国和法国的奴隶商人对他们买来或者抓来的奴隶都不特别挑剔。穆莱·伊斯玛仪则非常谨慎，想要婴儿或者年幼的儿童，因为他们可以被培养得无情且忠诚。这些奴隶士兵曾在他统治期间为他南征北战，成千上万人死在了部落间的争斗中。对非斯的一次次围困进一步消耗了黑人军团，使得苏丹穆莱·阿卜杜拉强烈需要补充新兵。

"我们去了三次瓦德尼尔，"佩洛写道，"所有微弱的抵抗都被我们的刀剑压制住了。"这些生活在河岸上的部落男人既没有武器也没有盔甲，无力抵抗，摩洛哥士兵轻而易举地抓住了酋长来索要赎金。"［他们］要么得满足这个暴君极高的要求，"佩洛写道，"要么得遭受军队无情的掠夺。"他还说，和他一起前行的商人们冷酷无情，"夺走这些可怜的黑人的所有东西，杀死了很多人，购买孩子时讨价还价"。

佩洛第一次到达这条河时运气很好。一队法国收购奴隶的远征队碰巧也在，他很高兴看到一艘法国商船停在河中间。"大约8吨，"佩洛写道，"由12名水手操控。"这艘船比法国人常用的向上游行驶的平底奴隶商船大多了，而且很可能可以载佩洛返回欧洲。但事实证明，他获救的美梦异常短暂。摩洛哥士兵一看到这艘法国商船，就决定抢了它。

佩洛震惊地看着他们将这个计划付诸行动。"摩尔人游到［船上］，"他写道，"登船然后将它拖到岸边。"他们抓住了12名本可能拯救佩洛的船员，然后侵吞了船上的货物。这艘船毫无疑问是一座宝藏——船的一个区域装着象牙，而另一区域装满了黑奴。

这些人都被带到了辛吉特，船被付之一炬。圣路易斯岛上的法国人得到了明确的信号，塞内加尔的黑人是专门为摩洛哥人服务的。

佩洛在辛吉特停留了差不多整个冬天，被安排3次前往塞内加尔河，"我们获得了丰硕的战利品，比如金子、象牙［和］黑奴"。没有记录显示被抓住的奴隶的数目，但是佩洛说他们"价值数百万英镑"。这次远征显然收获颇丰——就像穆莱·伊斯玛仪统治时期那样，极大地促进了黑奴贸易。这场贸易中约有1500万非洲人被卖为奴隶。

当无法获得更多奴隶时，这个庞大的商队便准备离开辛吉特。一阵骚乱之后，驼队整装待发，奴隶们整编好队伍。返程比来时的沙漠穿行更加危险；对这样一个大型的商队而言，加快步伐避免物资耗尽至关重要。领队们简短地讨论了如何处理这12个法国俘虏，最终决定将他们带回梅克内斯，因为他们确信这能取悦苏丹穆莱·阿卜杜拉。在返程中，4个人死在了沙漠的长途跋涉中，只有8个饥肠辘辘的幸存者抵达了帝国首都。

如此多正在活动的奴隶对沙漠中的贝都因人而言是幅诱人的画面，商队遭遇了几次攻击。佩洛在保护驼队的武装小组服役，在一次冲突中头部受伤。但是他的同伴们表现坚毅，赶走了贝都因人。"在这场冲突后，"他写道，"我们没再受到过攻击。"

数月的长途跋涉后，商队最终在1732年的冬天艰难地到达了塔德拉城堡（Kasbah Tadla）。这个堡垒位于马拉喀什和梅克内斯正中间，此地当时正招待苏丹。"［我们］发现穆莱·阿卜杜拉正等着我们归来，"佩洛写道，"在掠夺他的国家和杀害臣民之余，还为我们分出时间。"

商队的领队希望苏丹会满意他们的收获，因为他们从塞内加尔带回了大量的儿童奴隶。但是他们严重误判了苏丹，他从他已故的父亲那里完整地继承了反复无常的个性，而且同样残忍。他莫名其妙地指责领队忘记了他的职责，并下令当即处决18人。"这个暴君目睹完这场血腥的屠杀后，"佩洛写道，"带我们回到了梅克内斯。"这些年幼的奴隶被带去接受教育，法国奴隶被囚禁在奴隶营场，"商队解散，被送回他们各自的居所"。

苏丹穆莱·阿卜杜拉逐渐掌权，这促使他扩大了对欧洲的攻击力度。尽管他与英国和荷兰缔结条约，但塞拉海盗经常违反协议行事，而且苏丹默许他们的行为。1732年10月，英国船"苍鹰"号被拖进了塞拉港口。上面的乘客和船员——包括70名葡萄牙人——被当作奴隶送到了梅克内斯。其他的船也被截获，在摩洛哥的英国俘虏的数目很快就再次达到了三位数。

英国政府再次派出一名使者约翰·伦纳德·索利科福（John Leonard Sollicoffre）前往苏丹宫廷。他由一名来自伦敦的犹太翻译萨洛姆·纳米亚斯（Salom Namias）陪同。这两人发现穆莱·阿卜杜拉心情不悦，而且不愿意协商奴隶释放问题。当纳米亚斯坚持要求释放奴隶时，苏丹变得非常愤怒。"将这个犹太人带走，"他对他的护卫说，"马上拉出去烧了。"纳米亚斯乞求他放过自己，但是苏丹再次重申命令，纳米亚斯必须被烧死。"他们马上执行，"佩洛写道，"让他趴着躺平，残忍地将木头堆在他身上，他悲惨地哭喊着，在巨大的痛苦中挣扎着，很快就死了。"

索利科福的任务失败了，而且代价高昂。他这次去摩洛哥宫廷的行程花费了1300英镑，却没能成功解救一名奴隶。更糟糕的是，苏丹的轻蔑态度让塞拉海盗的进攻更加猖獗。他们又截获了4艘英国船，还有很多欧洲其他国家的船，并将船员送往梅克内斯。佩洛碰见了一批刚到达城里的俘虏，他询问他们中是否有人来自康沃尔郡。"他们说有，有一个来自弗拉兴的叫乔治·戴维斯（George Davies）。"佩洛立马认出了戴维斯，热情地跟他打招呼。但是戴维斯看着佩洛被太阳晒黑的皮肤一脸茫然，询问他是谁。"'怎么会这样，'我说道，'你和我曾是在米拉尔的校友啊。'"戴维斯又看了看他，认出他确实是托马斯·佩洛，"我很久之前听说，他小时候跟他的叔叔一起被抓到了巴巴里"。佩洛证实这千真万确，而且告诉戴维斯"尽管非常遗憾在这种地方，在这样不幸的情形中见面，但非常高兴能再见到他"。

　　乔治·戴维斯和他的船员被捕一事在伦敦引发抗议，索利科福被直接送回摩洛哥，在那里跟苏丹穆莱·阿卜杜拉又见了一次面。这次他发现苏丹非常随和，承诺会释放全部136名奴隶——每个奴隶的价格为350克朗，不过他拒绝释放任何在英国船只上被俘的西班牙人和葡萄牙人。索利科福在苏丹改变主意前交齐了赎金，然后赶快让被释放的奴隶登船。

　　他很满意自己圆满完成了使命，不过很快就发现并非英国的所有人都认可他的成就。"国王陛下很高兴听到你成功解救了英国俘虏，"纽卡斯尔公爵在一封给索利科福的信中写道，"……但是很不满你为他们支付如此高昂的价格。"

　　索利科福被控告在支付赎金时"严重渎职"，屈辱地回到家中。他对这些批评深感不安，随后生病发烧，几个月后就去世了。

在 1737 年春天一个没有月亮的夜晚，托马斯·佩洛蹑手蹑脚地出了梅克内斯的营房。他在靠近城墙的阴影里快速前进，溜出了帝国首都的城门。接近午夜时分，城市正在沉睡。佩洛正在逃亡。

他现在 33 岁，已经被囚禁了 20 多年。他的妻子和女儿已经去世快 9 年了，他在蒂姆纳城堡度过的平静时光早就成为遥远的记忆。佩洛害怕自己会被派去参加另一场可怕的战争，决定现在——否则就再没有机会——就是为自由奋力一搏的时候了。

尽管他在黑暗的掩护下离开了梅克内斯，但他并没打算在夜间逃亡。他不用担心自己叛教者的身份被发现。他说着流利的阿拉伯语，被晒黑的皮肤和长胡子让他能冒充成出行的阿拉伯商人。他觉得，即使在光天化日下穿过摩洛哥，他也不可能引起怀疑。

他很快到达了大西洋海岸，但是肆掠的海盗早已让英国船只望风而逃。佩洛满心疲惫，不情愿地向南边的小港口圣克鲁斯前进。他加入了一个正在游历摩洛哥的圣人的随行队伍，觉得和这样一大群人结伴前行更加安全。但是这些手无寸铁、毫无防备的朝圣者很容易成为盘踞在路上的强盗的猎物。在佩洛遇到他们的那个早晨，他们就被攻击了——"被抢劫和扒走"财物，几乎浑身赤裸地被留在路边。佩洛自己被抢走了本就不多的财物，还有大部分衣服。"我不得不依靠基督徒的耐心，"他写道，"在非常寒冷的天气中这样走了三天。"

在攀登小阿特拉斯山陡峭的斜坡时——他到圣克鲁斯的第一步，他遇到了两个西班牙叛教者。他们是四处游荡的江湖医生，以此谋生，非常同情他的悲惨境遇。"［他们］对我很友好，"佩洛写道，"是雪中送炭的真朋友，给我了一条旧毯子，给我他们的食物让我填饱肚子，[而且]给了我中肯的建议。"他们告诉佩洛，在这样一个偏远的山区冒充医生相对比较容易谋生。很多纯朴的村民都认为基督徒有治愈的能力，可能是因为基督自己曾治过病，而且很多叛教者很会跟大阿特拉斯山迷信的巴巴里人做生意。西班牙人给了佩洛"一些药、一把旧柳叶刀还有一把烙铁，让我开始行医"。

佩洛还意识到，伪装成医生穿过阿特拉斯山能让他隐瞒出行的真正目的，还有机会挣钱买补给。他对自己出逃的前景更加乐观，进入了更加崎岖的地带，并希望在那里开始练习他的新技能。

他很快就找到了一个机会。经过一个游牧民族的定居点时，一个女人前来求助。她告诉佩洛，她的丈夫状况很差，她很担心他就要死了。佩洛检查了这个男人，发现他确实命悬一线，"[因为]他的瘟疫十分严重，而且情势危急"。佩洛说他会用放血这个常用的方法来尽力医治这个男人。如果这个方法不管用，他会用烙铁烙他的皮肤。

关于如何使用这些工具，西班牙人给过佩洛一些简单的指导，但这是他第一次真正使用它们。他像西班牙人建议的那样，用麻绳将男人的胳膊紧紧捆住，然后去拿工具。他看到外科手术刀的样子后非常担心，它"非常钝而且严重生锈"，而且他"完全不知道如何进行[这次手术]"。

佩洛的病人已经开始疼了，因为麻绳切断了他手臂的血液循环，他敦促佩洛不要犹豫赶快手术。"在血管上或者血管附近，"佩洛写道，"[我]非常用力地扎下去。"不过当他压下手术刀的时候，他的手滑开了，他不得不再试一次。"我试了两次，"他写道，"尽管这次我刺进去比第一次深，但他还是没有流血。"病人痛苦地尖叫，无法安静地躺着了。佩洛于是决定用烙铁烧他，他加热烙铁直至通红。烙铁放到男人的头上时，发出了灼烧时可怕的咝咝声，还有烧肉的可怕的气味。"这让他抽搐而且可怜地大叫"，佩洛写道，他继续惩罚这个男人，因为他是个"非常懦弱的士兵"。

病人不信任佩洛的治疗，但是他的妻子非常感激，并邀请他共进晚餐。佩洛很饿，高兴地接受了邀请。"我用蒸粗麦粉填饱了肚子，收到了6布兰基尔的医疗费……我将他们丢给了他们的先知穆罕默德和乡村医生。"他知道自己严重地弄伤了病人，不打算继续留在这附近。

在佩洛继续翻越大阿特拉斯山的过程中，他逐渐能够自力更生。他的病人经常给他提供食物，尽管他们的食物并不美味。有次他们给了他一碗酪乳和一些"蝗虫"——它们每六七年就会骚扰山村一次。佩洛不敢吃这种看着恶心的生物。它们个头很大——"至少两英寸长"，就像人的拇指那样粗。但是饥饿战胜了胆怯，他向嘴里塞了两只。令他惊讶的是，它们尝起来很美味。"他们真的很好吃，"他写道，"味道很像虾。"他还说，烹调它们的最佳方法是先用盐水软化，煮沸然后储存在盐缸中。

在路上走了6个多月后，佩洛第二次看到了大西洋。他对逃出摩洛哥的前景再次充满乐观，决定沿着海岸向北走，直到他看到了一艘欧洲商船。他高兴地发现有几艘船停在圣克鲁斯湾，"但是我没看见任何像基督徒那样善良勇敢的指挥官愿意载我离开"。

　　佩洛到达萨菲港口后更加沮丧。这里停了两艘船，一艘船是约书亚·鲍登（Joshua Bawden）的，此人是他结婚后的远房表亲。但当时萨菲正处于内乱中，佩洛只得藏起来。"尽管看到他两次，"他写道，"一看到他我就心潮澎湃，但是我们都没相互说话。"逃亡触手可及让佩洛有些沉不住气，他陷入了深深的忧郁。"我现在比第一次从梅克内斯出逃时更加沮丧，"他写道，"我到现在已经历过如此多艰难危险，但仍旧没有出现任何转机。"他心情沉重，承认他唯一的机会是向北去威尔拉迪亚港口。

　　沿着海岸前进时，他变得越来越谨慎。村庄里强盗众多，他几次受到威胁和侵犯。他翻越海德山时，情况变得更加可怕。当地人满怀怀疑和敌对情绪，佩洛既没有火枪也没有手枪自卫，觉得自己很容易受到伤害。

　　经过一天艰难的攀登后，他来到了山腰上一间看起来被遗弃了的房子。"我非常疲惫困倦，"他写道，"躺在太阳下很快就睡熟了。"他没睡多久，这间房子的主人就从山里回来了。这个男人非常友好，不过他提醒佩洛，没有武器出行非常危险。佩洛承认他很害怕，而且说几天前他遇到了"一大群带着武器的人，而且……险些就死了"。这个人叮嘱他万事小心，提醒他前面的道路上全是亡命之徒。"他们是巴巴里最卑劣的一群恶棍，"他说道，"经常杀掉所有遇到他们的人。"

　　佩洛在这人的房子休息了一晚，早餐吃了酪乳和蒸粗麦粉。他衷心感谢他的款待，在天气还没太热时早早出发了。他希望能在两天内到达海岸，祈祷这段在荒无人烟的山林中的漫长行程平安无事。

大约早晨10点时，佩洛第一次意识到自己被跟踪了。5个"强盗"尾随着他，想弄清他带没带武器。佩洛心中顿时一紧。这是个孤独荒凉的地方，求救无门。他继续向高处走，心中越来越不安，加快了脚步，试图甩掉歹徒。但当他环顾四周时，他惊恐地发现他们快追上自己了。

他看到高处有一座石头建筑，马上朝那儿走去。他越走越快，然后开始奔跑，但是这群歹徒很快包围了他。佩洛抬头看向斜坡，顿时大惊失色，其中一人已经超过了他，而且正站在他前面不远处。"我被一个跑得很快的强盗追上了。"佩洛回忆道。真实的恐惧紧紧攫住了他，他已被包围。

攻击很快就开始了。前边的男人举起火枪，随时准备开枪。他屏气凝神，将枪口对准佩洛。他的猎物很容易得手。朗朗晴空下，贫瘠的山腰没有任何遮蔽物，佩洛无处躲藏。

火枪火花闪过，枪声响起。"[子弹穿过]我的腿间，"佩洛写道，"擦掉了大约有半英寸的肉。"伤口血流不止，浓稠的血液浸湿了佩洛的衣服。他一瘸一拐地拼命逃离凶徒，但是枪伤"拖慢了我的脚步，他们很快就赶上了我"。

佩洛走不动了。他的腿伤比他最初想象的严重得多，简直血流如注。伤势让他头晕目眩，摔倒在地，这伙凶徒向他发动了攻击。他们对他拳打脚踢，直到他无法动弹。然后，他们抢走了他的所有物品，将他丢在一摊凝固的鲜血中。

当佩洛脉搏慢慢变弱时，不知道他在想些什么。他多年来一直梦想回到英国，那里的家人和朋友早已成了遥远的记忆。现在，死亡近在咫尺，他或许想起了康沃尔郡的童年，哀伤自己可能再也看不到法尔茅斯和彭林的小港口。

1738 年的春天，当佩洛遭遇野蛮袭击时，一名爱尔兰老水手正沿着摩洛哥海岸航行。托宾船长（Captain Toobin）的船上满载货物，打算在大西洋某个繁忙的港口出售货物。不过他发现他的任务困难且危险。他需要擦亮眼睛，盯着随时会威胁到自己的塞拉海盗，而且"在和摩尔商人打交道方面遇到了很多困难"。尽管如此，他仍然不愿意放弃任务，转道将船开去了威尔拉迪亚的小港口。他将船停靠在一艘热那亚双桅船旁边，而帮助他的人即将在他最意想不到的地方出现。一个年轻的英国人——浑身淤青、受了伤而且一瘸一拐——刚刚抵达该城。他的阿拉伯语讲得很流利，而且非常愿意协助托宾船长。

佩洛能在这次攻击中幸存下来真是奇迹。他在海德山的山腰上命悬一线，但幸运地死里逃生。这伙强盗踢打他时，忽然又来了一大群匪徒。两伙人将佩洛丢在山上就散去了。由于夜幕降临，气温骤降，他伤口处的血液凝固了，伤口不再流血。

佩洛意识到自己不再受到攻击，从半昏迷的状态中醒来。尽管他伤得很重，而且异常虚弱，但他注意到，他之前想避难的石头建筑实际上离他很近。"[我]艰难地挪动着……忍痛到了房子，"他写道，"在那里我找到一些草药止血，我真的流了很多血。"房主很快回来了，看着佩洛可怕的伤口非常可怜他。"我那晚住在这里，"佩洛写道，"晚餐吃了些蒸粗麦粉。""虽然有伤，但我睡得很好。"

佩洛早早醒来，发现他已经恢复了些体力。他不想在山上再待一个晚上，决定继续前进。"我一瘸一拐地走着"，他写道，希望能在下午下山。他最终到达了坦西夫特河，在那里找到了一个犹太人社区，"从那里得到了些治伤的药和一顿不错的晚餐，度过了愉快的一晚"。有个男人第二天早晨重新包扎了他的伤口，在他出发去威尔拉迪亚前为他准备了早餐。

他白天赶了很长的路，晚上睡得很香。"梦中我碰巧遇到了一艘船的船长，尽管我之前从未见过他，但是他像基督徒那样虔诚和彬彬有礼，不顾危险，同意……带我逃走。"佩洛很早便醒了，对逃亡更有信心了。

他在中午到达了威尔拉迪亚，非常高兴地发现海湾中停泊着两艘欧洲商船。离岸边最近的那艘是从热那亚过来的，船上装着谷物。不像大部分和摩洛哥通商的欧洲船只上的船员，这些船员很高兴和会说阿拉伯语的叛教者交谈。"我直接上了船，并受到他们的礼貌接待。"佩洛写道。这些人告诉他，"他们非常想要找……一个翻译，询问我吃了没，要不要吃点鲻鱼"。

煎锅中炸着鱼，佩洛向这些人打听海湾的另一艘船。他了解到那条船是都柏林的托宾船长的，他"非常有趣，很健谈"，而且他也需要一名翻译。佩洛不久就见到了这名给他带来人生中巨大惊喜的爱尔兰船长。"我们还没吃完［晚餐］，"佩洛回忆道，"托宾船长就来到了船上，在看到他的一瞬间，我就完全确信，他就是那个我最近在梦中见到的人。"这两个人很快相谈甚欢，托宾船长邀请佩洛去他的船上。"我们干了一杯酒后，"佩洛写道，"他问我在巴巴里待了多久了。"佩洛跟他讲述了自己23年的悲惨囚禁生活和他为苏丹工作时遭遇的麻烦。

托宾问他为何之前的逃亡没有成功，佩洛跟他解释争取自由极度危险。"我告诉他我努力尝试了很多次，虽然这会严重威胁到我的性命。"他还说他也曾几次遇到了欧洲船长，但是他们太胆小了，不敢带他回去。托宾很震惊，佩洛的同胞竟会如此冷酷无情，他发誓要带佩洛离开。"希望这样说能安慰你，"他说道，"你最终遇到了一个基督徒，我会帮助你的。"佩洛几乎不相信自己的耳朵，问托宾他是不是讲真的。这位爱尔兰船长直视他的眼睛，告诉他不要绝望，"因为我已经打定主意带上你，即使自己有生命危险"。

佩洛激动极了，努力抑制自己的眼泪。托宾船长在这一刻也很感动。"他说得如此诚挚，"佩洛写道，"抚慰了我受伤的心，他自己也忍不住哭了。"佩洛补充说："他温柔的安慰太让我感动了，以至我无法跟他待在一起。"

在 1738 年 7 月 10 日，托宾船长起锚出海。在最终到达前，佩洛都面临着被揭穿的危险，因此托宾命他待在甲板下边。"看在上帝的分上，托马斯，不要让任何摩尔人看到你的脸。"当船靠近危险的马穆拉港口时，船员们更加担心，为防御攻击在甲板上过了一夜。"我们将武器放在甲板上，"佩洛写道，"……在每个里边都装上新的燧石和三发火枪子弹。"不过半夜风转向了，将他们吹回到了海上。"在日出前，［我们］被吹回海中 5 里格，"佩洛写道，"之后我们就不太担心他们的船会追上我们了。"托宾船长向直布罗陀行驶，希望能在那里的英国驻军处补充些新鲜物资。

过了 11 天，人们终于看到了标志着直布罗陀海峡入海口的斯帕特尔角。佩洛情绪激动，"一整晚都在兴奋地聊天"。当 7 月 21

日太阳升起的时候，他看到了直布罗陀巨岩。几个小时后，船在海湾靠岸，佩洛23年来第一次踏上由他的同胞管理的土地。这又是一个激动人心的时刻——是佩洛用他生命2/3的时间等待的时刻。他害怕这只是一个梦，"我真的怀疑我是不是清醒的"。但是眼前的驻军堡垒和正在列队演习的英国士兵提醒他，他已经远离摩洛哥了。

托宾船长先于佩洛上岸，告知直布罗陀总督约瑟夫·萨拜因（Joseph Sabine）佩洛的到来："他告诉总督，他船上有一个可怜的基督徒奴隶，此人被异教徒抓走，12岁时被送到了巴巴里。"托宾补充说，佩洛"经历了巨大的苦难"，而且急需帮助。总督表达了同情，立马同意让佩洛登陆。

"我们的小艇划向海岸时，我的喜悦溢于言表，"佩洛写道，"所有人都觉得，在那些野蛮人那里经历了如此漫长而痛苦的奴役生活后，我的兴奋理所当然。"在真正上岸前，他还有最后一个障碍需要克服。总督的许可还没有传达到守卫海港的哨兵那里，他们拒绝让佩洛登陆，告诉他，他们的职责是阻止任何摩尔人踏足直布罗陀。"'摩尔人，'我说，'你误会了，我是个基督徒，尽管我穿着摩尔人的长袍，但我跟你们都一样。'"他们不相信佩洛，直到总督联系了海滨护卫，佩洛才最终被许可登陆。直到这时佩洛才感到，他多年地狱般的生活终于结束了。"我跪在地上，"他写道，"用最虔诚的态度，为拯救我的上帝献上我最谦卑和诚挚的感谢。"

佩洛刚上岸几分钟，就成了所有人好奇的对象。流言像野火一样传遍驻军，士兵和哨兵们都从营房赶来，想见见他。护卫中的中士第一个来拜访他，"对我的解脱表示热烈祝贺"。接下来过来的是牧师坎宁安先生（Mr. Cunningham），"和他一起来的是几位驻军首领"。其中一位约翰·比弗（John Beaver）最初对佩洛有所怀疑，打算测试下他是否说了实话。他问佩洛在囚禁期间是否遇到过福伊的汤姆·奥斯本（Tom Osborne），这是一位与比弗相熟的海员。佩洛说他确实曾在梅克内斯遇到过奥斯本，解释了这个康沃尔人是怎么在 1715 年从船长理查德·桑普森（Richard Sampson）的"渴望"号上被掳走的。"比弗先生说，我说的这些毫无疑问是真的，因为他非常了解汤姆·奥斯本，而且奥斯本被释放后几次跟他说起过我。"

佩洛被他遇到的每个人的善良感动，觉得有必要为自己的获救感恩。"我去了教堂，"他写道，"在庆祝我被解救的集会上向全知全能的上帝表达感谢。"会众被佩洛的故事深深地打动了，他们中那些"可敬的先生"决定安排一次募捐。不过在募捐开始前，一艘要开往伦敦的名叫"幼发拉底河"号的船驶入了港湾。

托宾船长来到码头区，以会见指挥官皮科克上校（Peacock），询问对方是否愿意带佩洛回到英国，解释说佩洛"在巴巴里经历了漫长痛苦的囚禁，而且非常幸运地从那里逃了出来"。皮科克说他愿意带上佩洛，不过提醒说，他会直接前往伦敦，因此不会在任何英国西南部港口停靠。而且他打算当天晚上就起航，要求佩洛马上登船。佩洛没有犹豫，虽然这样会错过为他举办的教堂募捐活动。

"幼发拉底河"号当晚起航，但是很快遇到了暴风雨。"我们遭遇了飓风，"佩洛写道，"而且是在每年这个季节中非常危险的海域。"这是趟可怕的航行，佩洛在甲板下经历了难以忍受的幽闭恐惧。"为了呼吸些新鲜空气，我经常在夜间爬上隆隆作响的甲板，盖着旧帆布休息。"

在海上行驶了 24 天后，瞭望员看到了海平面处的陆地。佩洛有种说不出的喜悦，那是康沃尔郡崎岖的海岸。马上就能看到毗邻它的法尔茅斯了，不过它很快就隐退在了浓厚的海雾中。一名海员从船上掉入海中，引起了一阵恐慌，不过他很快被安全地拉出海面，"幼发拉底河"号继续朝伦敦驶去。在海上航行 31 天后，船驶入泰晤士河口，并停靠在德特福德码头。

佩洛从未到过伦敦，有些不敢上岸。他在船上待了好几天，想着按什么路线回康沃尔郡。剩下的船员都登陆了，而且开始宣扬佩洛的故事，在小酒馆里吹嘘他们是如何与一个英国奴隶从直布罗陀回来的。他的故事很快传到了一个女孩耳中，女孩的兄弟仍被囚禁在梅克内斯。威廉·约翰斯顿的妹妹——他破坏了佩洛的第二次逃亡——登上"幼发拉底河"号，想知道佩洛是否见过约翰斯顿。佩洛遗憾地看着她。"是的，是的，令我伤心的是，"他说道，"如果我不认识他，我悲惨的囚禁生活可能会少很多年。"他讲述了约翰斯顿的背叛，告诉这个女孩，他真想砍下约翰斯顿的头。当她开始哭泣时，佩洛却因惹她伤心而愧疚不已，说他确定约翰斯顿不久就能逃出来。

在"幼发拉底河"号上待了一周后，佩洛鼓起勇气踏上海岸，"直接去了教堂，感谢上帝让他安全到达英国"。皮科克的管家，一个叫威廉·詹姆斯（William James）的康沃尔郡男人招待了他，而且佩洛受到了德特福德很多显要人物的接待。

　　佩洛迫切地想回到彭林的家。他在伦敦不认识任何人，唯一的愿望就是和家人团聚。他向威廉·詹姆斯求助，安排他回到康沃尔郡；詹姆斯建议他去伦敦桥附近的比尔码头，康沃尔郡的采锡船经常停靠在那里。佩洛马上赶去那里，发现有三艘船正在卸货。它们的船长在普丁巷的国王酒吧喝酒，佩洛和小船"特鲁罗"号的船长，来自彭赞斯的弗朗西斯（Francis）船长攀谈起来。"［他］很乐意用他的船送我回去，"佩洛写道，"……我真心地感激他。"船将在 10 天后起航，因此佩洛还有时间来熟悉首都。

　　佩洛在街道闲逛的时候，遇到了一位出访过摩洛哥的大使的侄儿，他的名字叫阿朴杜勒-卡德尔·佩雷斯（Abdelkader Peres）。佩洛和这位侄儿很熟，而且非常高兴见到他——他写道："比我之前在巴巴里见到他更高兴。"这位侄儿将他带到他叔叔的大使馆，佩洛在那里"得到了这位老人家友好的接待"。阿朴杜勒-卡德尔·佩雷斯非常有魅力，"他告诉我，他非常高兴我逃出了那个不愉快的城市"。他说他不太想回到摩洛哥，那里正进行着另一场权力斗争，并且邀请佩洛留下吃晚餐。"我在那里吃到了我最喜欢的蒸粗麦粉和一些英式菜肴，随后回到了普丁巷的住处。"

　　佩洛正在休息时，一名信使过来通知他，他的传奇故事刚刚在首都的一家报纸上发表了。佩洛非常惊讶，并要求看看这篇文章。它讲述了他从摩洛哥的大胆逃亡，"10 岁的时候被摩尔人抓走，在那里做了 25 年的奴隶"。报道中的每个细节都是错的，但是让佩洛哭笑不得的是它全篇标榜"新闻报道般的真实性"。他很快见了这篇文章的作者，指责他"应受到谴责，因为我没有给他这样的权利，而且我也不承认里边的诸多错误"。

北非奴隶的回归总能引起公众的极大兴趣，这样一篇文章自然导致人们呼吁佩洛进行首都游行。但是他运气很好，幸免于公开感恩这项可疑的荣誉活动。得知弗朗西斯船长下次来潮时就会起航，他马上带着几件物品登船了。逃离了人群后，他期待着漫漫回家路的最后一程。"第一次潮汐，我们到达了格雷夫森德，然后是诺尔，第三次越过弗拉茨到达唐斯。"他们进入英吉利海峡时，幸运地遇到了强劲的东风，直接将他们加速吹到了法尔茅斯。最终，在1738年10月15日下午4点，"特鲁罗"号停在了法尔茅斯的码头，"从那里到我的出生地彭林不到两英里，我晚上就到达了彭林"。

佩洛离他的出生地和家人越来越近，他被眼前所见惊呆了。在朦胧的黄昏中，他看到上百人慢慢向他走来。彭林的所有人都出来迎接这个早已失踪的儿子。"我被居民们包围，"佩洛写道，"费了很大力气才穿过人群。"回到彭林让他回忆起1716年夏天到达梅克内斯的情景，"然而这次，我承认，跟第一次进入梅克内斯时相比是截然不同、非常愉悦的体验"。现在，他被兴高采烈的人群簇拥着迎接回家。"没有人打我或者拉扯我的头发，每个人都向我致敬，以最周到的礼仪欢迎我回家。"许多村民都急切地想知道佩洛能不能认出他们，"我确实认不出，因为我离开的时候太小了"。

最后，在该城的最高处，佩洛见到了他的父母，他们现在快60岁了。他们第一眼没认出自己的儿子。在巴巴里的这些年他变化太大了，与1715年最后一次见他时完全不同，他们完全不敢相信这是他们的儿子。当佩洛看着父母时，他的疑惑也不比他们少，他们看起来就像陌生人。"如果我们没有被提前告知而在其他地方见面……毫无疑问会错过对方，除非我的大胡子引得他们进一步想跟我交谈。"

他们三人抱头痛哭，再次拥抱。回家后，佩洛开始跟他们讲述自己非凡的冒险经历。他说到了他的被俘和囚禁，以及他多年为苏丹工作的经历。他还告诉他们自己被毒打的经历，告诉他们奴隶监工、暴力围攻和可怕的伤口。他还告诉他们无数男女在奴役生活中丢掉性命。

他的故事在彭林被讲述了一遍又一遍。故事最终传到了一名当地文人的耳中，他马上意识到这样一个非凡的故事的潜力。他帮助佩洛在他返回的两年内写下他的故事，《托马斯·佩洛漫长的囚禁和冒险史》（*The History of the Long Captivity and Adventures of Thomas Pellow*）出现在书架上。它为读者提供了一个有趣的视角，洞察苏丹穆莱·伊斯玛仪统治下的摩洛哥内可怕的白奴贸易。

佩洛的父母一定也有故事要分享。他们经历了多年的痛苦和悲伤，祈祷有一天能与他们唯一的儿子重聚。但是他们的苦难和艰辛没有被记录，也没有留下家庭信件。

佩洛自己的记录中也有缺失。他没有提到他的妹妹——她们可能很早就去世了，也没有提到他不情愿地改信伊斯兰教之后的经历。相反，他更多地强调了让他忍受那么多年苦难而且幸存下来的奇迹。"没有任何人，"他写道，"除了这位伟大、善良、全知全能、富有、仁慈的上帝无所不在的保护，能使我幸免于难。"

经历了23年的奴役生活后，佩洛终于回家了。

尾　声

托马斯·佩洛返回英国并不标志着白奴贸易的结束。欧洲人和美国人仍源源不断地被俘虏——通常在海上，然后在阿尔及尔、突尼斯、梅克内斯的巨大奴隶营场中过着悲惨的囚禁生活。最臭名昭著的事件发生在 1746 年，当时英国船"观察者"号在丹吉尔海湾失事。87 名幸存者都被囚禁起来。

"我们的脖子上锁着粗重的铁链，"船员托马斯·特劳顿（Thomas Troughton）写道，"我们 20 人被锁在同一条铁链上。"特劳顿和他幸存的同胞直到 5 年后才被英国政府赎回。他们其他的奴隶同伴却没有那么幸运，当权的苏丹坚决拒绝释放他的法国、西班牙、葡萄牙、意大利和荷兰俘虏。

1757 年，空缺的摩洛哥王位被西迪·穆罕默德（Sidi Mohammed）夺取，他是个精明能干的人，比他的前任对外国的态度更开放。据法国领事路易斯·德切尼尔（Louis de Chenier）说，他"被认为有洞察力和判断力"，在宫廷上喜欢与欧洲来访者交谈。他的开明主张让顾问团大吃一惊，尤其是当他宣布更可能改善摩洛哥糟糕的财务状况的是国际贸易，而不是海盗和奴役。他的目的是鼓励每个国家的商船"进入他的港口并展开贸易，希望与世界和平相处"。为此，他向曾反对他即位的塞拉、拉巴特海盗宣战。海盗被他的国王卫队攻击，很快就投降了。塞拉的总督残忍地被石头砸死，拉巴特的居民"都感受到了国王的愤怒"。

苏丹胜利后开展了一系列外交活动。他提议和那些多年来遭受袭击的受害国签订和约。1757 年，他与丹麦签订和平协议。两年后，他与英国和荷兰也签订了停战协议。1763 年，瑞典紧随其后，威尼斯共和国不久后也将国名加入条约。几乎所有的欧洲国家最终都与摩洛哥苏丹签订了和约：1767 年是法国和西班牙，1773 年是葡萄牙，托斯卡纳、热那亚和哈布斯堡帝国在几年后也签订协议。1786 年，刚独立的美利坚合众国也同意休战。

在长久的和平时期，曾经盛极一时的塞拉海盗舰队破损失修。20 多年的"无所作为"后，许多船只已经腐烂报废，不适合航行了。欧洲的观察家报告说，港口里有不超过 15 艘护卫舰，几艘小型三桅船和大约 30 艘大帆船。这和过去的境况相去甚远，这些船已无法和英国、法国的海军抗衡了。不过江山易改本性难移，塞拉海盗依旧怀揣着虚妄的梦想，想要重新开始他们对基督教世界的圣战。他们回忆起当时他们强大的舰队曾与现在依旧强盛的阿尔及尔、突尼斯海盗一起肆意凌虐基督教船只。在那些日子里，白奴拍卖远比和平的国际贸易挣钱。

苏丹穆罕默德于 1790 年去世。他的继承者穆莱·苏莱曼二世（Moulay Sulaiman Ⅱ）对塞拉海盗更加友好——尽管他承认他父亲签订的协议。新任苏丹竟在 19 世纪初将已被大幅削减的舰队重新派回海上，命他们攻击与他的敌人通商的欧洲商船。有人担心这是向基督教世界开战的前奏。

不过塞拉海盗和追随他们的巴巴里奴隶贩子马上就发现，他们遇到了强大的对手。1816 年夏天，刚好在托马斯·佩洛成为穆莱·伊斯玛仪在梅克内斯的奴隶的 100 年后，他们遭受了毁灭性的打击，而且从此一蹶不振。在白奴贸易中，这将被证明是一个非凡的转折点，康沃尔郡的佩洛家族将进行可怕的报复。

性格古怪的英国海军上将西德尼·史密斯爵士（Sir Sidney Smith）呼吁用武力对抗巴巴里。他对白奴问题充满热情，曾发起过一场致力于永久终结白奴贸易的运动。这场运动叫作非洲白奴解放者骑士会（Society of Knights Liberators of the White Slaves of Africa），它很快吸引了来自欧洲各国有影响力的成员。拿破仑战争结束后的 1814 年，各国国王和大臣在维也纳会议上讨论和平问题，史密斯和他的骑士们也参加了会议。他们在维也纳会议的外围组织讨论，呼吁向无法无天的北非统治者在军事方面摊牌。"这种可耻的奴役不仅有违人道，"史密斯厉声说道，"而且毁灭性地摧毁了商业。"

西德尼爵士和他的骑士们引起了人们对这项贸易的关注，在过去的 300 年间，至少有 100 万名欧洲人和美洲人被抓。白人奴隶最集中的地方在阿尔及尔。1550—1730 年，这个城市的奴隶人数常年保持在约 2.5 万人，有时这个数字几乎翻倍。在同一时期，在突尼斯和的黎波里大约囚禁着 7500 个男人、女人和儿童。在穆莱·伊斯玛仪帝国首都的奴隶人数更是难以确定，尽管那里的囚禁环境比北非其他地方好一些。欧洲神父称有 5000 个奴隶的说法遭到了艾哈迈德·扎伊亚尼的质疑，他认为真实的数目至少是它的 5 倍。

尽管北非的奴隶人口在维也纳会议期间减少到了 3000 人，但西德尼爵士知道这只是暂时的。他还认为这种简单的统计只揭示了部分真相。每年运往北非的奴隶数量还取决于奴隶死亡、叛教和逃亡的比例。痢疾、瘟疫和繁重的苦力造成了成千上万人的死亡，使得海盗不停出海搜捕俘虏进行补充。奴隶流通还应包含被赎回的奴隶。近两三百年，每年大约有 5000 名白人奴隶流入巴巴里。

欧洲最有势力的领导人们认真阅读了史密斯的请愿，但也只是通过了一条谴责一切形式的奴隶制的决议。史密斯开始感到有些灰心，不过他很快发现自己关于军事行动的请愿给欧洲南部的统治者留下了深刻的印象，他们一直以来在海盗手上损失惨重。他们支持他的战斗口号，而且赞赏美国的表现，美国政府一直对北非态度强硬。就在几个月前，他们派出一支舰队到阿尔及尔，成功迫使当局释放了所有的美国奴隶。欧洲南部的统治者们将赎回奴隶当作自己的最高使命，嘲笑英国的外交大臣卡斯尔雷勋爵（Lord Castlereagh），因为他对进攻巴巴里漠不关心。他们指责他故意对海盗的猖獗视而不见，因为只要英国的贸易对手被攻击，英国就能从中获益。

卡斯尔雷勋爵被这些批评刺痛了。他曾强力主张废除黑奴贸易。现在，他发誓同样要结束白奴贸易。1816 年夏天，他说服英国政府，向地中海派出一支强大的舰队。它的目标是让巴巴里统治者停止俘虏和出售欧洲奴隶。毫无疑问，这次他们不会带去礼物，而且绝不妥协。"如果必须使用武力，"英国高层一项声明说，

"我们也无愧于心，因为我们是为了人道主义的神圣事业而战。"

领导这个强大舰队的人选毫无争议。在公共事务中，这位地中海舰队的中将被称为埃克斯茅斯勋爵（Lord Exmouth）。不过在他的家乡康沃尔郡的朋友和家人那里，他常被称作爱德华·珀柳（Edward Pellew）——与英国西南部的托马斯·佩洛同家族的旁系后代。Pellew 这个姓氏的拼写在这几十年间已发生变化，而且爱德华爵士已获得财富和地位，与彭林那个卑微的佩洛家族的社会阶层截然不同。但是，他依旧深爱着故土康沃尔，而且选择在法尔茅斯定居，那里距离彭林不到两英里。他肯定知道托马斯·佩洛的故事，而且关心巴巴里的白奴。当西德尼·史密斯爵士邀请他加入解放者骑士会时，珀柳欣然应允。"非常感谢你让我加入骑士会，亲爱的西德尼爵士，"他写道，"我会尽我所能给予支持。"

爱德华·珀柳爵士是解决巴巴里奴隶贸易的合适人选。他性格乐观意志坚定，打算用压倒性的力量来实现目标。他将目光投向了北非最麻烦的城市阿尔及尔，并深刻地意识到，只要打败这个城市的海盗，便能向突尼斯、的黎波里和摩洛哥发出明确信号。珀柳想要北非海盗和奴隶商人全部投降。

他的强大舰队在 1816 年 8 月末达到阿尔及尔。他将旗舰"夏洛特王后"号停靠在阿尔及尔的海湾，给执政总督奥马尔·巴肖（Omar Bashaw）送去态度强硬的信。珀柳给奥马尔一个小时的时间考虑，让他无条件投降，释放他的奴隶而且永远停止欧洲俘虏贸易。总督没有回复，珀柳宣布开战。

他的舰队进入战斗状态后展现出惊人的威慑力。他有 18 艘军舰——有些上面装了 100 多门大炮，而且舰队由 6 支荷兰海军中队护航。不过，在了解到奥马尔是个精明的军事战术家后，他对眼前战事的乐观有所减弱。奥马尔早已加强过城市防御，征召了数千名身经百战的战士加入战斗。

每名指挥官都知道，他们在进行一场豪赌。如果珀柳赢了这场战斗，白奴贸易就将被终结。但如果他输了，巴巴里海盗将名声大振。被关在北非的3000名奴隶将被永远囚禁，欧洲商船也将再次陷入被攻击的危险境地。

临近海岸线的陆地排炮发起了第一轮攻击，战斗开始。这是不是一次意外的走火不得而知，但愤怒的珀柳予以疯狂的回击。他之前已经跟他的各位舰长确定了行动信号。现在，他骄傲地站在旗舰的甲板上，将帽子高高举过头顶，静止了一会儿，然后向甲板方向挥去。这个动作后，舰队的所有船只一齐开火，发出雷鸣般的轰鸣。他自己的旗舰"夏洛特王后"号向左舷倾斜，发射的24磅炮弹炸毁了第一道防线。在主桅楼和前桅楼上，发射12磅炮弹的大炮也火力全开，每门大炮向海盗防线打出了300多发火球。阿尔及尔的居民跳到水中掩护自己，珀柳舰队的其他船攻下了一道又一道防线，向堡垒、排炮和武器库发射了上百发炮弹。美国领事威廉·谢勒（William Shaler）留下了一段关于大炮所造成的破坏的描述。"只有切身体会过，你才能感受到轰炸所承载的愤怒，"他写道，"炮弹和石块像冰雹一样飞过我的房子。"

总督的军队顽强抵抗，向珀柳的舰队发射越来越多的炮弹。"永不言败"号的指挥官报告说，共有150人受伤或战死，而"格拉斯哥"号遭受了十几轮炮轰。更令人害怕的是奥马尔手下枪法极准的狙击手和神枪手。他们一组人藏在暗堡中，搜寻英国船只甲板上身穿挺拔军装的军官。几个人将枪口对准了珀柳，深知他的死对进攻方将是致命的一击。两枪穿过珀柳的衣服，不过——奇迹般地——他安然无恙。第三枪打碎了他夹在左胳膊下的望远镜。随着战况愈演愈烈，一大片木板碎片插入了他的下巴，一枚弹片击中了他的腿。

一天下来，奥马尔的军队变得越来越有信心。他们严重破坏了珀柳的舰队，炮火撕裂了木材，索具和船帆瘫痪了。"四处散落着腿、胳膊、血、头和破碎的尸体，"海军上尉约翰·怀恩茨（John Whinyates）写道，"在甲板上很难不滑倒，这里都被血浸湿了。"但是珀柳拒绝退到安全的地方，他坚信战斗至死是他的神圣使命。他写道："这场在一小撮投身基督教事业的英国人和一群狂热分子之间发生的战争陷入了僵局。"

随着阿尔及尔的日暮降临，战争的形势开始逆转。到 10 点时，英国军队已经向阿尔及尔倾泻了 5 万多发炮弹，将主要的城市炮位炸成废墟。珀柳现在将注意力转向海湾中强大的海盗舰队。他向聚在一起的船只投掷炸弹和炮弹，造成了毁灭性的后果。"港口里所有的船只……都在燃烧，"他写道，"火势很快蔓延到所有的军火库、仓库和炮艇上，文字已无法描述这样可怕的景象。"到了凌晨 1 点，码头成了一片火海，火势迅速向城市蔓延。

第二天破晓时分，领事谢勒看到了被毁灭的程度，不敢置信地揉了揉眼睛。城市的大部分区域都成了废墟，整个阿尔及尔生活区，包括他自己的领事馆都已不复存在。"城市遭遇了极大的破坏，"他写道，"每间房子都残破不堪，很多被彻底摧毁了。"海港的情形更加可怕。"海港里全是他们海军船只报废的残骸，"珀柳的翻译亚伯拉罕·萨拉马（Abraham Salame）写道，"到处烟雾滚滚。"他补充说："最令人震惊和可怕的是水中漂浮的尸体的数量。"2000 多名阿尔及尔人死亡——他们中很多是海盗，更多人受了致命伤。英国人则有 141 人死亡、74 人受伤。

珀柳想天一亮就再次发动进攻，不过他很快发现不需要采取进一步行动了。阿尔及尔的总督简单地巡视了一下曾经辉煌的首都，意识到战事无法继续了。他无条件投降——这对他的骄傲是一记羞辱性的打击，同意英国指挥官的所有要求，包括释放所有留在阿尔及尔的奴隶，以及永久废除基督徒奴隶制。

被囚禁在阿尔及尔的 1642 名奴隶几乎不相信他们的苦难终于结束了。在战争期间，他们被锁在一起转移到了城市山坡上的一个地下洞穴。当他们得知珀柳取得胜利——而且发现他们的看守已经逃走了时，他们从铁链中挣脱出来，跑出了这个临时监狱。"我们冲出洞穴，"法国奴隶皮埃尔-约瑟夫·杜蒙特（Pierre-Joseph Dumont）写道，"拖着铁链，穿过荆棘灌木，不顾脸上和身上鲜血淋漓。我们一点儿都感觉不到疼痛。"

亚伯拉罕·萨拉马看到刚被释放的奴隶的境况震惊不已。"我到达海岸时，看到了这些可怜人最悲惨的景象，他们的状态太糟糕了。"但是对奴隶们而言，这是他们梦想了多年的时刻。他们欢呼着，快乐地唱歌，然后——有一人开心地大叫——他们大喊："英国海军万岁！"

珀柳对自己在摧毁阿尔及尔一战中的功劳非常自豪。他听说突尼斯、的黎波里和摩洛哥也废除奴隶制后更加高兴。大型的奴隶拍卖将被永远禁止，所有剩下的奴隶都将被释放，无须再费周折。"谦卑地奉行神的旨意,"珀柳写道,"……永久地摧毁这个不容于世的可怕的基督徒奴隶制,永远都是快乐和心灵慰藉的源泉。"珀柳的名字传遍欧洲,许多曾饱受白奴贸易困扰的国家都对他的胜利表示感激,封他为西班牙国王卡洛斯三世骑士和那不勒斯国王圣费迪南德骑士。荷兰也授予他荣誉骑士勋位,撒丁岛也是。教皇听到消息很高兴,送给珀柳一座非常稀有的珍贵浮雕。

最后,珀柳回到了他的出生地康沃尔郡,受到了对待英雄般的欢迎。几个世纪以来,当地的渔民和商人第一次不用冒着被抓和被囚禁为奴的风险出海了。伦敦的大臣同样感激万分,为珀柳授予荣誉。他在贵族中的地位提升到了一个新的高度,而且盾形纹章上也添了辉煌的一笔。此后,珀柳的纹章盾上印着一个抓着十字架,从脚镣中挣脱出来的基督徒奴隶。这对一个对可怕的白奴贸易有着深切体会的家族而言,是再合适不过的标志。

2002 年 9 月,塞拉。咸湿的飓风正在大海上肆虐,海风因水雾而变得潮湿。在暴露的大西洋海岸,它刺痛眼睛,拍打着耳膜。但在背风处——被岸边的城墙内炮台遮蔽下,空气像海绵那样又黏又湿。

在布赖格赖格河的入海口,泛着泡沫的破碎浪花拍打在沙洲上。两艘小艇在海浪的泡沫中挣扎。河口的水流湍急诡谲,许多塞拉海员在离家咫尺的地方被冲入海浪中。就是在这里,阿里·哈卡姆和梅迪努尼遭遇了沉船事故。这里也是托马斯·佩洛在海浪中挣扎,然后被他的抓捕者从海里捞出来的地方。

我从河口的淤泥滩爬上去,通过马里萨大门进入被城墙包围的塞拉城，它是镶嵌在厚实的石头城墙内的八座防御城门之一。三个世纪前，这里见证过可怜的欧洲奴隶的步伐——男人、女人和儿童被沉重的铁链和镣铐拖慢了脚步。黑人奴隶监工将他们拖到拍卖场，在克比尔市场举行每周一次的拍卖。

我追随着通向他们悲惨命运的脚步，挤过拥挤迂回的小巷走向市场。塞拉的每个人似乎都朝同一个方向前进，城市中心密集的人群相互推挤、人声鼎沸、摩肩接踵。婴儿被紧紧地护在母亲的怀里，一头驴被挤着穿过人群。人群推着我向前，我们像是被塞进了瓶颈处。空气中有屠夫摊子散发的恶臭、小茴香的味道和被压碎的薄荷的浓烈气味。在这令人窒息的拥挤中，胳膊肘得像船桨那样不停划开人群，商人们沿街兜售他们的商品。一条肥美的鲭鱼从篮子中提出来，卖水的小贩将他的铃铛摇得叮当响。

欧洲奴隶们穿过这些狭窄的小巷时遭遇过拳头、推挤和攻击。最后被一脚踢进了克比尔市场，那里是城市所有曲折小巷的交汇处。市场看起来跟 17 世纪时没有多大变化。几棵大树在正午的阳光里投下阴影，喷泉水渗到石板上。你可以在克比尔市场买到任何东西——塑料漏勺、烤鸡、一束康乃馨。300 年前，这里兜售的唯一物品——大概以 35 英镑一个的价格出售——是白人奴隶。

托马斯·佩洛和他的同胞遭遇了比在塞拉被拍卖掉的俘虏更悲惨的命运。他们被送到还未完工的梅克内斯王宫，将用夯土建造自己的"墓地"，这片"墓地"如此巨大，以至地震和战争都无法将它从这里清除。这个被毁行宫的全景令人敬畏。苏丹构想的帝国首都的规模即使现在看来也让人久久难以忘怀。

对摩洛哥的吟游诗人和编年史家而言，这是穆莱·伊斯玛仪统治时期的最大成就；他们写下赞歌歌颂这座城市的宏大和辉煌。"我们参观了所有东方和欧洲的旧城废墟，"其中一人写道，"但从没看过能和它媲美的。"这位编年史家还说："我们的苏丹并不让自己局限于建造一座宫殿，或者十座、二十座。梅克内斯的伟大建筑比世上所有的加起来都要多。"

随着夕阳铺满废墟中的大街小巷，我独自徜徉在这座帝国豪华建筑荒凉的外围 —— 那些被长久荒废的房屋曾是苏丹的宦官和维齐尔们的圆顶宅邸。这是黑人护卫昂首挺胸行进在北非阳光下的地方，这也是他们殴打鞭笞其手下欧洲奴隶的地方。

这些坍圮的城墙夺去了无数俘虏的性命 —— 来自基督教世界各地的男人、女人和孩子。没有人知道这里到底死了多少人，也没有人知道有多少人的尸体被埋葬在了这片巨大城垛的夯土中。他们永远地消失了，被生石灰烧成了灰。

苏丹·伊斯玛仪知道死人不会告密。他没有预料到的是，托马斯·佩洛在 23 年艰难的奴役和冒险中幸存了下来 —— 而且活着回到了家。

注释和参考文献

除了当时欧洲大使、神父和奴隶自己的出版物，《白色黄金》（*White Gold*）主要取材自未出版的信件和手记。阿拉伯语资料出处包括历史学家撰写的 17 世纪和 18 世纪的编年史、摩洛哥朝臣和苏丹穆莱·伊斯玛仪的信件。所有阿拉伯语资料都可查阅到法语或英语译本。

每项资料第一次出现时会提供完整的参考文献。若无特殊声明，则出版地都是伦敦。我不会为《白色黄金》中的上百条引文提供文献的页码。只有那些需要特别解释——或者很难发现的——会标出精确的出处。一个非常有价值的清单列出了奴隶、旅行家和探险家的文字材料，可参考 Robert Playfair and Robert Brown, *A Bibliography of Morocco from the Earliest Times to the End of 1891*, 1892。

托马斯·佩洛的原始手稿和他在摩洛哥 23 年间的信件和笔记都已失传。曾在皇家炮兵军团服役的中校托马斯·詹姆斯（Thomas James）在他 1771 年出版的书 *The History of the Herculean Straits* 第 2 卷中宣称，他看过佩洛的手稿。这是唯一一处证明手稿存在的记录。

佩洛的作品于 1740 年首次出版，标题冗长，《托马斯·佩洛在南巴巴里的漫长囚禁生活和冒险。记录了他 11 岁被两艘塞拉流亡船抓住，带去梅克内斯成为奴隶的故事：他 23 年间在这个国家的多次惊险经历——逃亡及回家。详细介绍了摩尔人特殊的风俗习惯；他们的皇帝令人难以想象的暴虐和残忍，以及 1720—1736 年非斯和摩洛哥发生的所有伟大革命和血腥战争。还有这些王国的城市、集镇和公共建筑，基督徒奴隶的悲惨生活，以及许多其他的奇特的事件》，由他自己亲笔记录。

我查阅了这部作品和其他两个最近的版本。第一本是 1890 年出版的，名字是 *The Adventures of Thomas Pellow, of Penryn, Mariner*。编辑是罗伯特·布朗，他的详细批注为佩洛故事的真实性提供了佐证。所有《白色黄金》中的引用都出自他的这个版本。最近的版本是马加利·莫西（Magali Morsy）的 *La Relation de Thomas Pellow*, Editions Recherche sur les Civilisations, Paris, 1983。这本书简介精彩，注脚翔实，还列出了佩洛的编辑抄袭或者改编其他人作品的段落。

托马斯·佩洛同船的船员没有发表过其他的文字。大多数材料——包括信件和请愿书——都保存在坐落于克佑区的英国国家档案馆的公共档案馆。完整的参考信息见下文。

序　言

很多去过摩洛哥王宫的欧洲大使都记录过苏丹对盛大的仪式、典礼和宫廷礼仪的喜爱。他们大量的报告和记录将在下面详细列出。最有洞见的英文记录是约翰·温达斯 1725 年的《梅克内斯之旅》(*Journey to Mequinez*)，他陪海军准将查尔斯·斯图尔特在1720—1721 年出访梅克内斯，在游览王宫时，非常幸运地看到了苏丹非凡的战车。

第五章和第九章的注释有很多关于 17、18 世纪梅克内斯王宫的描述。我 1992 年参观梅克内斯时，"向导"是法国神父多米尼克·巴斯诺，他那本精彩的书的英译本 *The History of the Reign of Mulay Ismael, the present king of Morocco* 于 1715 年在伦敦出版。其法语原版 *Histoire du règne de Moulay Ismail* 最早于 1714 年在法国鲁昂出版。

第一章　致命的新敌人

1625 年英国西南部被袭击的描述主要来自《英国国家档案年鉴》(Calendar of State Papers) 中的各类信件、笔记和备忘录。特别参见 *Domestic Series, 1625–6*, John Bruce (ed.), 1858。其中包含一篇普利茅斯市市长关于卢港遭袭的报道，列出了被俘的人数和船。

更多关于这些袭击的报告可参考 Allen B. Hinds (ed.), *Calendar of State Papers, Venice, 1625–6*, 1913。本卷还收录了威尼斯驻英国大使祖恩·佩扎罗 (Zuane Pesaro) 的一篇报告，这篇报告详细记载了海盗如何"抢掠这个国家，掳走了一大批奴隶，造成了无法估量的损失并犯下暴行，造成巨大的恐慌，以至 7 个大区向宫廷强烈抗议，这是闻所未闻的事件"。

詹姆斯·巴格给海军大臣的信件详细记载了海盗造成的破坏，信被收录在 Henri de Castries, *Les Sources Inédites de l'Histoire du Maroc,* 16 vols., Paris, 1905–48 中。参见 the first series, vol. 2, 1925, item CLXXII, p. 583。弗朗西斯·斯图尔特给白金汉宫爵的报告也发表在这一卷中，item CLXXIV, pp. 586。

16 世纪对塞拉和拉巴特最有趣的记载来自 Leo Africanus, *The History and Description of Africa,* Robert Brown (ed.), 3 vols., 1896。关于塞拉的描述在第二卷第 407 页。第 574 至 580 页的长篇注解描述了塞拉的逐渐衰落。

对塞拉海盗崛起的最精彩全面的描述来自 Roger Coindreau, *Les Corsaires de Salé,* Paris, 1948。它提供了奥尔纳乔斯人的背景并详细描写了对欧洲船只的大胆袭击。它还描写了他们的船、特别的旗帜和海上战术。

另一个有关塞拉海盗的有趣记载来自 Budget Meakin, *The Moorish Empire,* 1899。最近，Peter Earle, *The Pirate Wars,* 2003 中研究了塞拉流亡者的成功；还有 Stephen Clissold, *The Barbary Slaves,* 1977，特别参见第 9 章。

更多关于巴巴里海盗的伊斯兰狂热可参见 Daniel J. Vitkus (ed.), *Piracy, Slavery and Redemption: Barbary Captivity Narratives from Early Modern England,* New York, 2001。纳比利·马塔尔（Nabil Matar）的精彩导言特别清楚地揭示了塞拉海盗的动机，参见 pp. 11–12。

了解更多英国应对奴隶危机的失败和弗朗西斯·科廷汉爵士的评论，可查阅 Stanley Lane-Poole, *The Barbary Corsairs,* 1890, p. 229。关于当时其他对巴巴里海盗壮大的观察，可参阅 William Lithgow, *Rare Adventures,* 1928, pp. 114ff; John Smith, *The True Travels*，最近

的版本见于 *The Complete Works of Captain John Smith* (3 vols.), Chapel Hill, 1986。尤其参阅第 28 章。文森特·德保罗（Vincent de Paul）在突尼斯的个人奴隶制证言详细阐述了奴隶市场的可怕。参见 Graham Petrie, *Tunis, Kairouan and Carthage,* 1908, pp. 91-5。

穆拉德·赖斯异常大胆的远征详细记录在 Coindreau, *Les Corsaires de Salé* 中，尤其是第 66—68 页。关于海盗抢掠的一般信息，参见 Clissold, *The Barbary Slaves,* pp. 31ff。

穆拉德·赖斯从巴尔的摩回来时，法国神父皮埃尔·丹正好在阿尔及尔，因此他目睹了爱尔兰奴隶的买卖。参见 *Histoire de la Barbarie et de ses Corsaires,* Paris, 1637，特别是第 2 卷和第 3 卷。

约翰·沃德是北非最吸引人的叛教者海盗之一。Samuel C. Chew, *The Crescent and the Rose: Islam and England during the Renaissance,* New York, 1937, p. 347 讲述了他的故事。当时有很多关于他的罪行的小册子和文件。最好、最全面的是 Andrew Barker, *A True and Certain Report,* 1609。还可参见一位匿名作者的 *Newes from Sea of two notorious pyrats,* 1609。在 Horatio F. Brown (ed.), *Calendar of State Papers, Venetian, 1607–10,* 1904, pp. 140ff 中有对沃德性格的描述。沃德如此臭名远扬，甚至被写进了歌谣。参见 A. E. H. Swain (ed.), *Anglia,* 1898, vol. 20, pp. 180ff。还可参见海军档案协会（Naval Records Society）的出版物 C. H. Firth (ed.), *Naval Songs and Ballads,* 1908。再版的 *The Famous Sea-Fight Between Captain Ward and the Rainbow* 中，据说有沃德自己讲的对句，令人印象深刻：

告诉英国国王，告诉他这是我说的，

如果他统治陆地，我将统治大海。

更多关于塞拉海盗宣布成立共和国的信息可查阅热尔曼·穆埃特的 *The Travels of the Sieur Mouette in the Kingdoms of Fez and Morocco during his eleven years' captivity in those parts*。英语第一版何时出版并不清楚；这是他的 *Relation de la captivité du Sr. Mouette dans les Royaumes de Fez et de Maroc*, Paris, 1683 的一个译本。我参阅了 Captain John Stevens, *A New Co-llection of Voyages and Travels*, 1710 (2 vols.) 中的版本。穆埃特的记录在第 2 卷。之后所有的相关文献来源都是这本书。也可参见 Roland Frejus, *The Relation of the Voyage made into Mauritania ... [in] 1666*, 1671 的开头几页。这是他的 *Relation d'un voyage fait dans la Mauritanie ... en l'année 1666*, Paris, 1670 的一个译本。

罗伯特·亚当斯的信在公共档案馆 SP 71/12, f. 107。

约翰·哈里森的一生精彩非凡。他在爱尔兰打过仗，是亨利王子的侍从官，当过萨默斯群岛即百慕大的警长。他还写过 5 本书。更多关于他的信息，参阅 *Dictionary of National Biography*, vol. 25, 1891。

哈里森多次出使摩洛哥的故事被写进了 P. G. Rogers, *A History of Anglo-Moroccan Relations to 1900*, 1977。

所有留存下来的关于这次出访的文件——包括国王查理一世给摩洛哥苏丹的信件和被俘水手妻子们的多封请愿信——都出自 de Castries, *Les Sources Inédites*, 参见第 1 辑第 2 卷和第 3 卷。更多关于摩洛哥苏丹的残忍行径，参阅 John Harrison, *The Tragicall*

Life and Death of Muley Abdala Melek, the late king of Barbarie, 1633。

威廉·雷斯博罗 1637 年的航行出版在 de Castries, *Les Sources Inédites,* first series, vol. 3。他关于这场战斗的描述也在这一卷，pp. 309ff。更多关于这次远征和战争的信息，参见 John Dunton, *A True Journal of the Sallee Fleet,* published in vol. 2 of the *Harleian Co-llection of Voyages,* 2 vols., 1745。

更多关于埃德蒙·卡森 1646 年出访阿尔及尔的记录，参阅 Sir Godfrey Fisher, *Barbary Legend,* Oxford, 1957。卡森出访的详细记载也可参阅 R. L. Playfair, *The Scourge of Christendom,* 1884，见第 5 章。托马斯·斯威特给家里人写的信引自 Vitkus (ed.), *Piracy, Slavery and Redemption*。

有关海盗攻击西班牙的最精彩翔实的记录，可参阅 Ellen Friedman, *Spanish Captives in North Africa in the Early Modern Age,* Wisconsin, 1983。更多北美殖民地的船只遭袭信息，参阅 Charles Sumner's excellent short book, *White Slavery in the Barbary States,* Boston, 1847。

第二章　众奴隶的苏丹

穆莱·伊斯玛仪如何登上权力宝座的大致信息可参阅威尔弗雷德·布伦特（Wilfred Blunt）1951 年的传记 *Black Sunrise: The Life and Times of Mulai Ismail, Emperor of Morocco, 1646–1727,* 1951。也可参阅 Simon Ockley, *An account of South-West Barbary; containing what is most remarkable in the territories of the King of*

Fez and Morocco, 1713。另一个优秀的参考资料是 Francis Brooks, *Barbarian Cruelty. Being a true history of the distressed condition of the Christian captives under the tyranny of Mully Ishmael, Emperor of Morocco,* 1693。更多关于穆莱·伊斯玛仪已故的兄长穆莱·拉希德的故事，参阅 Frejus, *The Relation*。还可参阅 Germain Mouette, *Histoire des Conquestes de Moulay Archy ... et de Moulay Ismail,* Paris, 1683。Mouette, *The Travels of the Sieur Mouette* 和 Ockley, *South-West Barbary* 都描写了塔菲拉勒特贫瘠的荒原。

让·拉迪雷的悲惨故事记录在多米尼克·巴斯诺的 *History*。

对 16 世纪的摩洛哥的简短描述主要来自 Africanus, *The History and Description of Africa*。西班牙大使对巴迪王宫的描写出版在 de Castries, *Les Sources Inédites,* first series, vol. 2, item XI, under the title *Relation d'une Ambassade au Maroc*。

英国在丹吉尔的驻军历史写得最好的是 E. M. G. Routh, *Tangier: England's Lost Atlantic Outpost, 1661–1684,* 1912。J. M. Smithers, *The Tangier Campaign: The Birth of the British Army,* 2003 考证了丹吉尔长期被围困的历史。还可参考 Rogers, *Anglo-Moroccan Relations* 和 Linda Colley, *Captives: Britain, Empire and the World,* 2002。了解更多丹吉尔的日常生活和对珀西·柯克上校的评价，参考 Edwin Chappell (ed.), *The Tangier Papers of Samuel Pepys,* 1935。柯克出使梅克内斯的故事，可参考一本匿名文选 *The Last Account from Fez, in a letter from one of the Embassy, etc.,* 1683。还可参阅 Routh, *Tangier*。

描写酋长穆罕默德·本·哈杜·奥特尔出访伦敦的最好的故事

来自 William Bray (ed.), *Memoirs illustrative of the life and writings of John Evelyn*, 2 vols., 1818，尤其参见第 1 卷第 505 页。

英国奴隶托马斯·菲尔普斯最终返回英国。他写下他的经历并在 1685 年出版，书名为 *A true Account of the Captivity of T Phelps at Machaness in Barbary, and of his strange escape*。

英国放弃丹吉尔的细节可参阅 Routh, *Tangier*。撤军后协商内容的简洁记录可参考 Rogers, *Anglo-Moroccan Relations*。

第三章　海上被俘

唯一托马斯·佩洛早期生活和"弗朗西斯"号从法尔茅斯离开的记录来自佩洛的《历险记》。更多彭林和住在村里的水手家庭的信息可参阅 1991 年私人出版的 June Palmer, *Penryn in the Eighteenth Century*。也可阅 Daniel Defoe, *A Tour thro' the Whole Island of Great Britain*, 3 vols., 1724–27。彼得·芒迪的评论查阅 John Keast (ed.), *The Travels of Peter Mundy, 1597–1667*, 1984。

英国和美洲殖民地船只在 1715—1720 年被俘虏的很多记录收录在公共档案馆。相关性最高的文件 SP71/16 包含了大量的信息，包括信函、请愿书和领事的报告。

更多巴巴里海盗的船只的信息参考 Lane-Poole, *The Barbary Corsairs,* and Coindreau, *Les Corsaires de Salé*。关于出海前的准备工作，参考 Dan, *Histoire de la Barbarie*。丹对他们的暴力袭击也很有见解。"他们攻击船只时的疯狂让人望而生畏，"他写道，"他们登上上层甲板，卷起袖子，手持弯刀，令人恐惧地咆哮。"

约瑟夫·皮茨记录的自己的被俘和随后的奴隶生活，是最有趣和最富洞见的有关北非奴隶制的故事。它于 1704 年出版，书名为 *A True and Faithful Account of the Religion and Manners of the Mohammetans, with an Account of the Author's Being Taken Captive*。

亚伯拉罕·布朗被俘的精彩故事鲜为人知。它被收录于 Stephen T. Riley (ed.), *Seafaring in Colonial Massachusetts*，由马萨诸塞州的殖民协会于 1980 年在波士顿出版。船长贝利米的惨死被写进 Brooks, *Barbarian Cruelty*。

那艘离开塞拉的神秘船的指挥官是不是德尔加诺不得而知。他的旗舰"马鹿"号在坎丁角的军事行动后在直布罗陀进行维修。参见 Morsy, *La Relation de Thomas Pellow,* n. 13。

当代对塞拉最精彩的描述来自 Mouette, *The Travels of the Sieur Mouette*。还有 Captain John Braithwaite, *The History of the Revolutions in the Empire of Morocco,* 1729, p. 343。

到达塞拉对新的奴隶而言经常是一次可怕的经历。法国大使皮杜·德圣奥隆见证了一批奴隶的到来，看见他们遭受着"整个村子的咒骂和嘲笑，尤其是那些年轻人，他们中有些人跟着奴隶大声辱骂，或者向他们扔石头"。他的著作于 1695 年在英国出版，书名为 *The Present State of the Empire of Morocco*。这是他的 *Estat Présent de L'Empire de Maroc,* Paris, 1694 的英译本。

最好的描述巴巴里奴隶的遭遇的记录来自 Clissold, *The Barbary Slaves*。还可参阅 Christopher Lloyd, *English Corsairs on the Barbary Coast,* 1981。更多的黎波里奴隶的信息可参阅 Seton Dearden, *A Nest of Corsairs,* 1905。英国奴隶乔治·艾略特笔下的自己的奴役生活极具可读性。他的书 *A true narrative of the life of Mr. G. E. who was taken and sold for a slave* 在 1780 年出版。还可参考 Adam Elliot, *A Narrative of my travails, captivity, and escape from Salle in the kingdom of Fez*, 1682。有关奴隶被关押的塞拉地下牢房和境况的最好的描述可参见 Mouette, *The Travels of the Sieur Mouette*。

几乎每个曾经的奴隶所写的书都会提到奴隶市场和拍卖。其中最好的证词之一是 William Okeley, *Ebenezer: or, A Monument of Great Mercy, Appearing in the Miraculous Deliverence of William Okeley*, 1675。这个珍本的再版是 Vitkus (ed.), *Piracy, Slavery and Redemption*。Pitts's *A True and Faithful Account* 也包含对阿尔及尔奴隶市场的精彩描写。

佩洛和他的同伴非常幸运，他们通向梅克内斯的途中没有太多困难。有一名奴隶，约翰·怀特海德，在 1693 年遭受了痛苦的折磨。"在每天疲惫的行进后，晚上睡在室外肮脏角落的露水中，有时睡在雨中，导致我们都生病了；有些人得了疟疾发热，有些人发烧。"怀特海德写下了他奴隶生活真实的精彩故事，书名是 *John Whitehead: His Relation of Barbary*，这本书的手稿没有出版。原稿在 British Library, MS Sloane, 90。

第四章　佩洛的痛苦

有大量关于穆莱·伊斯玛仪性格、着装和外貌的记录，也有大量关于他的论述。两位摩洛哥历史学家对他的统治的评价尤为有价值。*Le Maroc de 1631 à 1812* 是 Abou-l-Kasem ben Ahmed ez-Zayyani, *Ettordjeman elmoarib an douel elmachriq ou 'lmaghrib* 的一个编译版。这个法语版是由奥克塔夫·乌达（Octave Houdas）翻译的，由 the Ecole

des Langues Orientales Vivantes, series 3, vol.18, Paris, 1886 出版。另
一 个 是 Ahmad ben Khalid al-Nasari, *Kitab al-istiqsa liakhbar duwal
al-Maghrib al-Aqsa*。这本书的法语译本是 *Chronique de la Dynastie
Alaouie du Maroc*, Eugène Fumey (trans.)。它收录在 vol.9 and 10 of
the *Archives Marocaines, Publication de la Mission Scientifique du
Maroc*, Paris, 1906–7。

　　当时最精彩深刻的描写来自 Busnot, *History* 和 Brooks, *Barbarian
Cruelty*。Whitehead, "His Relation of Barbary" 充分展示了苏丹的残
酷，St. Olon, *The Present State* 描写了苏丹接待外国使节的情形。其
他关于穆莱·伊斯玛仪的记录包括让-巴普蒂斯特·埃斯特尔（Jean-
Baptiste Estelle）的很多回忆录；参阅 de Castries, *Les Sources Iné-
dites,* second series, vol. 3。了解他的个性的当时的解析，参阅 Blunt,
Black Sunrise。也可参考 Defontin-Maxange, *Le Grand Ismail, em-
pereur du Maroc,* Paris, 1928。关于苏丹统治的深度分析，参考 Henri
de Castries, *Moulay Ismail et Jacques II,* Paris, 1903。

　　苏丹的另一个奇特之处是他的皮肤颜色随着他的幽默感和情绪
变化。他"按肤色说，是个穆拉托人"，弗朗西斯·布鲁克斯写道，
"但当他情绪激动时，他看起来……像地狱的小鬼一样黑"。让-巴
普蒂斯特·埃斯特尔写道，当苏丹生气时，他皮肤变得"令人难以
置信地黑"。巴斯诺也对这个奇怪的现象感到惊讶。当苏丹开心时，
他"比平时白"。不过当他发怒时，"他肤色变黑，而且眼睛变得
血红"。

　　如今仍可去参观哈伊廷仓库。迷宫般的隧道深入地下，与储藏
室还有更多的隧道相连。自 20 世纪 50 年代后这里的内部空间就关

闭了，因为几名法国游客下到迷宫深处后失踪了。

　　成功出逃的俘虏在自己的传记中大都提到了对奴隶的惩罚。奥克利、穆埃特、乔治·艾略特和布鲁克斯都写过笞刑，多米尼克·巴斯诺也写过。

　　被迫改宗在巴巴里非常普遍，不过很多决定"转化成土耳其人"的奴隶是为了逃离可怕的奴隶营场。皮茨在他的书 *A True and Faithful Account* 中讲述了他被迫改宗的经历。丹也在 *Histoire de la Barbarie* 中有详尽的描写。更早对改宗的描述，可参阅 *A True Relation of the Travels and Most Miserable Captivity of William Davis, Barber-Surgeon of London*, circa 1597。这个精彩的故事收录在 Stevens, *A New Collection of Voyages* 中。也可参见 Mouette, *The Travels of the Sieur Mouette*, pp.100ff。

　　本章大部分的内容来自 de Castries, *Les Sources Inédites,* series 2, vol. 2。围攻马穆拉的记录来自本卷。尤其可以参见 Germain Mouette, *Histoire des Conquestes*，它也收录在本卷。拉腊什战役的记录在第 3 卷，此卷还包括法国领事让·佩里利耶（Jean Perillié）的报告，以及夺取要塞后的谈判的很多有趣信息。还可参见 *Voyage en Espagne d'un Ambassadeur Marocain, 1690–1691,* H. Sauvaire (trans.), Paris, 1884。

　　非斯穆夫提的诗引用自 ez-Zayyani, *Le Maroc*。很多现存的文献都记录过围攻休达，这场战事打打停停，持续多年。最精彩的记录来自 de Castries, *Les Sources Inédites,* series 2, vols. 4 and 5。

　　背景资料和对摩洛哥的西班牙要塞的分析参考 Friedman, *Spanish Captives* 和 Blunt, *Black Sunrise*。

第五章　进入奴隶营场

梅克内斯奴隶营场的记录丰富多样。最有趣的是 Nolasque Neant, *Relation des Voyages au Maroc des Redempteurs de la Merci en 1704, 1708 et 1712*，收录在 de Castries, *Les Sources Inédites*。在德卡斯特的作品中，还有数百篇与奴隶营场相关的文章。布鲁克斯、巴斯诺和圣奥隆也都提供了很多奴隶囚禁环境的其他信息。

英国奴隶的遭遇可在公共档案馆找到。约翰·威尔顿给他妻子的信件在 SP71/16, f. 503。约翰·斯托克的信在 SP71/16, f. 465。很多人不满抱怨的主题是食物匮乏和难以下咽的面包。特别是巴斯诺的《统治历史》和奥克利的《巴巴里西南》。怀特海德的《巴巴里际遇》特别关注了难以下咽的食物。

佩洛在梅克内斯的糟糕生活环境在他的同伴的信件中被充分证实。

了解梅克内斯宫殿的大致情形可参阅 Blunt, *Black Sunrise*, chapter 6。ez-Zayyani, *Le Maroc* 精彩描述了穆莱·伊斯玛仪在宫殿建设工程中的作用。还可参阅 al-Nasari, *Chronique*。

梅克内斯王宫的详尽描写可参见 1690 年左右的 *Mémoire de Jean-Baptiste Estelle*，具体日期是 1690 年 7 月 19 日，收录在 de Castries, *Les Sources Inédites, series 2, vol. 3*。还可参考埃斯特尔在第 4 卷 389 页的描述和同一卷 689 页对王宫进一步的刻画。

其他一些有趣的见证者记录包括 Busnot, *History* 和 St. Olon, *The Present State*。更多梅克内斯的精致的花园的信息参阅 Mouette, *Histoire des Conquestes*，收录在 de Castries, *Les Sources Inédites, series 2, vol. 2*。

几乎每个幸存奴隶的记录中都记叙了被迫劳动的可怕日常。Mouette, *The Travels of the Sieur Mouette* 尤其深刻，Whitehead, "His Relation of Barbary" 记录了俘虏们忍受的繁重体力劳动。穆埃特在他的《摩洛哥印象》（*Description du Maroc*）中勾画了瘟疫的危险。这段描写构成了他的 *Histoire des Conquestes* 的第三卷，也收录在 de Castries, *Les Sources Inedites,* series 2, vol. 2。

托马斯·古德曼的信件收录在公共档案馆 SP71/16, f. 506，托马斯·梅吉森的编号是 SP71/16, f. 505。约翰·威尔顿的抱怨——他已经被英国本土遗忘了——在信件中很普遍；大部分的奴隶担心他们再也见不到他们的朋友和家人了。

第六章　守卫后宫

国王乔治一世不受臣民欢迎，也不被王室传记作者喜爱。最全面的记载来自 Ragnhild Hatton, *George I: Elector and King,* 1978。还可参阅 Sir H. M. Imbert-Terry, *A Constitutional King: George the First,* 1927。Bruce Graeme, *The Story of St. James's Palace,* 1929 中记载了一些关于这位国王的趣事。更多关于宫廷中的故事，可参见 J. M. Beattie, *The English Court in the Reign of George I,* Cambridge, 1967。1715—1718 年政治运动的整体情况可参见 W. A. Speck, *Stability and Strife,* 1977。

英国奴隶的妻子和寡妇们的请愿收录在公共档案馆 SP71/16, f. 497。耶斯列·琼斯对奴隶困境不遗余力的描述收录在 Rogers, *Anglo-Moroccan Relations*。

更多关于约瑟夫·艾迪生的政治生涯的信息参阅 Peter Smithers,

The Life of Joseph Addison, 1968。海军上将康沃尔出使直布罗陀和摩洛哥的概述参见该书的 405 页。还可参阅 Rogers, *Anglo-Moroccan Relations* 和 Stetson Conn, *Gibraltar in British Diplomacy in the Eighteenth Century,* New Haven, 1942。

兰斯洛特·艾迪生（Lancelot Addison）精彩纷呈的故事《巴巴里西部故事》（*An Account of West Barbary*）于 1671 年出版。约瑟夫·艾迪生关于穆莱·伊斯玛仪的文章收录在 Addison, *Works*, 6 vols., 1901，编辑是理查德·赫德（Richard Hurd）和亨利·博恩（Henry Bohn），参见第 4 卷 436 页。他 1717 年 5 月 31 日带到内阁会议的文件收录在公共档案馆 SP71/16, f. 507。穆莱·伊斯玛仪给康沃尔上将的信件收录在 J. F. P Hopkins, *Letters from Barbary, 1576–1774,* Oxford, 1982。

康斯比·诺伯里出访摩洛哥宫廷的记录和艾哈迈德·本·阿里·本·阿卜杜拉酋长及其他人的报告都收录在公共档案馆 SP71/16。更多关于哈菲尔德领事的记录参阅 Rogers, *Anglo-Moroccan Relations*。哈菲尔德的很多信件保存在公共档案馆 SP71/16。还可参阅 Dominique Meunier, *Le Consulat anglais à Tétouan sous Anthony Hatfeild,* Tunis, 1980。

这部分的很多内容出自佩洛的《历险记》。玛丽亚·特尔·梅特伦（Maria Ter Meetelen）对后宫生活的精彩描写最初于 1748 年在荷兰出版。现在这本书已找不到了。我参考的是 1956 年巴黎出版的法语版本，书名为 *L'Annotation Ponctu-alle de la description de voyage étonnante et de la captivité remarquable et triste durant douze ans de moi,* 翻译是 G. H. 布斯凯（G. H. Bousquet）和 G. W. 布斯凯–

米兰多尔（G. W. Bousquet-Mirandolle）。

　　本章大部分来自佩洛自己的记载。他对穆莱·伊斯玛仪的野蛮行为的描写得到了其他数十名目击者的证实。苏丹繁育奴隶的习惯也得到了广泛的关注。沙特莱·德博伊斯的故事收录在 Revue Africaine, vol. 12, no. 67, pp. 28ff, under the title "L 'Odyssee, ou diversite d' aventures, rencontres et voyages en Europe, Asie et Afrique, par le sieur Du Chastelet des Boyes," L. Piesse (ed.), Paris, 1869。

第七章　大阿特拉斯山的反叛军

　　一封写于 1717 年 3 月第一周的匿名信件可在公共档案馆 SP71/16, f. 499 查阅。了解更多王宫建筑工程，参阅 ez-Zayyani, Le Maroc 和 al-Nasari, Chronique。St. Olon, The Present State 中关于马厩的描写很有趣。还可参见 Busnot, History, p. 54。巴斯诺嘲讽地说："摩洛哥的国王如果像他爱马那样爱女人和孩子，他可能会更幸福一些。"尽管马厩现在一片废墟，但它的尺寸和规模，仍让人印象深刻。

　　很多人都注意到了苏丹对猫的痴迷。Busnot, History 给出了很多具体细节。

　　回到英国的奴隶很少提到在梅克内斯奴隶营场的宗教活动。科顿·马瑟的讲道文章中包括美国奴隶苦难的细节，于 1703 年在波士顿首次发表，题目为《美德的荣光》（"The Glory of Goodness"）。它于 1999 年出版，即 Paul Baepler (ed.), White Slaves, African Masters: An Anthology of Barbary Captivity Narratives, Chicago。约书亚·吉（Joshua Gee）的悲惨故事于 1943 年在哈特福德首次出版，即 Narra-

tive of Joshua Gee, of Boston, Mass., while he was a captive in Algeria of the Barbary pirates, 1680–1687, Charles A. Goodwin (ed.)。据 Sumner, White Slavery，马瑟是吉家的朋友。在 1715 年 1 月，"他和吉先生一起吃饭，庆祝他的儿子从阿尔及尔归来一周年"。

Ellen Friedman, *Spanish Captives* 记录了奴隶营场的宗教仪式，而且特别关注穆莱·伊斯玛仪偶尔能容忍的天主教活动。查看更多关于神父弗朗西斯科·西尔韦斯特雷的信息。她还记录了西班牙神父弗朗西斯科·吉米内兹的一些事迹，他当时正在阿尔及尔的奴隶监狱工作。更多信息可查阅她发表在 The Sixteenth Century Journal, vol. 6, no. 1, 1975 的 "The Exercise of Religion by Spanish Captives in North Africa"。还可参阅她的 "Christian Captives at Hard Labour in Algiers"，发表在 *The International Journal of African Historical Studies,* vol. 13, 1980。

Brooks, *Barbarian Cruelty* 收录了一位目击者对在梅克内斯的英国奴隶宗教活动的描述。Busnot, *History* 提供了关于天主教徒的类似信息。被俘的牧师德弗卢·斯普拉特（Devereux Spratt）关于阿尔及尔的奴隶们的基督徒宗教生活的记述非常有趣。他的记述发表在 T.A.B. Spratt, *Travels and Researches in Crete*, 2 vols., 1865；参见 vol. 1, appendix II, p. 384。斯普拉特最终从奴役生活中解脱，但是他选择继续与之前的俘虏同伴待在一起，"因为我想到，比起在家安享自由，我与上帝的子民一起继续忍受折磨，对我的国家更有意义"。

这章大部分的内容来自佩洛自己的记录。Morsy, *La Relation de Thomas Pellow* 中对佩洛待过的地方和遇到的各色人等标注了有趣的脚注。圣奥隆注意到欧洲叛教者在穆莱·伊斯玛仪军队中的重要性。像他已故的兄弟穆莱·拉希德一样，穆莱·伊斯玛仪在征服他的敌人时很依赖军事技术。

奴隶的大部分记录都涉及穆莱·伊斯玛仪手下的上千名叛教者。更多卡尔的信息参阅 Braithwaite, *History*。劳雷亚诺的故事参考 Busnot, *History*。约瑟夫·摩根的评论可参考他 1736 年出版的 *A Voyage to Barbary*。这本书的第二版名 *Several Voyages to Barbary*，这个书名大家更加熟知一些。了解更多巴巴里叛教者的信息还可参见 Clissold, *The Barbary Slaves*。

欧洲奴隶十分惧怕臭名昭著的黑人护卫。参阅 Brooks, *Barbarian Cruelty*, pp. 60ff; St Olon, *The Present State*, pp. 113f and 127f。有关黑奴如何被从小培养的最有趣的记录是 ez-Zayyani, *Le Maroc*。还可参见 Blunt, *Black Sunrise*; Budget Meakin, *Land of the Moors,* 1901。

摩洛哥的犹太人的描写选自 Busnot, *History*; Ockley, *South-West Barbary*; St. Olon, *The Present State*。还有 Blunt, *Black Sunrise*。

不幸的是，可怕的拉拉·齐达纳的信息很少。对她的描写来自巴斯诺和奥克利。她巨大的体型可能是她如此吸引穆莱·伊斯玛仪的原因。圣奥隆注意到"在那时，圆润和强壮的女性最受欢迎，因此，对性别的审美从来都不是固定僵化的"。

颂扬穆莱·伊斯玛仪美德的摩洛哥诗歌引自 ez-Zayyani, *Le Maroc*。苏丹的宗教狂热确有其事。他遵循伊斯兰教所有的斋戒和节日，常在公共场合祈祷，经常查阅《古兰经》。

第八章 转化为土耳其人

了解更多关于彭林的历史，参考 Palmer, *Penryn*。这本书还包含很多关于瓦伦丁·恩尼斯的有用信息。更多关于恩尼斯的信息参考 June Palmer (ed.), *Cornwall, the Canaries and the Atlantic: The Letter Book of Valentine Enys, 1704–1719,* Institute of Cornish Studies, 1997。

哈菲尔德的奴隶名单收录在公共档案馆 SP71/16, ff. 584–7；题目叫《梅克内斯的英国奴隶名单》("List of English Captives in Mequinez")。

约翰·皮茨给他儿子的信发表在 Pitts, *A True and Faithful Account* 中。在奴隶成功回家后通常都会举办忏悔和感恩的活动。返家的叛教者的罗德仪式第一次发表于 1637 年，收录于 Vitkus (ed.), *Piracy, Slavery and Redemption*。

The Renegado 最近发表于 Daniel J. Vitkus (ed.), *Three Turk Plays from Early Modern England,* New York, 2000。这本书还包括 *Selimus* 和 *A Christian Turned Turk*。英国奴隶的妻子的众多请愿信收录在公共档案馆 SP71/16。

更多关于亚历山大·罗斯的信息参考纳比利·马塔尔（Nabil Matar）的优秀著作 *Islam in Britain,* Cambridge, 1998。还可参阅 Bernard Lewis, *Islam and the West,* New York, 1993。大英博物馆保存有一份 1688 年的 *The Alcoran of Mahomet,* Alexander Ross (trans.)。汉弗莱·普里多（Humphrey Prideaux）的书 *The True Nature of Imposture, Fully Displayed in the Life of Mahomet* 有很多版本。我参考的是 1697 年的版本。

对伊斯兰世界的批评并不仅仅是神学和伪历史作品的专利。Penelope Aubin, *The Noble Slaves,* 1722 讲述了被巴巴里海盗抓走的 4 个贵族的故事。在该书的序言中，作者提醒她的读者，几十年来北非的白奴一直没有减少。在结语中，她指出"目前大量的基督徒奴隶希望返回欧洲，希望从残酷的异教徒手中被解救出来，在他们之中，我们的贵族奴隶经历了如此长久痛苦的折磨"。还可以参考 G. A. Starr, "Escape from Barbary: A 17th Century Genre"，收录于 *Huntingdon Library Quarterly,* 29, 1965。

科顿·马瑟 1698 年的讲道文章最初在波士顿发表，题目为《寄给非洲英国奴隶的一封牧函》（"A Pastoral Letter to the English Captives in Africa"）。这本珍贵的小册子的微缩胶卷保存在大英图书馆。

西蒙·奥克利很吸引人而且值得深入研究；参考 *Dictionary of National Biography,* vol. 41 中对他的描述。更多关于他生平的信息参考 1847 edition of his *History of the Saracens,* 2 vols., 1708–18。

关于古斯兰城外战役的记录来自佩洛自己的书《历险记》。

第九章　穆莱·伊斯玛仪的宫廷

了解更多哈菲尔德在摩洛哥的信件，查看公共档案馆 SP71/16。提到他在得土安饱受折磨的信件收录在 Windus, *Journey to Mequinez*。还可查阅 Rogers, *Anglo-Moroccan Relations*。了解伦敦商人的抱怨可参考 Leo Stock (ed.), *Proceedings and Debates of British Parliament, respecting North America,* Washington, 1924; see vol. 3, p. 432。

关于海军准将查尔斯·斯图尔特的文本信息很少。Edith Johnston-Liik (ed.), *History of the Irish Parliament, 1662–1800,* 6 vols., Belfast, 2002 中有他的简单传记；见 vol. 6。Romney Sedgwick (ed.), *History of Parliament: The House of Commons, 1715–1754, Members,* 2 vols., 1970 中也提到斯图尔特，见 vol. 2, p. 447。还可参阅 John Charnock, *Biographia Navalis,* 6 vols., 1794–8，见 vol. 3。

斯图尔特带到摩洛哥宫廷的礼物清单见公共档案馆 SP71/16, f. 613。本章中其余大部分涉及斯图尔特在梅克内斯的停留都来自 Windus, *Journey to Mequinez*。温达斯注重细节，对梅克内斯王宫的描述最为详尽。关于宫殿建筑的现代研究及对遗址的完整调查，可参阅 Marianne Barreaud, *L'Architecture de la Qasba de Moulay Ismail à Meknes,* Casablanca, 1976。

第十章　逃亡或死亡

查尔斯·斯图尔特准将回到英国后得到了媒体的广泛报道。《每日邮报》1721 年 12 月 5 日那一期的报道最为全面。还可以参考《伦敦日报》上 1721 年 12 月 16 日、23 日和 30 日的报道。丹尼尔·笛福的《穿越英国全岛》描写了斯图尔特回国时伦敦的多姿多彩。其他细节都来自伦敦的报刊。威廉·贝里曼（William Berryman）的讲道文章《1721 年 12 月 4 日，在圣保罗大教堂，给因与摩洛哥国王最近签订和约而释放的奴隶的布道》（"A Sermon Preached at the Cathedral Church of St. Paul, December 4, 1721, before the Captives Redeem'd by the late treaty with the Emperor of Morocco"）于 1722 年在伦敦发表。

佩洛两次尝试逃亡的记录来自他的《历险记》。其他的奴隶也详细描写了逃离穆莱·伊斯玛仪管理下，梅克内斯的奴隶碰到的危险情况。参阅 Mouette, *The Travels of the Sieur Mouette*；Phelps, *A*

True Account, p. 504；Brooks, *Barbarian Cruelty*；Busnot, *History*。

巴斯诺详细描述了两个法国奴隶约翰·拉迪雷（John Ladire）和威廉·克鲁瓦桑（William Croissant）的戏剧化的逃亡。北非奴隶最精彩的逃亡出自威廉·奥克利和他的一小群朋友。他们造了一艘可拆卸的船，将它偷偷运到海边然后开去马略卡岛。查阅 Vitkus (ed.), *Piracy, Slavery and Redemption*。

第十一章　血腥的夺位

有关让·德拉费伊的出访记录，可查阅稀有文本 *Relation en forme de journal, du voiage pour la redemption des captifs aux Roiaumes de Maroc & D'Alger pendent les Années 1723, 1724 & 1725, par les Pères Jean de la Faye, Denis Mackar, Augustin d'Arcisas, Henry le Roy,* Paris, 1726。一份副本保存在牛津圣安东尼学院的中东图书馆。更多关于神父加西亚·纳瓦拉出访北非的信息，参阅 M. Garcia Navarra, *Redenciones de cautivos en Africa, 1723–5,* Madrid, 1946。

更多关于约翰·罗素的信息，参考 Rogers, *Anglo-Moroccan Relations*。在 Braithwaite, *History* 中有关于罗素出使梅克内斯丰富精彩的细节。更多关于穆莱·伊斯玛仪之死的信息参考 Adrian de Manault, *Relation de ci qui s'est passé dans le royaume de Maroc depuis l'année 1727 jusqu'an 1737,* Paris, 1742。也可参阅 Blunt, *Black Sunrise*。

佩洛记录了阿卜杜勒-马利克和艾哈迈德·达哈比之间争位——和战争——的许多细节。他提到的事件大部分都被 Muhammad al-Qadiri, Norman Cigar (ed.), *Nashr al-Mathani: The Chronicles,* 1981 证实。这本编年史提供了穆莱·伊斯玛仪去世后国家动乱的逐年记录，而且它严格的年表确保主要事件都有准确的日期。了解更多艾哈迈德·达哈比的信息，参考 de Manault, *Relation*. See also al-Nasari, *Chronique*。还可参阅 al-Nasari, *Chronique*。更多信息，参考 Louis de Chenier, *The Present State of the Empire of Morocco,* 2 vols., 1788。

罗素到梅克内斯的记录来自 Braithwaite, *History*。这本书包括生活在摩洛哥的欧洲叛教者的大量信息。它还为佩洛和他在摩洛哥多年的改变提供佐证。更多罗素出访的信息可查阅公共档案馆，尤其是 SP17/17 第一部分。

导致内战的事件详细记载于佩洛的《历险记》; Braithwaite, *History*; de Chenier, *The Present State*; al-Qadiri, *The Chronicles*。

穆莱·阿卜杜拉被证明和他的父亲一样难以揣测且暴力。参阅 de Chenier, *The Present State* 和 al-Qadiri, *The Chronicles*。

第十二章　漫漫回家路

这部分大多来自佩洛自己的记录。参阅 Morsy, *La Relation*，尤其是第 161 页。更多关于法国开发几内亚的信息，参考 P. E. H. Hair, Adam Jones and Robin Law (eds.), *Barbot on Guinea: The Writings of Jean Barbot on West Africa, 1678–1712,* 1992。还可阅 William Smith, *A New Voyage to Guinea,* 1744。

更多约翰·伦纳德·索利科福出访摩洛哥的信息，参考公共档案馆 SP17/18。Rogers, *Anglo-Moroccan Relations* 也记录了这次出访。纽卡斯尔公爵给索利科福的信在公共档案馆 SP17/18, f. 97。

这部分的描述来自佩洛的《历险记》。也可参考 Colley, *Captives*。我曾试图寻找佩洛到达伦敦的新闻报道，但没有找到。

尾　声

"观察者"号船员的被俘和被奴役记录于 Thomas Troughton, *Barbarian Cruelty,* 1751 中。关于西迪·穆罕默特统治的大概背景的信息，参考 Meakin, *The Moorish Empire*, pp. 262ff。更多对他的性格和外交政策的评论参考 de Chenier, *The Present State*, pp. 279–364。德切尼尔（de Chenier）记录了苏丹穆罕默德和欧洲列强签订的所有条约。也可参阅 Clissold, *The Barbary Slaves*；Lloyd, *English Corsairs*；John B. Wolf, *The Barbary Coast: Algiers under the Turks, 1500–1830,* 1979；以及 Lane-Poole, *The Barbary Corsairs*。在美国独立后的几年内，美国航运遭到了巴巴里海盗的严重打击。Sumner, *White Slavery* 精彩概述了美国船只遭受的袭击及他们的反击。更多细节的分析参考 James A. Field, *America and the Mediterranean World, 1776–1882,* Princeton, 1969；R. W. Irwin, *The Diplomatic Relations of the United States with the Barbary Powers,* Chapel Hill, 1931。19 世纪早期，很多人认为是时候对巴巴里展开大规模军事进攻了。参考 Filippo Pananti, *Narrative of Residence in Algiers,* 1818。更多西德尼·史密斯爵士的信息，参考 Clissold, *The Barbary Slaves*。还可参与 E. Howard (ed.), *Memoirs of Admiral Sir Sidney Smith,* 1839, 2 vols., 详见第 2 卷。

特定时期因禁在北非的奴隶的确切人数很难计算。神父皮埃尔·丹 1637 年声称奴隶人数已经达到 100 万——他没有为这句论断给出足够证据。他所宣称的阿尔及尔的奴隶人口总数稳定在 2.5 万人几乎可以确定是较准确的，因为很多报道都证实了这一点。迭戈·德阿埃多（Diego de Haedo）估计 16 世纪最后 25 年，阿尔及尔的基督徒奴隶有 2.5 万人；参见他的 *Topografia,* Valladolid, 1612。神父埃马努埃尔·阿兰达（Father Emanuel d'Aranda）在 17 世纪 50 年代提供了相似的阿尔及尔奴隶数据（2.5 万人）；参见他的 *Relation de la Captivité à Alger*, Leyden, 1671。奴隶费利佩·巴勒莫（Felipe Palermo）1656 年 9 月写道，阿尔及尔有 3.5 万名基督徒奴隶；参阅 Friedman, *Spanish Captives*。舍瓦利耶·劳伦特·阿维厄（Chevalier Laurent d'Arvieux）在 *Mémoires du Chevalier d'Arvieux,* Paris, 1735 中声称，大约有 4 万名。18 世纪留下记录的外交官拉吉尔·德塔西（Laugier de Tassy）和约瑟夫·摩根也描绘了相似的画面。参见 Laugier de Tassy, *Histoire d'Alger,* Amsterdam, 1725 和 Morgan, *A Voyage to Barbary*。

关于北非白奴人口的问题，最近在 *Christian Slaves, Muslim Masters: White Slavery in the Mediterranean, the Barbary Coast and Italy, 1500–1800* by Robert C. Davis, 2003 中得到全面阐述。戴维斯（Davis）仔细研究了 16—18 世纪的海盗活动，而且还列出了这个时期现存的所有关于奴隶数目的信息。此外，他还研究了奴隶的死亡率——不论是因为折磨还是生病致死——以及被神父和大使赎回的奴隶数目。他总结说，在 1530—1780 年间，"至少有 100 万，很有可能是 125 万白人基督徒在巴巴里海岸被穆斯林奴役"。参见第一部分第 1 章和第 2 章。

更多关于爱德华·珀柳爵士的信息，参见 Cyril Northcote Parkinson, *Edward Pellew, Viscount Exmouth,* 1934。珀柳出兵阿尔及尔的最精彩的记录来自 Roger Perkins, *Gunfire in Barbary,* Havant, 1982。Playfair, *The Scourge of Christendom* 长篇引用了珀柳的信件和见证者威廉·谢勒的描述。

致　谢

　　早在十多年前，我和已故的（而且非常古怪的）克莱夫·钱德勒（Clive Chandler）待在摩洛哥时，就对白奴的故事很感兴趣。克莱夫退隐的乡村齐通坐落于中世纪村庄艾宰穆尔的阿拉伯人聚居区中心。一座摇摇欲坠的葡萄牙府邸——经过精心修复——矗立在宽广的拉比亚河岸边。它曾是当地帕夏的居所。有些人开玩笑说，现在还有一位帕夏住在那里。

　　我给克莱夫打电话，问他怎么能找到这个地方。"跟着沥青碎石走吧。"他的回复很神秘。等我到了那里后就明白了。市长下令铺设了一层沥青碎石，穿过灰尘滚滚的小巷通向克莱夫钉着铁钉的前门。他这样做是对这个典型的英国人表达尊重——他是第一个在这个与世隔绝的地方定居的人。

　　克莱夫收藏的古籍让我大开眼界，让我领略了摩洛哥历史上那段丰富多彩的时期，他对这个第二祖国的热情很快就传染了我。"看，"他有天晚上在他铺着瓷砖的天井打开窗帘，"没有多少人的家里会埋着一位摩尔圣人。"

　　在我 5 次难忘的摩洛哥旅行中，克莱夫一直都慷慨好客。这里有日落时分的金汤力、留声机上播放的丘吉尔的演讲、远远传来的《极品美味》节目的声音、厨房里剁碎的鲜薄荷味。齐通是另一个世界。

并非所有关于《白色黄金》的研究都在这样宜人的环境中进行。每次到摩洛哥旅行后，我都会在公共图书馆待上几个月，慢慢发掘丰富的原始信件、日记和文件。

我尤其要感谢坐落于克佑区的英国国家档案馆——档案馆收录了很多原始信件——的工作人员，并感谢大英图书馆善本书籍阅览室乐于助人的管理员。我还必须感谢历史研究所、中东图书馆、圣安东尼学院、牛津大学和康沃尔研究图书馆的工作人员。

我同样要感谢克里斯托弗·菲普斯（Christopher Phipps），还有伦敦图书馆的杰出团队，在伦敦图书馆，我完成了这本书的大部分内容。

还要感谢美国的杰西卡·弗朗西斯·凯恩（Jessica Francis Kane），找到一份约书亚·吉的《故事》（*Narrative*）。

我非常感激所有斯托顿出版公司的工作人员，尤其是我的编辑罗兰·菲利普斯（Roland Philipps）和莉齐·迪普尔（Lizzie Dipple），还有朱丽叶·布赖特莫（Juliet Brightmore）、卡伦·吉尔里（Karen Geary）、西莉亚·莱韦特（Celia Levett）和布赖尔·西里奇（Briar Silich）。

我也非常感谢我的经纪人马吉·诺奇（Maggie Noach）、吉尔·休斯（Jill Hughes）和卡米拉·阿迪恩（Camilla Adeane）。

特别感谢在仓促预约下阅读了本书并提出重要修改建议的保罗·怀尔斯（Paul Whyles），也要感谢弗兰克·巴雷特（Frank Barrett）和温迪·德赖弗（Wendy Driver）。

　　最后，非常感谢我生命中的四位女性。感谢亚历山德拉（Alexandra）的鼓励和全力支持，多个晚上为我翻译 18 世纪的法国文件；感谢活泼的玛德琳（Madeleine）、赫洛伊丝（Heloïse）和奥雷利娅（Aurélia）。

出版后记

    白人奴隶，这是一个相对陌生的词。在 1500 年之后的两三百年里，大约 100 万欧洲人、北美洲人被从家中、从海上遭遇北非海盗的掳掠，被带往北非的奴隶市场上出售。

    本书主人公托马斯·佩洛即是这百万名奴隶之一。年少的佩洛一心想要出海冒险，但是此次离家，是历时 23 年的与故土分离和奴役生涯。佩洛除了经历了一般奴隶常见的监禁、严酷日常，还见证了摩洛哥苏丹穆莱·伊斯玛仪的宫廷生活。23 年后，佩洛终于回到家乡，他也将自己的故事出版了出来。本书就是根据佩洛的图书，以及欧洲神父、大使、幸存奴隶的记录和阿拉伯语资料写就的。

    本书作者是英国畅销书作家贾尔斯·米尔顿，他的作品还包括《改变历史的香料商人》《武士威廉》《大酋长伊丽莎白》等。

后浪出版公司
2021 年 4 月

© 民主与建设出版社，2022

图书在版编目（CIP）数据

白色黄金：托马斯·佩洛的非凡经历和北非百万白
人奴隶 /（英）贾尔斯·米尔顿著；阮晓彤译 . — 北京：
民主与建设出版社，2022.4（2024.1 重印）
书名原文：White Gold
ISBN 978-7-5139-2740-6

Ⅰ.①白… Ⅱ.①贾… ②阮… Ⅲ.①长篇小说—英
国—现代 Ⅳ.① I561.45

中国版本图书馆 CIP 数据核字 (2022) 第 009331 号

White Gold
by Giles Milton
Copyright © Giles Milton 2004
This edition arranged with ROGERS, COLERIDGE & WHITE LTD (RCW)
Through Big Apple Agency, Inc., Labuan, Malaysia
Simplified Chinese edition copyright © 2022 Ginkgo (Shanghai) Book Co., Ltd.
All rights reserved.
本书简体中文版权归属于银杏树下（上海）图书有限责任公司。

版权登记号：01-2021-4030
地图审图号：GS(2021)3352 号

白色黄金：托马斯·佩洛的非凡经历和北非百万白人奴隶
BAISE HUANGJIN TUOMASI PEILUO DE FEIFAN JINGLI HE BEIFEI
BAIWAN BAIREN NULI

著　　者	[英]贾尔斯·米尔顿	
译　　者	阮晓彤	
责任编辑	王　颂	
特约编辑	范　琳　史文轩	
装帧制造	墨白空间·黄怡祯	
出版发行	民主与建设出版社有限责任公司	
电　　话	（010）59417747　59419778	
社　　址	北京市海淀区西三环中路 10 号望海楼 E 座 7 层	
邮　　编	100142	
印　　刷	北京盛通印刷股份有限公司	
版　　次	2022 年 4 月第 1 版	
印　　次	2024 年 1 月第 3 次印刷	
开　　本	889 毫米 ×1194 毫米　1/32	
印　　张	9.5	
字　　数	204 千字	
书　　号	ISBN 978-7-5139-2740-6	
定　　价	68.00 元	

注：如有印、装质量问题，请与出版社联系。